T0245921

EL JUEGO DEL BOSQUE

PHILIP LE ROY

Le Roy, Philip
El juego del bosque / Philip Le Roy. - 1a ed. - Ciudad Autónoma
de Buenos Aires : Del Nuevo Extremo, 2023.
336 p. ; 22 x 15 cm.

Traducción de: Sara Mendoza.
ISBN 978-987-609-834-2

1. Novelas de Ciencia Ficción. 2. Literatura Infantil y Juvenil. I.
Mendoza, Sara, trad. II. Título.
CDD 843.9283

© 2020, Philip Le Roy
© 2020, Éditions Rageot, París
© 2023, Editorial Del Nuevo Extremo S.A.
Charlone 1351 - CABA
Tel / Fax (54 11) 4552-4115 / 4551-9445
e-mail: info@dnxlibros.com
www.dnxlibros.com

Título original: *1, 2, 3 Nous irons au bois*

Traducción: Sara Mendoza
Diseño de cubierta: MJ

Primera edición: Mayo del 2023

ISBN: 978-987-609-834-2

Hay muerte en las nubes,
Hay miedo en la noche,
Pues los muertos en sus mortajas
Celebran la puesta del sol,
Y entonan cantos salvajes en los bosques

(Del poema "El horror de Yule",
de H. P. Lovecraft)

PRIMERA PARTE

FANNY

I.

Los jóvenes de dieciséis a veinticuatro años pasan de media tres horas y treinta minutos al día delante del móvil. Es decir, casi una jornada entera a la semana, conectados a un pequeño terminal adherido a sus manos.

Cuando los padres de Fanny le enseñaron ese artículo para reprocharle su adicción, la joven adolescente respondió que esa supuesta dependencia era lo que sustentaba toda su vida social y popularidad. Para Fanny consultar el móvil era tan natural como comer, beber o dormir. Y desde luego mucho más útil que desperdiciar el tiempo en el coche, en el supermercado o delante de la televisión.

El tema estaba nuevamente sobre la mesa porque se acercaba la selectividad y Fanny tenía que hacer concesiones. Sufría por no poder consultar el móvil durante las comidas, pero en su habitación siempre tenía un ojo o una oreja encima del aparato.

Recibió el "me gusta" número quinientos en su última publicación de Instagram.

No se lo podía creer. Se felicitó una vez más por la compra de ese traje de baño rojo, que favorecía sus curvas, marcaba su vientre plano y destacaba su bronceado incipiente. Le gustaba tanto que se había hecho un *selfie* en plan sexy, apenas retocado con los filtros de la aplicación. Todo un éxito entre sus seguidores. Algunos se sorprenderían si supieran que, en ese instante, en realidad, Fanny estaba revisando sus apuntes de filosofía. Eso le dio la idea de abrir la cámara de Snapchat y levantar el móvil sobre su cabeza. Fijó el objetivo: desmaquillada, despeinada, con las piernas entrecruzadas sobre la cama, vestida con el pijama de Minnie Mouse que se compró en las rebajas de Stradivarius, rodeada de un montón de fotocopias, con el ordenador portátil a los pies y unos auriculares inalámbricos en lugar de pendientes, de los que se escapaba la melodía de *Sweet but Psycho* de Ava Max, reproduciéndose desde YouTube.

Oh she's sweet but a psycho
A little bit psycho
At night she's screamin'
"I'm-ma-ma-ma out my mind"

Tocó la pantalla táctil para capturar ese instante, valiéndose de un efecto que le deformaba el rostro en plan "me va a explotar la cabeza", y envió el Snap a su mejor amiga, Chloé. Antes de sumergirse seriamente en los apuntes, volvió a consultar Instagram. Ningún comentario nuevo en su foto. Desfiló por las imágenes del *feed*. Hasta que un vídeo llamó su atención. Parecía el tráiler de una película de terror. Empezaba con un bosque grabado desde arriba con un dron. Fanny paró la música para escuchar el sonido del vídeo.

Travelling hacia delante. La cámara se hunde dentro del bosque.
La imagen se oscurece. La voz de un niño canta.
Juguemos en el bosque...
La cámara sigue a un senderista. No se ve su rostro.

...Mientras el lobo no está
Una siniestra figura humana pasa entre la cámara y el senderista, que parece perdido.
Juguemos en el bosque, mientras el lobo no está...
El senderista ve algo fuera de plano que lo asusta. Presa del pánico, empieza a correr.
...Lobo, ¿dónde estás?
Las palabras "EL JUEGO DEL BOSQUE" aparecen en la pantalla.

Final del vídeo.
Un *link* invitaba a hacer clic para saber más.
Fanny clicó.
El enlace la dirigió hasta una web para participar en una especie de *escape game* que iba a desarrollarse en el sur de Francia. Las reglas eran muy simples. Diez jóvenes de dieciocho años serían seleccionados por los productores para participar en un juego de supervivencia. El objetivo era aguantar el mayor tiempo posible en un bosque con fama de estar encantado, hasta que solo quedase un participante. El vencedor será nombrado "el más valiente" por haber superado todos sus miedos, y ganará diez mil euros y la exclusividad de publicar en redes sociales todo lo que haya grabado con el móvil durante la prueba. Una adaptación cinematográfica del juego, de estilo *found footage*[*], iba a ser desarrollada más adelante por los productores.

---

[*] El *found footage* es la recuperación de imágenes de vídeo para hacer una película. Se refiere a un subgénero del cine de horror popularizado notablemente por las películas *El proyecto de la bruja de Blair*, *Rec* y *Paranormal Activity*. Consiste en crear falsos documentales, que se integran como elementos dramáticos de una ficción, para que la película parezca lo más realista posible. [N. del A.]

Para participar, bastaba con enviar un vídeo de presentación de menos de dos minutos.

Fanny estaba intrigada y tentada por esa experiencia que prometía sensaciones fuertes, al menos mucho más que un trabajo de verano o que el programa de filosofía. Cerró el ordenador y llamó a Chloé.

Ya se ocuparía más tarde de la metafísica, el existencialismo y la moral.

Chloé le dijo que ella también había visto el vídeo.

—Venga, ¿lo hacemos? —soltó Fanny—. Es en julio, después de la "sele". ¡Además será cerca de aquí!

—Siempre podemos enviarles un vídeo. Y ya veremos.

—Sería tan guay.

—Da bastante cague. Un bosque encantado...

—Solo dicen eso para vendernos el juego. ¿Es que crees en fantasmas?

Chloé dudó al responder. Fanny había visto algunos vídeos en YouTube sobre bosques supuestamente habitados por fantasmas y rodeados de leyendas, en los que la gente se suicidaba o se perdía sin encontrar el camino de vuelta. ¿Realidad o leyendas urbanas? Ante la duda, prefirió no mencionar nada a Chloé.

—¿Sigues ahí? —preguntó a su amiga—. No me digas que sí que crees en fantasmas.

—Eh... No...

—Entonces no tenemos nada que perder.

2.

Durante los siguientes días, la famosa foto en bañador de Fanny superó los seiscientos "me gusta". En el instituto, algunos chicos, envalentonados por la exhibición de anatomía de la joven, multiplicaron los intentos de seducirla, que hasta ahora siempre se saldaban con fracasos. Fanny todavía soñaba con el príncipe azul, creía en el chico ideal y en un encuentro con su hombre perfecto. De momento, solo lo había encontrado en libros y películas. Pero por mucho que Voltaire afirmase que si los hombres fuesen perfectos entonces serían Dios, Fanny estaba convencida de que éste último había creado algunos a su imagen y semejanza... Ryan Gosling, sin ir más lejos. Así que, aunque Fanny tenía cientos de amigos en las redes sociales y una decena en la vida real, entre ellos no había ningún novio. Al contrario que su amiga Chloé, que salía con Théo, un chico de su clase.

Fanny recorría las publicaciones de Instagram cuando se topó con un nuevo anuncio de *El juego del bosque*. Solo quedaban tres días para la fecha límite de envío de candidaturas. Fanny contactó a Chloé por WhatsApp inmediatamente para informarla. Su amiga respondió al instante.

"¿El vídeo de presentación? ¡Lo envié el día que lo hablamos! Y Théo también.

¿Por qué? ¿Aún no lo has hecho?"

"Pues podrías habérmelo dicho", escribió Fanny puntuando la frase con un emoticono fulminante.

"Pensaba que ya lo habrías enviado…"

"O pensabas que así no me tendrías como contrincante."

"¿Vas en serio?"

"¿Qué pasa? ¿De verdad crees que tienes alguna posibilidad contra mí?"

Chloé interrumpió la discusión, ofendida. Fanny la retomó intentando disculparse.

"Venga, tía. ¡Estoy de broma! ¿Es que no me conoces o qué?"

"Eres idiota."

"Gracias."

"Date prisa y envíales tu vídeo."

"Aún quedan tres días."

"¡Sería tan guay que las dos fuésemos seleccionadas!"

"Sí, ¡cuantas más locas, mejor!"

Fanny se puso a pensar en lo que iba a decir en el vídeo, solo tenía dos minutos para presentarse y causar buena impresión. Se le ocurrió que la música de Ariana Grande le podía ayudar a encontrar la inspiración y se puso los auriculares.

You'll believe God is a woman

3.

Fanny dejó el móvil en la mesa de su escritorio, frente a ella, y empezó a grabar.

"Me llamo Fanny porque a mi madre le encanta la trilogía de Pagnol*. Tengo suerte de no ser un chico, porque entonces me habría llamado Marius o César."

Fanny se había preparado a conciencia la presentación insistiendo en sus puntos fuertes: su sentido del humor, su físico, su naturalidad frente a la cámara. Unas cualidades que fácilmente podían convertirse en defectos si no las presentaba correctamente. No hay nada peor que una broma que no hace gracia. Y, si no tenía cuidado, pasaría por una rubia descerebrada y obsesionada con su propio ombligo.

Para el vídeo de presentación se había vestido con un *crop top* y unos vaqueros de talle alto. Se levantó y se dirigió a su móvil como De Niro en el monólogo de *Taxi Driver*. Su profesora de inglés obligaba a los alumnos a que viesen una película en versión original todas las semanas. Así, Miss Gabb había logrado transmitir su cinefilia a Fanny, que se había presentado voluntaria para animar el club de cine del instituto. Fanny había descubierto a Scorsese y adoraba el papel

---

* Se refiere a *La trilogía marsellesa* del dramaturgo francés Marcel Pagnol, tres obras de teatro adaptadas después al cine y tituladas *Marius* (1928), *Fanny* (1931) y *César* (1946). [N. de la T.]

de De Niro, cuyo rol se esforzaba ahora por imitar, con la misma pose de perfil y mismo tono que el del actor declamando *"You talking to me?"*. Solo que en la versión de Fanny la escena se convertía en:

"¿Qué hago con mi vida?... ¿Que *qué hago yo con mi vida?*"

Giró frente al objetivo y respondió a la pregunta, inclinada hacia delante, con las dos manos apoyadas sobre la mesa.

"Estoy haciendo todo lo posible para conseguir tres cosas en Julio: cumplir los dieciocho años, aprobar la selectividad y conseguir una plaza en vuestro juego. Y no lo digo por orden de preferencia. Voy en serio, ¡el juego me interesa! Soy una miedica. Pero me gustan las emociones fuertes, en los libros y las películas de terror. Soy la persona ideal para vosotros. No me quedaré quieta como una estatua. ¡Contad conmigo para que os dé las mejores imágenes del bosque maldito!"

Fanny soltó un grito.
Jean-Claude acababa de sorprenderla saltando de repente sobre la mesa.
En lugar de parar la grabación, decidió aprovechar el imprevisto. Sujetó a su gato, que se llamaba así por J.-C. Van Damme, lo mostró ante la cámara y añadió:

"Aquí está la prueba. ¡Hasta mi gato Jean-Claude consigue asustarme!"

Fanny paró la grabación.

Reprodujo el vídeo y se sintió como una payasa, solo Jean-Claude había logrado salvar el final con su pequeño efecto de horror. Pero no tenía más tiempo que dedicarle. La selectividad era en una semana.

Envió el vídeo por WeTransfer a Trouble Footage Productions y adjuntó sus datos de contacto.

Después, volvió a zambullirse en los apuntes de filosofía sobre el tema de la percepción. Apuntó lo más importante en una ficha:

No estamos en relación directa con el mundo. Nuestros sentidos filtran la realidad que, después, es interpretada por nuestra mente. De hecho, nadie ve las cosas de la misma manera.

4.

La víspera de la selectividad, Fanny recibió un mail de la agencia de producción.

Juliette Bartholomé, la directora de *casting*, la informaba de que era una de los veinte candidatos seleccionados entre los doce mil ciento cuarenta y cuatro jóvenes que habían mandado un vídeo de presentación. Juliette la felicitaba y la invitaba a presentarse, el siete de julio a las diez de la mañana, en los despachos de Trouble Footage Productions para la decisión final. Tras una entrevista individual, se elegiría a los últimos participantes.

Fanny gritó de alegría, despertó a Jean-Claude y llamó a Chloé. Su amiga también había recibido una respuesta, pero negativa. Théo tampoco había sido seleccionado. Fanny lo sintió por sus amigos, aunque se sentía halagada.

—¡Joder, estoy flipando más que con la "sele"! —exclamó.

—Bueno, solo es un juego.

—Lo sé, pero si gano seré más popular que si sacase un diez en la selectividad.

—¡Y tanto! Pero cálmate, todavía no has ganado.

—¿Te imaginas? ¿Yo haciendo una película? ¡Al lado de eso la selectividad o incluso los diez mil euros no son nada!

—Qué ganas tengo de verte pasando miedo en medio del bosque...

Emocionada y dejándose llevar por unas tremendas ganas de bailar, Fanny puso *Blow that smoke.*

I got the keys to Heaven now

Igual que Major Lazer, sentía que tenía entre las manos las llaves del paraíso.

5.

La prueba de la selectividad se desarrolló en un mar de nervios para la mayoría de los estudiantes. Solo constituía una etapa hacia la obtención de empleo, pero para todos ellos era un acontecimiento importante. La bisagra entre la escuela y los estudios superiores, entre la adolescencia y la mayoría de edad, entre la dependencia paterna y la semi-libertad.

En la prueba de filosofía, Fanny escogió el segundo tema: "¿Por qué explicar una obra de arte?". Se las arregló concluyendo que una obra de arte era como un golpe que perdía fuerza bajo el yugo de la explicación. Igual que un chiste perdía la gracia si había que explicarlo.

Fanny consiguió sacar un notable. Chloé aprobó, sin mención. Las dos amigas celebraron el acontecimiento a la vez que el cumpleaños de Fanny, en compañía de Théo y otros compañeros de clase.

Al día siguiente, la alarma del móvil de Fanny la arrancó de entre las sábanas, resacosa. Tenía dos horas para preparar la entrevista en Trouble Footage Productions.

Dedicó una hora a crear el *look* ideal. Llevaba una cola de caballo, una camiseta negra de encaje, unos pendientes a juego, un pantalón cargo y unas Dr. Martens. Femenina por arriba, masculina por debajo. Lista para seducir a su público y para pasar a la acción.

No podía contar con Chloé, que aún dormía y no podía venir con ella. Su madre le propuso acompañarla, pero Fanny no quería hacerla esperar durante la entrevista, ni tampoco que los productores pensaran que no era una chica independiente. Así que su madre la acercó hasta la parada de bus, que la llevó hasta el barrio de Arénas, en Niza, donde estaban los despachos de Trouble Footage Productions.

Post Malone le hacía de *coach* personal a través de los auriculares.

It's a moment when I show up, got'em sayin'
"Wow"!

Fanny llegó diez minutos antes al último piso de un gran edificio. Una azafata la felicitó por su puntualidad y la hizo esperar veinte minutos en una sala de espera con cuatro sillas y una mesita cubierta de revistas de cine y televisión.

Una mujer joven y morena, de peinado sofisticado y vestida con una chaqueta de traje de marca The Kooples, apareció exhibiendo una gran sonrisa, con la mano estirada y soltando una cascada de palabras.

—Buenos días, Fanny. Soy Juliette, la directora de *casting*, encantada de conocerte. ¿Me acompañas, por favor?

—Hola —dijo simplemente Fanny siguiéndole el paso.

Juliette olía a Miss Dior y caminaba sobre los tacones cruzando las piernas, como una modelo. "Bienvenida al mundo del *show-business*", se dijo Fanny.

Miss Dior la invitó a sentarse frente a ella, del otro lado de un despacho de diseño minimalista. Hizo un rápido resumen de la situación. Solo quedaban veinte candidatos y Juliette aún debía eliminar a la mitad. Fanny tenía quince minutos para convencerla. La primera pregunta fue, por lo tanto, muy directa:

—¿Por qué debería elegirte a ti antes que a cualquiera de los diez candidatos que voy a eliminar?

—Cinco —rectificó Fanny.

—¿Cinco qué?

—Vais a elegir a cinco chicas y cinco chicos, supongo, para respetar la paridad, como en los *realities*. Eso significa que quedan diez chicas en la pugna.

Fanny marcó una corta pausa para subrayar la última palabra de la frase. Se había propuesto utilizar dos palabras difíciles durante la entrevista. La segunda sería más difícil de colocar.

—Lo que significa que debéis eliminar a cinco, no a diez —dedujo.

—Pensaba que te graduabas del bachiller artístico.

—Eso no significa que no sepa contar.

—¿Lo has aprobado?

—Con notable.

—Felicidades. ¿Y ahora podrías responder a mi pregunta?

—Creo que soy una buena participante para este tipo de programa.

—Eso ya lo dijiste en el vídeo.

—Tengo casi tres mil suscriptores en mi cuenta de Instagram. Seiscientas personas dieron "me gusta" a una foto mía en bañador. Creo que si me grabo flipando como una loca en un bosque maldito atraeré a más gente. Y eso es bueno para vosotros.

Juliette anotó algo en su formulario. En el fondo, Fanny sabía que tenía que pasarse de chula. Es lo que gustaba en el *show-business*. La humildad no era la mejor manera de venderse, solo bastaba con ver a todos esos bocazas que triunfaban en la tele.

—¿No te dan miedo los fantasmas?

—Sí, sobre todo el de Johnny Hallyday.

—¿Por qué Johnny Hallyday?

—Me da miedo que vuelva a cantar.

El chiste no hizo gracia a Miss Dior, que debía de ser fan del *rockero* francés. Fanny intentó arreglarlo.

—Me da miedo todo, en realidad. Hasta mi gato me asusta.

Juliette mira sus notas.

—Jean-Claude, ¿verdad?

—Sí.

—Curioso nombre para un gato.

—Me gustan las cosas graciosas.

—Pues hazme reír, aquí, ahora mismo. Y sin insultar a nadie, si puede ser.

—¿Sabe usted cómo se llama el primo vegano de Bruce Lee?

—No...

—Broco Lee .

Juliette esbozó una sonrisa y escribió algo en la hoja de papel.

—¿A tus padres les parece bien que participes en *El juego del bosque*?

—Sí, aunque necesitaré algún detalle más.

—El juego se desarrollará en un bosque de la región. El lugar solo será desvelado en el último momento. Habrá diez participantes de dieciocho años. No se conocerán, no se podrán ver antes y empezarán el juego desde distintos lugares del bosque. Dispondrán de un kit de supervivencia y de un *smartphone* para filmar. Cada uno podrá retirarse en cualquier momento. La partida terminará cuando solo quede uno.

–En el anuncio se habla de un bosque maldito, ¿qué significa eso?

–No puedo decir nada más hasta que no acabe la selección.

–¿Y cuándo será eso?

–Dentro de tres días. El juego empezará el doce de julio. ¿Estarás disponible entonces?

–Por diez mil euros, ¡pues claro!

–Los diez mil euros no son nada comparados con la notoriedad que tendrá el ganador del juego. ¿Te interesa convertirte en actriz o directora de cine?

–Desde luego.

–¿Qué es lo que más miedo te da en la vida?

–¡Eh, ya la veo venir! Quiere conocer mis fobias para después utilizarlas contra mí si me elige, ¿no?

–Eres astuta.

Apunta algo.

–Ahora necesito que respondas rápidamente a estas preguntas. ¿Preparada?

–Sí.

–Si te convirtieras en monstruo, ¿cuál te gustaría ser?

Un golpe de suerte: Fanny ya tenía una respuesta para eso. En cuarto de la ESO participó en un taller de escritura alrededor del célebre cuestionario de Proust, ligeramente adaptado. Le pareció útil para definir su personalidad.

–La Gorgona, sin duda.

—¿Por qué la Gorgona?

—Es una *femme fatale* que tiene el poder de petrificar a cualquiera con una sola mirada. Es bastante guay. El único problema es que tiene que ir por ahí con serpientes en el pelo.

—¿Por qué es un problema?

—Odio a las serpientes.

—¿Cuál es tu principal rasgo de personalidad?

—Mi terrible sentido del humor.

—¿Qué es lo que más aprecias en tus amigos?

—Que se rían de mis chistes.

—¿Tu principal defecto?

—Mi terrible sentido del humor.

—¿Tu ocupación preferida?

—Contar chistes y ver películas.

—¿Tu ideal de felicidad?

—Dejar de buscarla.

—¿Cuál sería la peor desgracia?

—Descubrir que la felicidad no existe.

—¿Tu color preferido?

—El rubio.

—¿Tu libro preferido?

—*El extraño.*

Juliette frunció el entrecejo como pidiéndole que justificara esa respuesta.

—Es un relato de Lovecraft —precisó Fanny.

Juliette le sostuvo la mirada. Al parecer no había sido suficiente explicación. Fanny desarrolló:

—No me gustan las novelas. Son demasiado largas, me lleva meses terminarlas. Los relatos se aprecian de una vez, como las películas. Y, sobre todo, tengo una antología de Lovecraft en una vieja edición de bolsillo que ha conservado el mismo olor desde que mi padre me la regaló. Me basta con abrirla para recordar toda la historia. Soy muy sensible a los olores, de hecho.

—¿Tu película preferida?

—Tengo muchas. Prefiero las viejas. Dependiendo de mi humor voy de *La parada de los monstruos* a *Abierto hasta el amanecer*. Dirijo el club de cine de mi instituto. Ya he visto más películas que mucha gente en toda su vida.

—¿Presuntuosa?

—No, hiperbólica.

"*¡Yesss!*", se alegró Fanny interiormente. Había conseguido colocar la segunda palabra. Y, al parecer, había surtido efecto, porque Juliette escribió algo en su hoja. Probablemente "candidata culta y con buena retórica".

—Así que eres sensible a los olores.

—Mucho.

—¿Tu héroe en la ficción?

—Es una heroína. Marjane. De *Persépolis*. ¿También tengo que justificar esto?

—No. Y en la vida real, ¿quién es tu héroe?

—Papá Noel.

—¿Qué deseas por encima de todo?

—Explicarme.

—¿Cómo te gustaría morir?

—De la risa.

—¿Tu lema?

—*Veni, vidi, risi.*

Miss Dior escribió un largo comentario en su hoja y echó un vistazo al reloj.

—Se ha agotado el tiempo. Gracias por tus respuestas, Fanny. Nos pondremos en contacto contigo por e-mail. Si eres seleccionada, tendrás que firmar una descarga de responsabilidad y darnos una autorización para utilizar todo lo que grabes durante el juego.

—Sin problema.

—¿Por qué hablas de problemas? ¿Crees que habrá alguno?

—No, no, solo era una expresión.

—De acuerdo. También necesitaremos que nos proporciones un certificado médico.

—¿Un certificado médico?

—Que acredite que no tienes problemas de corazón y que estás en buenas condiciones físicas. Y no olvides una cosa antes de comprometerte. Este juego no es un *escape game*. Es una inmersión en el mundo real. Una confrontación muy dura con tus propios miedos y con otros que todavía desconoces.

6.

El padre de Fanny aparcó el coche delante del *escape game* Brocéliande, en el pueblo de Vence. Juliette les hizo un gesto y se acercó hacia ellos. La directora de *casting* había cambiado su elegante vestimenta por una camisa, unos vaqueros y unas bambas Dolce & Gabbana, más acordes a las circunstancias. La acompañaba un hombre de unos treinta años que se presentó:

—Greg Morand, encantado de conoceros. Soy el organizador del juego. Felicidades a Fanny por su selección.

Tres días después de la entrevista con Juliette, Fanny había recibido un correo anunciando su participación en *El juego del bosque*.

—¿Cómo va esto? —preguntó el padre de Fanny—. Pensaba que no era un *escape game*.

—Este solo es un punto de encuentro. Brocéliande es colaborador del evento, pero nuestro juego no tiene nada que ver con un *escape game*. Sobre todo, lo que está en juego es lo que no tiene nada que ver.

—¿Su hija no se lo ha explicado? —preguntó Juliette.

—Sí, pero todavía no sé dónde será y cuánto durará.

—No puedo contestar a esas preguntas —declaró Greg—. Los concursantes descubrirán el lugar una vez allí. Pero no se preocupe, no está lejos. En cuanto al tiempo, solo depende de ellos. Como hemos dicho, la partida seguirá hasta que solo quede uno. Teniendo en cuenta su motivación, creo que la mayoría de ellos pasará la noche allí. Pero pueden retirarse en cualquier momento.

—¿Qué les vais a hacer?

—¡Asustarlos! —respondió Greg con cara de susto.

—¿No iréis a traumatizarlos?

—Papá, ¡solo es un juego! —protestó Fanny.

—El miedo no traumatiza a nadie, si todo acaba bien —explicó Greg—. Y ese es el caso en *El juego del bosque*. En cualquier momento se puede decir basta. Igual que viendo una película.

—¿Quiénes son los otros participantes? —preguntó el padre mirando a su alrededor inquiridoramente.

Se esforzaba por disipar todas las sombras y todos sus temores sobre el juego.

—Algunos ya están en camino. Los jugadores han sido convocados aquí a horas diferentes. No puede haber ningún contacto entre ellos antes del inicio de la partida, ni siquiera pueden saber a quién se enfrentan. Solo saben que son diez. Cinco chicas y cinco chicos. De la misma edad.

—¿Estáis seguros de que no arriesgan nada?

—Papá, ya vale —se impacientó Fanny—. Ya te lo he explicado. Lo único a lo que me arriesgo es a ganar diez mil euros y hacer una película.

—Todo está bajo control, señor —lo tranquilizó Juliette—. Imagine simplemente que su hija va a darse una vuelta en un túnel del terror mejorado, al que podrá poner freno cuando quiera.

—Trabajamos en colaboración con una sociedad de producción de películas de terror —subrayó Greg—.

Como ha dicho Fanny, si gana, adaptaremos al cine las imágenes que haya grabado durante la prueba.

Fanny abrazó a su padre para darle a entender que ya podía irse.

—Cuídate. ¿Tienes el bálsamo?

—¿Bálsamo?

—Para los mosquitos.

—No, solo tengo para mí.

A Juliette se le escapó una risa. Apreciaba el humor de Fanny. Eso debía de haber jugado a su favor en la selección.

—El reglamento establece que no puedes llevar nada personal, solo lo que contenga la mochila que entregamos a cada uno de los candidatos —sentenció Greg.

—Ya hemos impedido que uno se lleve sus auriculares —precisó Juliette.

—Bueno, pues vais a tener que hacer una excepción con el bálsamo de tigre —dijo el padre.

—Vale, te lo puedes quedar —concedió Greg.

Juliette tendió la mochila a Fanny, que la abrió inmediatamente. Encontró una botella de agua, barritas de cereales, antiséptico y una pistola.

—¡¿Un arma?! —exclamó su padre—. ¿Para qué?

—Es una pistola de bengalas. Cuando Fanny quiera abandonar el juego, solo tendrá que dispararla y alguien la irá a buscar.

—Fanny, es peligroso —dijo—. No sé si quiero que hagas esto.

—¡Papá, si hemos hecho cosas peores!

—¿Qué cosas?

—Hacer *rafting* en el río Verdon, atravesar México, probar la comida de la tía Yolanda...

Juliette también intentó reconfortar al padre de Fanny dedicándole su mejor sonrisa y una frase hecha:

—Todo irá bien, señor.

Se llevó a Fanny hacia un vehículo todoterreno que pertenecía a la productora.

Greg tendió una tarjeta de visita al padre de Fanny.

—Aquí está mi número, por si tiene más preguntas. No podré decirle nada sobre el desarrollo del juego, pero sí podré confirmar que su hija está bien.

El padre de Fanny sujetó el volante y vio cómo su preciosa hija desaparecía por el espejo retrovisor.

Juliette dio a Fanny un casco de moto integral, con la visera teñida de negro. Después de colocárselo, Fanny perdió la vista y parte del oído.

—Agarra mi brazo —ordenó Juliette.

Fanny se dejó guiar y subió al interior del vehículo todoterreno. Los otros candidatos estaban dentro. La tentación de levantar la visera atravesó la mente de Fanny, pero Juliette avisó a todos:

—Debéis llevar el casco puesto durante todo este tiempo o la expulsión será inmediata.

Les deseó buena suerte y cerró la puerta del coche. El 4x4 arrancó. A lo largo del trayecto, el conductor, llamado Fred, les gritó algunos datos. Los estaba conduciendo al escenario de *El juego del bosque*. Cada uno sería dejado en un lugar diferente, en lo más profundo de un bosque supuestamente encantado.

—*Buuuh...* —rio Fanny.

Su imitación de un fantasma suscitó carcajadas y algunas onomatopeyas a su alrededor. Fred precisó que muchos senderistas se habían perdido en ese bosque y que algunos nunca habían sido encontrados.

Además, según las cifras oficiales, había habido once suicidios en los últimos treinta años.

Tras restablecer el silencio, Fred les recordó su objetivo: aguantar el mayor tiempo posible dentro del bosque. Hasta que solo quede uno. Podían utilizar cualquier medio legal para obligar a los otros concursantes a abandonar. La pistola de bengalas era la única manera de comunicar su abandono y de ser rescatados por los organizadores, que irían a por ellos. Por eso era muy importante no separarse de ella. Cuando solo quedase un participante, este sería informado mediante una bengala verde y tendría entonces que señalar su presencia usando su propia bengala.

Animaban a los concursantes a utilizar sus teléfonos móviles, cargados al cien por cien, para grabar vídeos. No podían utilizarlos para comunicarse, pues el bosque era una zona blanca. A donde iban, no había cobertura telefónica. Todos los objetos personales confiscados serían devueltos al final del juego.

Fred puso entonces música de Rammstein en la radio del coche, inundando en habitáculo de metal industrial alemán.

Ich reise viel, ich reise gern
Fern und nah und nah und fern

7.

Fanny no sabría decir cuánto tiempo llevaban en el coche cuando el 4x4 se salió de la carretera. Los pasajeros, cubiertos por los cascos, saltaron sobre sus asientos y chocaron entre sí como dados dentro de un cubilete. Los baches se hicieron eternos. Fred cortó la música y les informó de que habían abandonado el asfalto y circulaban por terreno accidentado. Fanny se burló abiertamente de la literalidad del comentario, pero el chiste no pareció del agrado del conductor.

Comprendió la utilidad de los cascos.

Uno de los pasajeros pidió disminuir la velocidad, otro amenazaba con vomitar si no paraban y otro gritaba "¡Moriremos todos antes de que nos haya dado tiempo a tener miedo!". Fanny apreció ese último comentario y se aferró al asiento. El vehículo ralentizó al fin la marcha, lo que no le impidió atravesar otros tantos obstáculos, entrar en un par de socavones, calarse bruscamente, arrancar de nuevo arañando los tapacubos y zigzaguear encadenando curvas cerradas.

Por fin, se paró del todo.

Fanny escuchó que se abría la puerta. Fred hizo salir a uno de los pasajeros. Un par de minutos después, el 4x4 se puso en marcha de nuevo.

Volvió a pararse para dejar salir a otro pasajero.

Y por fin fue el turno de Fanny.

—¿Puedo quitarme ya el casco? —preguntó.

—Aún no —respondió un hombre que la cacheaba. Descubrió el bálsamo de tigre.

—Greg me ha autorizado —explicó Fanny.

El tipo llamó entonces al organizador.

—De acuerdo —dijo después de obtener confirmación.

Fanny escuchó cómo se alejaba el 4x4 y al hombre cerrando la cremallera de su mochila.

—¿Ya? —preguntó Fanny.

—El viaje no ha terminado. Seguimos en moto.

—¿Qué?

—Que seguimos en moto.

—Gracias, ya lo había oído.

—Entonces no me hagas repetirlo. Estamos dispersando a los candidatos por el bosque, no tenemos tiempo que perder. Ponte la mochila.

El hombre la tomó del brazo y la ayudó a subirse a la moto. Se subió delante de ella y arrancó con una patada.

—Agárrate bien.

Fanny sintió como si despegase y revivió la misma sensación que en la Hyperspace Mountain de Disneyland Paris, que había visitado hacía años con su padre. Iba muy deprisa y todo se movía a su alrededor. ¡Ahora sí que empezaba la aventura!

Al final de la carrera, el motorista apagó el motor. Fanny todavía sentía su rugido en los tímpanos. Puso un pie en el suelo y se tambaleó. El hombre la ayudó a recuperar el equilibrio. Le desabrochó el casco.

—Te lo puedes quitar —dijo—. Ya estamos.

Fanny recuperó al fin la vista. Devolvió el casco al motorista, que no se quitó el suyo. La visera tintada de negro le ocultaba el rostro.

Fanny miró a su alrededor. Estaba en medio de un bosque tan denso y oscuro que daba la impresión de que había estado viajando hasta la caída de la noche.

—Para que lo sepas —añadió el hombre tras la visera—, la pistola de socorro solo tiene una bengala. Y el mecanismo es doble.

Sacó la pistola de la mochila y le enseñó cómo accionarla.

—Primero la cargas y después disparas. Si disparas sin haber cargado, no funcionará.

Le devolvió la pistola y una última advertencia:

—Si disparas, se acaba la partida.

—¿Los demás ya están en el bosque?

—Casi todos. El juego ya ha empezado para ellos. En tu caso, empieza en dos minutos. ¿Estás bien? ¿Quieres volver ahora conmigo?

—¿Por qué me preguntas eso?

—Mientras yo esté aquí aún puedes cambiar de opinión, después será demasiado tarde.

Esa extraña propuesta la hizo dudar. ¿Había realmente un riesgo real? Miró la pistola de socorro que agarraba en la mano y tomó una decisión.

—Todo bien, me quedo.

—Utiliza bien tu *smartphone* para grabar vídeos. ¡Ah, sí, casi me olvido! Hay nueve kits de supervivencia repartidos por el bosque.

—¿Nueve? ¡Pero entonces uno de los concursantes no tendrá!

—Esperemos que no seas tú.

—¿Qué hay dentro?

—Cosas para aguantar más tiempo. Ya lo verás. No te estropeo la sorpresa.

—Así que el objetivo es empujar a los demás a que abandonen...

—Estoy seguro de que la mayoría no necesitará ningún empujón del miedo que vais a pasar.

—El conductor del 4x4 nos habló de "medios legales" para eliminar a los otros concursantes. ¿Hasta dónde podemos llegar, entonces?

—Eso deberás averiguarlo tú.

Fanny volvió a fijar la mirada en la pistola de bengalas.

—¿Todavía quieres participar? —preguntó el hombre por última vez.

—Sí.

—Dicen que tienes sentido del humor. No lo pierdas ahí dentro, lo necesitarás.

—Si tú lo dices.

—Buena suerte, Fanny.

—Gracias.

Subió de vuelta a la moto y desapareció derrapando entre el ruido del motor.

Fanny estaba sola.

En silencio.

Sin cobertura.

Con una pistola de bengalas en la mano.

Se quedó inmóvil, todo oídos, intentando mostrarse receptiva a su nuevo entorno. Durante unos segundos, se preguntó qué estaba haciendo ahí, sin ninguna noción de supervivencia en medios salvajes, sin equipamiento especial, sin saber qué hacer aparte de aguantar lo máximo posible entre los árboles, esperando a que los otros nueve se rindieran antes que ella. El lugar donde la habían dejado le resultaba totalmente ajeno. Su experiencia en el bosque se limitaba a algunos pascos acompañada de sus padres y a una partida de *paintball* que organizó un amigo por su cumpleaños y al que además habían vestido con un disfraz de conejito.

Fanny estaba rodeada por pinos cubiertos de agujas, abetos grisáceos, robles de troncos tortuosos y roídos por la yedra y el musgo. La luz se esforzaba por atravesar la tupida bóveda de hojas y ramas, pero no llegaba a iluminar el suelo. El olor a humedad, resina y moho se le pegaba a la nariz. Los crujidos, gritos de roedores y movimientos furtivos traicionaban, poco a poco, la existencia de una vida invisible para ella.

Escuchó unos pasos a su espalda que solo podían ser de un animal corpulento. Como la visibilidad no era buena, encendió la linterna del móvil y la dirigió hacia el ruido sospechoso. El haz de luz salpicó una maraña ganchuda de ramas y los pasos parecieron multiplicarse en todas las direcciones, acompañados de extraños ronquidos. Fanny apagó la linterna inmediatamente y se escondió detrás de un tronco rugoso. Puso el teléfono en modo vídeo y grabó la penumbra. Cuando sus ojos se acostumbraron a la oscuridad, distinguió una gran masa negra que se alejaba.

Cambió el punto de vista de la cámara y se grabó en primer plano.

–¡Bueno, pues parece que estoy en modo *Supervivientes*! –anunció–. Ya estoy flipando de miedo, así que espero que los otros nueve concursantes atrapados en este bosque tan raro estén aún más asustados que yo. ¡No va a ser fácil!

Dejó de grabar. Algo se deslizaba a su derecha. Escuchó que pasaba de largo. Si quería aguantar,

Fanny tenía, al menos, que poder nombrar las cosas y sonidos que la rodeaban. Ignoraba si los seres que emitían esos ruidos, silbidos y ronquidos, le deseaban la bienvenida al bosque o más bien la consideraban una presa fácil.

Fanny retomó la grabación prácticamente susurrando:

—Primera misión: encontrar un kit de supervivencia.

8.

El bosque.

El problema al caminar es la orientación. No hay carteles, ni nombres de calles, ni señales, ni cafeterías, ni mapas, ni 4G. Todo se parece. ¡Solo árboles!

Fanny no distinguía ningún sendero que pudiera seguir, ni una apertura entre los árboles que esclareciera el horizonte. Inspeccionó el suelo cubierto de hojas, maleza, piedras, helechos, zarzas y raíces sinuosas. Confiaba en que los organizadores hubieran colocado un kit de supervivencia cerca del lugar en el que la habían abandonado. No encontró nada y llevó su búsqueda un poco más lejos. Sin pensar, siguió la misma dirección que el motorista. Caminó durante unos diez minutos sin descifrar el menor indicio, sin encontrar ninguna pista sobre la zona en la que se encontraba.

Dejó de andar.

Ya no conseguía seguir las huellas dejadas por la moto. Se preguntó si era buena idea seguir moviéndose. Corría el riesgo de adentrarse demasiado en el bosque o de alejarse, salir y ser descalificada. También podía encontrarse en terreno hostil. Retomó la marcha, más despacio, más atenta a las formas y sonidos que atizaban su imaginación. Un tocón de árbol parecía un escarabajo gigante. Las ramas esqueléticas de un pino muerto recordaban a las garras de una bruja.

Se topó con un montón de piedras que la vegetación no había cubierto. Fanny dedujo que alguien las había colocado ahí recientemente.

Se acercó despacio, como un depredador listo para saltar sobre su presa. Levantó una primera piedra, después una segunda y escuchó un silbido. Se le aceleró el corazón. Sintió que algo se movía justo debajo de las piedras. Se alejó gritando.

¡Una serpiente!

Fanny se separó del montón de piedras y sacó la pistola de bengalas. La cargó, apuntó el cañón hacia el cielo y puso el dedo sobre el gatillo. Dudó. Sería estúpido rendirse después de veinte minutos. Razonó, calmó el ritmo de sus pulsaciones, recordó que estaba en un juego y que todo estaba controlado. Nadie moría nunca por picaduras de serpiente en *Supervivientes* o *La isla*.

Su padre le había dicho una vez que lo mejor para espantar a los animales salvajes era hacer ruido. Fanny recogió una rama muerta y golpeó la tierra frente a ella, mientras martilleaba el suelo con los pies. Parecía que estaba haciendo algún tipo de ceremonia ritual. Cubierta de sudor, empezó a gritar a la ocupante del agujero, que terminó por abandonar su escondite y huir del estruendo trazando eses en el suelo. Fanny tuvo el reflejo de grabarlo con el móvil. Había captado una gran escena.

Se acercó con precaución y ojeó el hueco del que había expulsado al reptil para asegurarse de que no había otro dentro. Después, siguió retirando piedras, una por una, convencida de que era un escondite preparado por los productores del juego.

La rama chocó haciendo un ruido metálico.

"*Yesss!*"

Había algo ahí debajo, tenía el tamaño de una caja de zapatos.

Cavó con las manos para desenterrarlo.

—¡Menudos cabrones! —exclamó refiriéndose a quienes habían tenido la perversa idea de poner una serpiente justo encima del kit de supervivencia.

Desenterró la caja, se sentó al lado del agujero y la abrió apresuradamente.

No tuvo tiempo de ver lo que había dentro.

9.

Fue tan repentino que, al principio, no entendió lo que pasaba. Se ahogaba y se le oscureció la vista. Tenía la cabeza dentro de un saco. Intentó liberarse, pero alguien tiró de sus brazos hacia atrás. Le quitaron la chaqueta con capucha que llevaba puesta y le ataron las muñecas a la espalda. Gritó, pidió ayuda, pero entonces recibió un golpe en la cabeza.

—Joder, ¿qué está pasando? —gritó.

Recibió un segundo golpe y comprendió rápidamente que por cada grito recibiría un castigo. Se calló y distinguió ruidos indefinidos a su alrededor.

—¡No me hagáis esto! —suplicó.

La volvieron a golpear y después intentaron quitarle los zapatos y las zapatillas. Recibió un cuarto golpe cuando se puso a dar patadas para impedirlo.

Se dejó descalzar.

Y después nada.

Se retorció intentando llevar los brazos adelante. Imposible. Se levantó y avanzó despacio, sin ver.

—¡Ay! —chilló al chocar con un árbol.

Se dio la vuelta y frotó la cuerda que le unía las manos contra la corteza rasposa. El nudo no estaba muy apretado. Fanny empezaba a sofocarse. Por suerte, el intento dio resultado. Liberó una mano y después la otra, tiró de la máscara que le habían colocado y que se resistía. Por fin, se dio cuenta de que era su propia mochila y que bastaba con abrir la cremallera.

Con la cabeza libre al fin, tomó una bocanada de aire salvador.

Miró a su alrededor.

Le habían robado las zapatillas y los calcetines, la chaqueta y el kit de supervivencia. Le quedaba el móvil y la pistola de bengalas. No había que ser Sherlock Holmes para deducir que otro de los concursantes la había despojado de sus pertenencias para debilitarla y obligarla a abandonar.

–¡Cabrón! –gritó.

Siguió con los insultos y soltó un gruñido de odio que se perdió en el bosque. El tipo que la había agredido ya debía de estar muy lejos.

–¿Han seleccionado a un montón de perturbados o qué? –se quejó.

Temió, de repente, que el juego estuviera diseñado para alimentar el instinto bestial de los participantes. ¿Estarían dispuestos a todo para ganar? Sí, respetando la ley de la jungla.

Fanny abrió el bote de bálsamo de tigre, que se había quedado en el bolsillo pequeño de su mochila, y se embadurnó la frente magullada. En lugar de aliviar las picaduras de mosquito, el ungüento chino iba a ayudarle con el dolor de cabeza.

Recogió el móvil y la pistola de bengalas. Al levantar la cabeza le dio la sensación de que el decorado se movía. Tenía los sesos hechos papilla y además sentía el contacto directo de la tierra bajo sus pies, lo que le daba la extraña sensación de estar chocando contra las afiladas ramas mientras se hundía en arenas movedizas. Tenía miedo de que algo le picara, mordiera, o arañase, de pisar algún insecto o de que otro concursante la atacara de nuevo.

De pronto fue consciente de su gran defecto: Fanny no se adaptaba, se imponía. Cuando llegaba a una fiesta, siempre tenía que ser el centro de atención. Cuando estaba con otras personas, ella era quien fijaba las reglas. De viaje, sin embargo, mantenía las distancias. Como si acomodarse fuese en contra de su personalidad.

Desvalida y descalza, abrigada con una camiseta en un bosque que apestaba a podrido, no era nadie. Se la iban a comer. ¿Qué hacer? ¿Lanzar una bengala y acabar con todo? ¿Pudrirse ahí mismo y esperar a que los otros nueve abandonasen? ¿Seguirle la pista a su agresor? ¿Buscar otro kit con la esperanza de que no esté custodiado por una colonia de avispas o viudas negras?

Se decidió por la tercera opción.

Después de un examen minucioso de la "escena del crimen" del que había sido víctima, encontró una huella de bota y una rama rota que indicaban la dirección que había tomado su asaltante.

Fanny se frotó los brazos para calentarse y darse ánimos, antes de lanzarse tras el ladrón. Despacio. El terreno era accidentado, primero seco, luego húmedo, frío, rugoso, viscoso, espinoso, y picaba, pinchaba y crujía bajo sus pies desnudos. Con cada paso, Fanny tenía la sensación de estar pisando una serpiente o cualquier otra bestia con patas o mandíbulas. Sus ojos acostumbrados a la penumbra escaneaban el lugar. Pero había dejado de estar atenta a lo que había sobre su cabeza. No vio venir las garras. Gritó intentando salvarse, antes de darse cuenta de que el pelo se le había enganchado en una rama muerta. Se llamó a sí misma gallina, se comparó con las actrices pusilánimes y chillonas de las que le gustaba tanto reírse en las pelis de terror.

–Vale. Estoy en un juego estúpido, tengo que calmarme –se animó–. Controlar la situación.

Se grabó mientras caminaba penosamente y enfocó sus pies descalzos. El tono que empleó en el comentario parecía el de la voz en off de un tráiler de película de Hollywood: "Me acaban de robar la mochila, el kit de supervivencia, los zapatos, la chaqueta. Voy tras la pista del sucio bastardo que me ha hecho esto. Si lo encuentro, lo elimino".

Fanny estaba de vuelta en el juego. Lista para darlo todo. Y ya no le importaba esa cosa blanda que acababa de aplastar con el pie...

10.

Estaba totalmente perdida. Fanny tenía la impresión de haber andado durante horas. El paisaje era siempre el mismo: marrón, verde, gris, rugoso, afilado. Le mareaba el olor a humedad, moho, resina y hojas secas. Con los pies doloridos y llenos de tierra, decidió descansar sobre un árbol caído que se pudría ahí mismo. Se examinó las uñas ennegrecidas de los dedos de los pies.

—¡Joder, parecen los pies de un trol!

Los grabó y encadenó un plano panorámico que comentó con tono de hartazgo: "Disculpadme por grabar únicamente árboles. Es lo único que hay por aquí. Podríais pensar que no me he movido, pero os juro que en mi vida había caminado tanto. Es una jungla este bosque. En cualquier momento podría cruzarme con una tribu de pigmeos caníbales, cocinando al gilipollas que me atacó..."

De repente, su monólogo fue interrumpido por un ruido sospechoso. Había una pelea ahí cerca. Fanny se armó con una rama caída y avanzó con pasos cautelosos a través de los arbustos. Se apostó detrás de un abeto colonizado por hormigas y vio a dos tipos enfrentándose. Uno era mucho más corpulento que el otro, pero menos ágil. Sus golpes daban al vacío frente a su escuálido pero rápido adversario. Parecían David contra Goliat. David intentaba hacerse con la mochila y el kit de supervivencia que Goliat le había robado.

Fanny empezó a grabar el combate, emocionada por poder aportar una buena escena de acción a la película. David resbaló sobre un montón de hojas. Goliat aprovechó el desequilibrio de su adversario para empujarle al suelo y darle un violento puñetazo. Y después otro.

Si no intervenía, iba a matarlo y sería cómplice de asesinato. Fanny paró la grabación, aferró el trozo de madera que sujetaba en la mano y se lanzó gritando sobre Goliat justo en el momento en que volvía a levantar su enorme puño. El aullido de guerra de la joven congeló el brazo de Goliat en el aire, sobre la cabeza de David. Goliat se giró justo a tiempo para ver a una furia que caía sobre él blandiendo un garrote. Se apartó de su trayectoria, pero no lo suficiente. La rama muerta se partió en su frente, con un crujido. David se retorció para liberarse del agarre y se puso en pie tambaleándose.

Goliat dudó si hacer frente a sus dos oponentes. Se miraron entre ellos. La escena final de El bueno, el feo y el malo pasó por la mente cinéfila de Fanny.

—¿Estás bien? —preguntó a David.

—No.

Se frotaba la mandíbula, golpeada por dos directas. Estaba tocado, pero no hundido.

—¿Estáis dentro del juego?

Goliat esbozó una media sonrisa.

—¿Tú qué crees?

Caminó hacia atrás lentamente y recogió las dos cajas de metal.

—¡Al menos devuélveme la mochila! —suplicó David—. Ya tienes mi kit de supervivencia.

—Ven a por ella.

—Es un juego —avisó Fanny—. No podemos pelearnos así.

—¿Ah, sí? —exclamó frotándose el cráneo en el sitio en el que ella acababa de golpearle—. Mira quién habla...

—¡Estabas a punto de matarlo!

—Ya veo que lo has entendido. Esto es la ley del más fuerte. Vosotros dos no tenéis nada que hacer. Así que vais a accionar vuestras pistolas de bengalas y os vais a ir a casa tranquilamente.

—¿Tú eres el que me ha robado antes, cabrón?

Goliat sonrió por toda confirmación y fijó la mirada en los pies descalzos de Fanny.

—Deberías lanzar una bengala antes de que pilles hongos.

—¿Dónde están mis zapatillas?

—Me he deshecho de ellas. Serán un buen postre para los jabalís. Y agradece que todavía te quede algo de ropa. Y ahora, ¡disparad las malditas bengalas!

Apuntó a Fanny y a David con el dedo para apoyar la amenaza siguiente:

—Si no, os haré vivir un infierno.

Fanny levantó su pistola de socorro, pero, en lugar de apuntar al cielo, usó a Goliat como diana.

—Te voy a quemar la cabeza si no nos devuelves nuestras cosas.

—Ten cuidado, rubia. Si me disparas, estarás cargándote tu billete de salida.

—Deja los dos kits de supervivencia.

—Como quieras. Cuidado, son frágiles.

Goliat le lanzó las dos cajas. Fanny intentó atraparlas por reflejo, pero Goliat siguió la misma trayectoria y la empujó justo por detrás. Había aprovechado la distracción para acortar la distancia que lo separaba de Fanny. La violencia del golpe la propulsó contra el suelo. Goliat empujó la pistola de Fanny con el pie, que se perdió entre la maleza. David utilizó los segundos en los que el coloso no lo tenía en el punto de mira para agarrar la suya. Lo apuntó, olvidándose de cargar, y apretó el gatillo. No pasó nada. Goliat cayó sobre él y le dio un puñetazo en el cráneo.

—Os lo dije. ¡Largaos de este bosque! La próxima vez que nos crucemos, os masacraré.

Tiró la pistola de socorro sobre el vientre de David, que yacía medio desmayado, y clavó su mirada negra en Fanny, confusa por la caída.

—¡Abandonad el juego! ¡Último aviso!

Se dio la vuelta sobre sus talones y desapareció llevando consigo las mochilas y los kits de supervivencia.

II.

Fanny se inclinó sobre David, que no se movía.

—Eh, ¿estás bien?

No hubo respuesta. Sentía su respiración en la mejilla, estaba vivo. Intentó recordar la formación de primeros auxilios que había seguido en el instituto. Si hubiese sabido que le sería de utilidad, habría estado más atenta. Juntó los pies del chico sobre el eje de su cuerpo, le dobló los brazos y una pierna, esperando que, en el ángulo correcto, y le dio la vuelta para colocarlo en posición lateral de seguridad.

Le abrió la boca con los dedos.

—Eh, tío, ¿cómo te llamas?

Soltó un gruñido.

—¡Venga, habla!

—Axel —murmuró.

—Vale, Axel.

Cogió la pistola de seguridad.

—Voy a pedir ayuda —le dijo, apuntando al cielo con la pistola.

—Noooo —gimió él.

—No estás en condiciones de seguir.

Abrió los párpados para mostrar unos ojos negros que la desconcertaron.

—Espera...

Fanny dejó la pistola y tomó la mano que él le tendía. El chico se la apretó para demostrar que podía reaccionar.

Fanny sintió un cosquilleo en el estómago. Estaba tan concentrada en la acción que no se había dado cuenta de lo guapo que era. El moratón de su mejilla rompía con la elegancia de sus rasgos, pero no con su magnetismo ni con su mirada obsidiana, que la había fulminado.

—Deberías ver a un médico —aconsejó Fanny.

—¿Y dejar el juego? Sí, claro.

—Como quieras, solo lo decía por ti.

—Gracias por preocuparte por mi salud.

El tono de su voz, a la vez ronca y joven, la fascinó. Axel se incorporó con dificultad y se quedó sentado, masajeándose la mandíbula.

—Ese imbécil no se ha cortado un pelo.

—Y que lo digas, a mí también me ha pegado.

Fanny fue a buscar su pistola de bengalas.

—Esto se parece cada vez más a *Los juegos del hambre*.

—Solo que tú no eres Katniss Everdeen.

—Ya lo sé.

Fanny miraba la pistola que tenía entre las manos. Ya no sabía si quería seguir. Estaba de acuerdo en enfrentarse a sus miedos, no a un bruto enorme.

—Pensaba que daría miedo, no que sería violento —comentó.

—La violencia engendra miedo. Las dos cosas están relacionadas. Así es como las dictaduras o los cárteles consiguen que reine el terror. Si es demasiado duro para ti, puedes retirarte del juego.

—Me encanta tu manera de agradecer que te haya salvado. Venga, chao.

Fanny se alejó en la dirección opuesta a la que había tomado Goliat.

—¡Eh! —la llamó Axel.

Se dio la vuelta.

—¿Cómo que "eh"?

—No me has dicho tu nombre.

—¿Te importa?

—Yo te he dicho el mío.

—Fanny.

—Qué bonito.

—Vale, adiós.

—¡Fanny!

—¿Y ahora qué?

—Que he tenido una idea.

—Bien por ti.

—Deja de hacerte la ofendida. Va en serio.

Deshizo lo andado. Le costaba sostenerle la mirada, que hacía que su corazón latiera un poco más deprisa.

—Te escucho —dijo al fin.

—Somos competidores, eso está claro. Pero deberíamos aliarnos para ser más fuertes, al menos de momento. Soy tan corpulento como una cerilla y tú tampoco pareces muy hábil, está claro que ninguno de los dos tiene el cinturón negro de kárate. Juntos tendremos menos problemas si nos volvemos a cruzar con ese tío.

—¿Se te ha ocurrido por lo de *Los juegos del hambre*?

—¡A la mierda *Los juegos del hambre*! ¿Te apuntas o no?

—Hasta que solo quedemos los dos, ¿no?

—Vaya, eres muy perspicaz.

—Deja la ironía.

—OK, no más chistes.

—Bien.

—Y te agradezco de verdad que intervinieras antes.

—Ya.

Fanny esbozó una sonrisa.

—Podríamos incluso compartir la recompensa — sugirió.

—Aún no estamos ahí. No he visto ninguna bengala roja en el cielo y eso significa que todavía somos diez locos perdidos en este bosque.

—Trato.

Fanny tendió la mano a Axel, que la chocó para sellar el acuerdo. Ese contacto le dio una nueva descarga de adrenalina.

12.

Fanny y Axel se refugiaron sobre un tocón para recuperarse del enfrentamiento contra Goliat y elaborar una estrategia conjunta. Fanny extendió con cuidado un poco de bálsamo de tigre sobre el moratón de Axel, que apretaba los dientes de dolor.

—¡Apesta! —se quejó.

—Mejor apestar a mentol que tener cara de filete.

Se limpió las manos con unas hojas y se puso a pensar en el siguiente paso.

—Si queremos tener la suerte de nuestro lado, deberíamos hacernos con un kit de supervivencia —afirmó.

—Estoy de acuerdo, pero antes tenemos que hacer algo con tus pies.

Los examinó y quitó alguna porquería de entre los dedos.

—Lo has debido de pasar mal, están llenos de cortes.

—No es moqueta, precisamente, el suelo del bosque —respondió con una rima socarrona.

—¿Eres rapera?

—No, payasa.

—¿Qué número tienes?

—El 38, ¿por qué?

Se descalzó y le tendió sus zapatos.

—Tengo el 39, deberían quedarte bien. Si no, te cortarás hasta con un trozo de hierba.

—No tienes por qué hacerlo.

–Sí. Primero: te debo una. Y segundo: a mí me quedan los calcetines.

–Dámelos a mí y quédate con los zapatos.

–¡No voy a darte mis calcetines, eso es demasiado personal! ¿Y por qué no mis calzoncillos ya que estamos? Sí, claro...

Se levantó para cortar la discusión y obligar a Fanny a aceptar la situación. La chica se calzó y lo siguió.

–¡Axel!

–¿Ahora qué?

–Gracias.

Avanzaron como dos cazadores en busca de un kit. A su alrededor, una cacofonía les indicaba que no eran los únicos seres vivos recorriendo la zona. Parecía que hasta los árboles susurraban. De vez en cuando, un haz de luz conseguía colarse entre la penumbra para iluminar su búsqueda.

Inspeccionaron el sotobosque, la tierra y levantaron cada roca, sin encontrar nada.

Se grababan por turnos. Fanny se lamentaba por no haber utilizado el móvil para filmar todo el enfrentamiento contra Goliat.

–Imagínatelo con música de Ennio Morricone de fondo, habría sido una pasada –le decía a Axel.

–¡Parece que vives en una película!

–Es el objetivo, ¿no? Grabar una peli. ¿No es lo que te animó a participar?

–Para mí fue sobre todo la pasta. Diez mil euros es algo concreto, pero un proyecto cinematográfico es algo tan indefinido como mis perspectivas profesionales.

–¿Cuáles son tus perspectivas profesionales?

–Son indefinidas.

—¡Axel, mira!

Un tronco caído desde hacía tiempo había llamado su atención. Fanny sondeó el interior, que se descomponía, pero por desgracia ahí no se escondía ninguna caja.

—Nos esforzamos por nada —se desanimó Axel—. Y pensar que los dos teníamos un kit, pero ese cabrón nos los quitó. Tendríamos que haberlo seguido y atacado por sorpresa.

Fanny se frotó los brazos. Tenía escalofríos.

—Te vas a resfriar —advirtió Axel.

Intentó darle su parka, pero ella se lo impidió.

—Ni de coña.

—¡*Shh*!

Escucharon un ruido de pasos. Algo o alguien se acercaba sin mostrarse. Los dos jóvenes se escondieron detrás del tronco en un acto reflejo. Fanny levantó el móvil y grabó a ciegas lo que pasaba del otro lado. Escucharon una respiración fuerte, un gruñido. Y el ruido de pasos rápidos que se alejaban. Fanny arriesgó un vistazo. Nada. Percibió un fuerte olor a orina.

Miró la grabación de vídeo. No se veía nada.

—Rebobina —dijo Axel.

Fanny reprodujo el vídeo más despacio, hasta que Axel tocó la pantalla para pausar la imagen. Una forma oscurecía la pantalla. Solo duraba un segundo.

—¿Qué mierda era eso?

—¡Ni idea, pero ha pasado muy cerca!

Axel levantó los ojos y señaló el otro lado del tronco.

—Justo aquí.

—¡Nos largamos!

—Solo están intentando asustarnos, ¡nada más!

—¿Quién?

—Los organizadores del juego, ¿quién si no?

—Pues resulta que cuando no entiendo lo que está pasando, yo me asusto. Como este olor. Parece de un animal que ha marcado su territorio.

—Solo intentan disuadirnos para que no nos acerquemos.

—¿A dónde?

—Aquí hay un kit de supervivencia, creo.

—Tal vez tengas razón.

Dejaron su escondite y siguieron la pista que marcaba la tierra pisoteada, las hojas aplastadas y las ramas rotas.

—Nos ha visitado un peso pesado al que no le preocupa arañarse la cara —dedujo Axel.

—¿Un jabalí?

—Es posible. Es el animal más peligroso del bosque.

—¿Lo dices para asustarme?

—¡Solo te estoy avisando, no seas tonta! Hay muchos cerca de la casa de mis abuelos. Muchas veces se acercan al jardín por la noche y estropean el césped. Una vez sorprendimos a uno. Es una locura lo rápidos y ágiles que son, nunca lo hubiera dicho. Parecía un tanque, pero se movía como un mono.

—¿Y dices que son peligrosos?

—En general si los dejas tranquilos se alejan. Pero si los provocas se te tiran encima sin dudar.

—Pues entonces deberíamos dejarlos en paz.

—Por otro lado, es posible que una familia de jabalíes esté protegiendo el kit de supervivencia. Yo encontré el mío hurgando en un tocón, algo casi me arranca la mano.

—¿Qué fue?

—No lo sé, solo cogí la caja y me fui. Roedores, seguramente.

—Encima del mío había una serpiente.

—¡Los organizadores se lo han currado!

—¿Se te ocurre dónde podrían haber escondido otra caja?

Para Fanny, esa maraña de ramas, malas hierbas y maleza recordaba al bosque de la película La Bella Durmiente, creado por Maléfica para aislar a la princesa dormida.

—Qué miedo da este sitio —dijo Axel.

Fanny no lograba desprenderse del olor a orina que le irritaba la nariz. Solo podía estar de acuerdo con el comentario de Axel.

De pronto, un movimiento entre los árboles captó su atención. A su alrededor empezó a sonar un concierto de gruñidos y crujidos.

—¿Qué ha sido eso? —preguntó Axel.

—¡Un jabalí!

—¿Lo has visto?

—¡Viene directo hacia nosotros!

Fanny agarró el brazo de Axel y lo empujó para refugiarse detrás del tronco de árbol. Saltaron sobre la barricada de madera y se ovillaron, con la nariz pegada al musgo del tronco, bajo una salva de gritos bestiales. Esperaron a que volviera la calma para arriesgar un vistazo. El animal había desaparecido. La mirada de Fanny se centró en algo que colgaba de la rama de un pino, como un ahorcado. Una mochila. Se la mostró a Axel.

—¡Estaba justo ahí y no la habíamos visto! —exclamó.

—Voy a por ella.

—¡No, espera! El jabalí podría volver.

—No te preocupes. Puedo subir al árbol de un salto. Si ves que vuelve el monstruo, no tienes más que gritar.

—¡Pero, si grito, vendrá a por mí!

—En eso consiste una distracción.

—¡Dije que parases con el sarcasmo!

—Gritas y corres a refugiarte en un árbol, ¿vale?

Fanny se preguntó si podía confiar en él. Le había dado sus zapatos, sí, pero tal vez solo era una manera de hacerle bajar la guardia.

—En cuanto tenga el kit vuelvo contigo —añadió.

Sin esperar más, Axel salió disparado en dirección al pino. Se agarró del tronco, levantó todo su peso igual que un acróbata en un trapecio, puso el pie sobre una rama, se agarró a otra y alcanzó la mochila con rapidez. La descolgó y se la mostró a Fanny, que no le quitaba los ojos de encima, en señal de victoria. Puso los pies sobre la tierra en el mismo momento en que el jabalí salió disparado como una bala de entre los arbustos.

Fanny abrió la boca, pero no consiguió emitir ningún sonido. Axel se acercaba confiado hacia ella, ignorando que estaba justo en la trayectoria del animal. Por fin, un chillido surgió de la boca de Fanny.

Axel se dio la vuelta a tiempo para ver que una masa negra se abalanzaba sobre él. Empezó a correr. Fanny gritó y agitó los brazos para desviar el ataque del jabalí. Axel se acercó a un árbol y saltó del suelo justo por encima del animal, que iba a toda velocidad. Fanny lo imitó y trepó a un viejo roble.

El animal dio una vuelta alrededor de los árboles antes de rendirse y se alejó gruñendo.

Los dos jóvenes bajaron a tierra y se alejaron de allí tan rápido como pudieron, con el kit de supervivencia bien sujeto.

El cielo estaba cada vez más encapotado y oscuro.

—Con la suerte que estamos teniendo, ahora nos va a caer un diluvio —se quejó Fanny.

—Al menos todos los concursantes sufrimos el mismo tiempo.

—Hay que encontrar un refugio.

—No creo que encontremos ninguno, tenemos que fabricarlo.

—¿Con qué? A menos que el kit tenga una tienda de campaña Quechua...

—¿Puedes dejar de decir tonterías?

—Solo estaba elucubrando.

Axel se paró en seco.

—¿Qué? —susurró Fanny con el corazón latiendo a mil.

—¡*Shh*!

El croar de las ranas tapaba cualquier otro ruido.

—Este no me parece un mal sitio para instalarnos.

Fanny miró a su alrededor sin ver nada que justificase esa decisión.

—¿Por qué me has chistado?

—Para que dejaras de hablar.

—No creo que duremos mucho juntos.

No le gustaba nada ser la diana de las burlas, ese era su terreno, sobre todo si era a expensas de los demás.

—¿Miramos qué hay en el kit antes de pensar en el refugio? —sugirió Axel.

La curiosidad fue más fuerte que el amor propio. Fanny asintió. Se sentaron y examinaron el contenido de su tesoro. Había una botella de agua, una bebida energética, barritas de chocolate, frutos secos, una linterna, una navaja, una brújula, un rollo de papel higiénico, cuerda, un chubasquero, un rosario y un crucifijo.

—¿Es una broma? ¡Han metido un crucifijo! —exclamó Axel.

—¿Para qué?

—Rezar, ¿qué si no?

—Para ahuyentar a los vampiros.

Las primeras gotas empezaron a caer.

—No hay tiempo de fabricar un refugio —se lamentó Axel.

—Solo tenemos que usar el chubasquero de tejado, plantamos cuatro palos ¡y listo!

Fanny estaba descubriendo que poseía un sentido práctico que en el día a día, en el instituto, las fiestas y las redes sociales, nunca utilizaba. Todo lo que sabía sobre supervivencia lo había aprendido viendo películas como Náufrago o Into the Wild. Axel y ella se separaron para buscar ramas más o menos rectas. Axel las talló con la navaja. Se dieron prisa para poder terminar cuanto antes su refugio improvisado.

—¿Sabes lo que dicen los indios? —preguntó Fanny.

—Ayúdame, en lugar de hablar.

Axel hundía una rama en el suelo, como si fuese una sombrilla de playa.

—No, eso no es lo que dicen —replicó Fanny—. Dicen que es inútil correr bajo la lluvia porque de todas formas se acaba empapado.

—Gracias por tu apoyo moral.

Fanny desplegó el chubasquero y lo tendió entre los piquetes que había plantado Axel. Anudaron las cuatro esquinas antes de refugiarse debajo. Apretujados bajo el pequeño cuadrado de nylon, dejaron de hablar. El aguacero crepitaba sobre sus cabezas y hacía caer una cortina gris y fría a su alrededor. Axel grabó la escena durante un instante, antes de guardar el móvil en un bolsillo de su parka.

Fanny sintió algo pesado y pegajoso deslizándose por su hombro. Se sobresaltó, gritó, intentó espantar al bicho, que se refugió en su cabello, saltó, dio una patada a uno de los piquetes y el refugio se derrumbó. Axel empezaba a enfadarse, pero entonces vio a un sapo saltar de la cabeza de Fanny y estalló en una carcajada. Ante su compañera paralizada, reparó los daños lo más rápido que pudo y volvió a guarecerse del chaparrón.

Pero Fanny se quedó parada, inmóvil, indiferente a la lluvia que caía sobre ella como si fuese una estatua olvidada en medio del bosque. Parecía hipnotizada. Tendió la oreja y avanzó despacio hacia un lamento sordo que emanaba de una forma humana con el rostro borroso. Se intentó acercar, pero no podía acortar la distancia que las separaba.

—¿Qué estás diciendo? —preguntó a la silueta liquida.

"Uh ha... eh sa..."

—¿Qué? ¿Quién eres...?

Solo entendía palabras inconexas, ahogadas por la lluvia y el llanto.

"Uh ha... eh sa..."

Fanny se internó en el bosque para no perder el contacto con la aparición. Tropezó con una raíz, se sujetó a un troncó cubierto de hiedra y sintió que un bicho trepaba por su brazo, pero se deshizo de él sacudiéndolo como si quemase. Alguien la agarró. Gritó.

–¡Soy yo!

Axel.

–¿Qué has visto?

Señaló al frente.

–Ahí... Ahí...

–¿Qué? ¡Dime!

–Ha... desaparecido.

–¿Qué ha desaparecido?

Fanny lo empujó y corrió a por su pistola de bengalas. Apuntó al cielo. Pero, en el momento de apuntar, la pistola se escapó de su mano y acabó en la de Axel.

–¿Pero qué haces, Fanny?

–Quiero parar.

–¿Por qué?

–¡Devuélveme mi pistola!

–Antes dime qué te ha pasado. ¡No habrá sido el sapo!

–Ya he tenido bastante, estoy empezando a delirar.

–Ven.

Axel tiró la pistola al suelo y obligó a Fanny a volver bajo el refugio improvisado. Estaba temblando. De frío. De miedo. Notó que Axel se pegaba a su espalda. Abrió su parka y la rodeó con brazos protectores.

–La lluvia debería parar pronto –le dijo.

–¿Y tú qué sabes?

–Hemos firmado para pasar miedo, no para pasar frío.

—Me la suda la lluvia.

—¿Y de qué tienes miedo?

Fanny no respondió. Llevaba los zapatos de otra persona, tenía la cabeza bajo la tela de un chubasquero que amenazaba con caerle encima y estaba ovillada junto a un desconocido, ya no se sentía ella misma.

13.

Axel tenía razón. La lluvia cesó al cabo de unos minutos. Fanny ya no se movía, tenía la espalda apoyada contra el pecho de un chico que se parecía a Leonardo DiCaprio en Romeo + Julieta y que la mantenía protegida. Su corazón latía más rápido de lo normal, sentía mariposas en el estómago. Tenía miedo, pero también ganas de darse la vuelta y plantarle un beso.

—¿Estás bien? —preguntó él de pronto.

—No.

Se separó para levantarse.

—Pero no tan mal como para abandonar.

—¡Me gusta oír eso!

Axel se levantó. Fanny tenía escalofríos.

—Estás empapada.

—Qué observador.

—Quítate la camiseta y el sujetador.

—¿Qué?

Axel se quitó la parka. Debajo llevaba una camiseta de los Pixies.

—Tu ropa no se secará nunca en este bosque —le aseguró—. Si te la dejas puesta, vas a pillar una neumonía. Ponte mi parka, te mantendrá caliente.

—¿Y tú?

—Mi camiseta está seca y me quedaré el chubasquero.

Fanny dudaba, temblorosa.

—Tienes la piel de gallina —insistió Axel.

Aceptó la propuesta. Él se dio la vuelta para dejar que se quitara la ropa. Solo cuando tuvo la parka puesta y abrochada hasta el último botón, le autorizó a darse la vuelta. Escurrió la camiseta y el sujetador.

—Ahora solo queda que me prestes el pantalón y me confundirán contigo.

—Para eso también tendrás que cambiar de cara.

—¿No te gusta la mía?

—¿Cómo?

—¿No te parezco guapa?

—No puedo decir que no.

—¿Incluso con un sapo en la cabeza?

Sonrió.

—En cualquier caso, gracias —añadió—. Y tomaré tu respuesta como un cumplido. Sobre todo, viniendo de ti.

—¡Uf! ¿Es el momento cursi o qué?

En lugar de ofenderse, Fanny aprovechó la vía que acababa de abrir Axel. Ella era mejor que él en este juego.

—Exacto —le respondió—. Y aprovecho para decirte que a mí también me pareces guapo. Y generoso. ¿No serás también rico?

Axel volvió a sonreír. ¡Se lo había ganado!

—Tengo una libreta de ahorro —precisó.

—Pues entonces eres perfecto.

Estaba lanzada, así que Fanny le hizo la pregunta que le quemaba los labios desde que se habían conocido.

—Ahora en serio. ¿Por qué eres tan bueno conmigo?

—El destino quiso que nos encontráramos en este bosque cuando los dos estábamos en una situación comprometida. Tú me ayudaste, yo te ayudé. Y punto.

—¿Habrías hecho lo mismo por cualquiera?

Axel miró alrededor y desvió la conversación.

—Lo más importante es saber qué vamos a hacer en las próximas horas.

—¿Qué opinas?

—Depende. ¿De qué tenías tanto miedo antes? Parecías en shock.

Fanny bajó la mirada sin responder, fijó la vista en una roca cubierta de musgo y la aguantó. Esa roca se acababa de convertir en la cosa más reconfortante de todo lo que la rodeaba en ese momento.

—¿Qué viste? —insistió Axel.

—Creía que querías que parásemos con las preguntas y que avanzásemos.

—Venga, cuéntamelo.

—He alucinado, olvídalo.

—Dímelo de todas formas.

—Si lo supiese...

—Hablabas con alguien.

—No veía nada, llovía mucho y no escuchaba bien lo ella que me decía.

—¿"Ella"?

—Creo que era una mujer, por el pelo. Lo tenía largo. Pero no estoy segura, su cara era... Déjalo, he delirado.

—¿Has visto un fantasma?

Fanny no sabía qué responder a esa pregunta. Su única certeza era el miedo que la había atravesado ante esa aparición. Creía que estaba perdiendo la cabeza.

—Dímelo, en serio, ¿viste un espectro?

—No lo sé.

Axel le propuso que se sentara y bebiese un poco.

—Te recuerdo que estamos en un juego estúpido. Todo es falso.

—La serpiente que casi me muerde, el cabrón que nos atacó, el jabalí que vino a por nosotros: nada de eso era falso.

—Todo está preparado, Fanny. Los organizadores intentan asustarnos jugando con nuestros miedos y aprensiones. Pero las culebras no son venenosas, los jabalíes tienen más miedo de nosotros que nosotros de ellos. En cuanto a ese enorme cretino, no nos ha matado. Solo nos robó nuestras cosas caballerosamente, ¿y qué? Todo vale en la guerra.

—¿Caballerosamente? Estás de broma, ¡pero si te estaba masacrando antes de que yo llegara!

—Casi se sale de madre, pero llegaste tú, como has dicho. No hay nada que lamentar.

—¿Y crees que, si no hubiese aparecido yo, los organizadores habrían intervenido?

Axel dudó. Fanny se marcó un punto.

—Ahora nunca lo sabremos... pero confío en que sí.

"¡Menudo iluso!", pensó antes de sobresaltarse con un nuevo ruido. Barrió el paisaje con la mirada y se detuvo en el lugar en el que había creído ver al espectro. Axel la calmó:

—No sirve de nada que busques a tu fantasma, no existe. Los organizadores nos la han jugado bien con esos rumores de bosque encantado.

—Ya veo que tienes una respuesta para todo —ironizó—. Contigo no hay nada que temer, al menos no al miedo en sí.

—De momento no hay de qué preocuparse. Espero que los productores aprieten la marcha porque todavía no he visto ninguna bengala en el cielo. Somos diez jugadores compitiendo. No nos van a aterrorizar con una serpiente, un jabalí y un sapo.

—¡Conmigo ha funcionado!

—Pues abandona ahora.

—Lo que pasa es que tenemos una ventaja sobre los demás: somos dos.

—Hasta que seamos los últimos.

—¿Puedo confiar en ti hasta entonces?

—Creo que ya hemos demostrado que podemos contar el uno con el otro, ¿no?

Le guiñó un ojo cómplice y le dedicó una sonrisa arrebatadora. Sintió un cosquilleo en el estómago. Fanny iba a necesitar una buena excusa para no abalanzarse sobre él...

—Tengo que mear —dijo.

—Pues no te falta sitio.

Se alejó una veintena de metros, eligió un árbol de tronco espeso, se aseguró de que no había ni serpientes ni sapos, se bajó el pantalón, arremangó el bajo de la parka de Axel y se agachó.

—¡Ten cuidado de no mearme las bambas! —advirtió Axel.

Sonrió inclinándose sobre las preciosas zapatillas manchadas de barro. Este chico le gustaba de verdad. Lo conocía desde hacía menos de dos horas, pero ya había compartido más cosas con él que con cualquiera de sus amigos.

—¡Mierda! —exclamó.

Acababa de darse cuenta de que se le había olvidado del papel higiénico. Rebuscó en los bolsillos de la parka de Axel esperando encontrar un paquete de pañuelos, pero solo encontró dos entradas para un concierto de Limp Bizkit del mes pasado. Aunque estuvieran usadas, no iba a limpiarse con ellas. Hizo de tripas corazón. Una hoja de helecho tendría que bastar. De pronto, una silueta entró en su campo de visión. Gritó.

—Te has olvidado de esto —informó Axel.

Le tendía el rollo de papel higiénico. Con la otra mano se tapaba los ojos.

—No te preocupes, no estoy mirando —precisó.

Le arrancó el rollo de las manos y Axel desapareció tan rápido como había llegado.

Cuando Fanny regresó, Axel miraba concentrado la pantalla de su móvil.

—Gracias por traerme...

—De nada —le cortó—. Supuse que eras una chica delicada y que pasarías horas buscando algo decente con lo que limpiarte el culo.

—¿Delicada? ¿Así es como me ves?

Le dio un codazo amistoso que el chico no esquivó. Parecía obnubilado por el móvil.

—Es imposible encontrar cobertura —se quejó.

—Ya lo sabíamos.

—Siempre se puede intentar.

—Es duro separarse del móvil, ¿eh?

Blandió el teléfono bajo la nariz de Fanny.

—Sin esto estamos completamente perdidos. Cortados del mundo. ¡Es imposible conseguir cualquier información!

—¿Qué quieres saber exactamente?

—Dónde estamos.

—Te recuerdo que el principio del juego es que no lo sepamos.

–Tienes razón, pero me cuesta más prescindir del 4G que de un estúpido kit de supervivencia.

–¿Y con qué me habría limpiado sin el kit? ¿Con tu móvil?

–Podrían inventar una App así para el iPhone. Sería una publicidad increíble: ¡el teléfono con el que te puedes limpiar el culo!

–Tampoco está mal tomarse un respiro de tanta pantalla –dijo Fanny.

–Odio esa expresión. "Tomarse un respiro".

–¿Por qué?

–Solo vale para los cobardes que dejan sus problemas en manos del tiempo. Lo siento, amigo, el tiempo no soluciona nada. Si tienes un problema con las pantallas, no estás gestionando bien tu vida.

–Solo lo decía porque hubo una época en la que las redes sociales me hartaban.

–"Hubo una época", hablas como si fueses una abuela.

–¿Vas a corregir todas mis frases?

–Me encanta cuando te ofendes. Me recuerdas a mi gato cuando lo molesto. Los ojos se te ponen tan negros como los suyos.

–¿Tienes un gato?

–¿Te sorprende?

–¡Yo también tengo uno!

–Bueno, en Francia hay ocho millones de hogares que tienen uno...

–En cualquier caso, gracias por compararme con tu gato.

–Pues es todo un cumplido. Unos expertos en morfología han demostrado que las proporciones de la cara de un gato son las que más se parecen al canon de belleza femenina: ojos grandes, nariz pequeña, boca grande y sonriente.

—¡Miau! —rio Fanny.

Le dedicó una sonrisa encantadora. Ligeramente turbado, Axel retomó la discusión anterior.

—¿Qué decías sobre que estabas harta de las redes?

—Cerré mi cuenta de Facebook y todo. Pasó un año antes de que volviera a crear una, pero esta vez seleccionando bien a mis amigos. Ahora solo uso "Insta" y Snapchat.

—¿Cuál era el problema?

—¿Eh?

—¿Qué te llevó a cerrar tu cuenta de Facebook?

—Chorradas...

—Eso ya me lo imagino.

—No quiero hablar de ello.

—¿Te pasó algo?

—No insistas.

—Como quieras. ¿Tienes hambre?

Le tendió el paquete de frutos secos.

—¿Qué hacemos? —preguntó Fanny mientras comía una pasa.

—Ahora que tenemos un kit, ya no necesitamos movernos y arriesgar otro encontronazo.

—Entonces, ¿nos quedamos aquí?

—¿A dónde quieres ir? Aquí podemos ver llegar el peligro y defendernos.

—¿Defendernos de qué?

—De los animales salvajes o de los otros concursantes.

—Tenemos que organizarnos.

—Si conseguimos ramas y hojas lo bastante grandes podemos construir un techo decentemente sólido, y yo podré ponerme el chubasquero.

—No pensaba en eso.

—¿En qué pensabas?

—Poner trampas, fabricar armas... ¡cosas más guerreras! No pienso pasarme todas las vacaciones aquí.

—Bueno, de acuerdo, como quieras.

Alrededor de un pino silvestre, que iba a servirles de base, construyeron una valla con zarzas en lugar de alambre de espino. Afilaron algunas ramas y loa plantaron horizontalmente hacia el exterior. Cada uno se fabricó una lanza. Luego, colocaron unas planchas sobre unos palos para hacer una plataforma elevada. Se grabaron por turnos. Fanny consiguió filmar la caída de Axel, que se hacía el chulo trepando al árbol. Le gustaba esa complicidad entre ellos, que le recordaba a las vacaciones de verano que había pasado en el campo con sus primos.

Era el único momento de alegría que había vivido en aquel bosque.

Axel contemplaba el resultado de su trabajo con aire satisfecho y guardó sus cosas sobre el inexpugnable pino.

—No hay tejado, pero al menos no nos molestarán los sapos —le dijo a Fanny, que se había quedado abajo.

—Me pregunto qué han estado haciendo los demás durante este tiempo —se preguntó desconcertada.

—Puedo responder por uno de ellos.

—Ah, ¿sí? ¿Cuál?

—No lo sé, pero viene hacia aquí.

14.

Desde donde estaba, Fanny no veía aproximarse al concursante. Solo escuchaba crujidos y roces. Desde arriba, Axel lo había visto llegar. Su comportamiento era extraño. Corría en una dirección y giraba bruscamente, desaparecía y volvía a aparecer en otra parte, se paraba a mirar a su alrededor como si lo persiguieran. Antes de que su rival los alcanzara, Axel bajó junto a Fanny y le dio una de las lanzas.

—¿Por qué tengo la más corta? —se quejó.

—Es más ligera.

—Menudo comentario de tío...

—¿Qué dices?

—¿Has visto el cuerpo que tienes? Te reto a un pulso cuando quieras.

—¿Crees que es el momento de discutir por esto?

Axel intercambió las lanzas y se posicionó frente al arbusto de donde provenían los ruidos. La idea no era emboscar al concursante, sino estar preparados para lo peor. Fanny lo imitó poniendo la rodilla en el suelo, tras la barricada de zarzas. En el momento en que el intruso debería haber aparecido frente a ellos, el piar de un pájaro destacó una calma anormal. Un grito a sus espaldas los sobresaltó. Se giraron y vieron a un tipo arañado por las zarzas que se abalanzaba sobre ellos. Axel lo paró colocando la lanza bajo su barbilla. El asaltante parecía aún más asustado que ellos.

—Dadme una pistola de bengalas, por favor —suplicó.

—¿Qué? —preguntó Axel.

—Quiero parar, pero me han quitado la mía.

—¿Quiénes? —interrogó Fanny.

Le apuntaba al estómago con la lanza.

—Me lo quitaron todo, la mochila, el kit de supervivencia y hasta el móvil.

—Pero ¿quién fue? —repitió Fanny.

—No eran tonterías, este bosque está maldito —siguió el desconocido—. Tenían razón.

—¿Estás sordo o eres tonto? —se enfadó Fanny.

—¡Dadme una pistola! ¡Tened piedad!

Fanny y Axel intercambiaron una mirada perpleja. Ese segundo de confusión permitió que el individuo se hiciera con la lanza de Axel y tirase la otra de las manos de Fanny. Ahora él los amenazaba a ellos. No era especialmente fuerte, pero su mirada de loco los disuadió de poner a prueba su determinación.

—¡Quiero una pistola! ¡Quiero salir de este bosque! Está claro, ¿o no?

—Vale, voy a por la mía —declaró Axel.

—No te muevas. Solo dime dónde está.

—En mi culo.

El chico lo fulminó con la mirada.

Fanny contuvo las ganas de reír, a pesar de las circunstancias. Picado, el chico levantó la lanza para amenazar a Axel.

—¡Para! —gritó Fanny—. Te doy la mía. Está al pie de ese árbol.

El concursante, que aún no había desvelado su identidad, se dirigió al lugar indicado por Fanny. Tiró el contenido de la bolsa al suelo con movimientos febriles, recogió la pistola, quitó el seguro, apuntó al cielo, cargó el arma, apretó el gatillo.

¡*Clic*!

Repitió la operación cada vez más agitado y sin que pasara nada. Temblando, abrió la pistola. La bengala seguía dentro.

—¡No funciona! —gritó.

Cuando levantó los ojos, ya no había nadie. Giró la cara y se encontró con una rama que venía a su encuentro. La madera crujió contra su cráneo. El paisaje cayó horizontalmente antes de fundirse a negro.

Fanny miraba fijamente al prisionero, que recuperaba la conciencia mientras Axel terminaba de atarlo con la cuerda del kit de supervivencia.

—¿Cómo te llamas? —le preguntó.

—¡Podríais haberme matado!

—Lo sabemos —dijo Axel—. ¿Alguna vez contestas a las preguntas?

—Hugo.

—¿Qué te ha puesto en este estado, Hugo?

Dudó antes de responder, se retorció tirando de la cuerda.

—Primero, soltadme.

Fanny apuntó a Hugo con la navaja del kit y cortó la cuerda que le raspaba la piel. El prisionero se puso entonces a hablar como si también le hubiesen desatado la lengua.

Al principio, no quería participar en el juego. No le gustaba pasar miedo. Pero, machacado por el anuncio que aparecía en su móvil y empujado por sus amigos, que se habían presentado, había seguido a todo el mundo. Los organizadores seguramente lo habían seleccionado por sus aptitudes deportivas. No tenía pinta de atleta, pero cada semana recorría kilómetros en bicicleta, a nado o a pie, lo que lo había preparado para aguantar esfuerzos. Se arrepentía de haber cedido a la presión de grupo.

Sin embargo, todo había empezado bien para él. Había conseguido un kit de supervivencia al cabo de diez minutos, custodiado por una familia de comadrejas o hurones. Se había instalado sobre una pequeña colina a esperar a que el cielo se iluminase de bengalas. Su plan era no moverse para percibir mejor el peligro y contar los abandonos. Pero la lluvia acabó con su tranquilidad. Se puso el chubasquero que venía dentro del kit y se refugió bajo un roble. Fue entonces cuando las cosas se precipitaron.

Escuchó ruidos insólitos. Unas formas negras lo rodearon. Persuadido de que era una trampa del juego, intentó contactar con ellas para destapar el engaño. Se acercó a las extrañas siluetas sin conseguir tocarlas. Mientras tanto, le robaron la mochila. Se lanzó tras los ladrones, se perdió, deambuló hasta terminar sentado bajo un árbol, agotado. Algo fibroso acompañado de susurros le acarició la oreja. Se dio la vuelta sin ver a nadie. Era como si el árbol le hubiese hablado. Intentó levantarse, pero unas manos invisibles lo agarraban y los susurros se convirtieron en gruñidos amenazadores. Hugo se debatió y corrió como un loco, hasta que distinguió a Axel sobre un pino. Esperanzado por la idea de robarle la pistola de bengalas, había rodeado la barricada de zarzas para sorprenderlos a los dos.

—¿De qué te liberaste? —interrogó Fanny—. ¿Qué era?

—No lo sé, ¡estaba muerto de miedo!

—¿Era humano?

—Era... borroso.

—¿Qué?

—Me vais a tomar por un chalado.

—Te tomamos por un chalado —puntualizó Axel.

—Era... como un fantasma.

Axel bufó. Fanny no.

—Tenían razón. Este jodido bosque está maldito.

—¡Se te ha ido la pinza, tío! —exclamó Axel.

—¿Cómo puedes saber que era un fantasma? —preguntó Fanny.

—¿No te das cuenta de que se está quedando con nosotros? —se enfadó Axel.

—No sabría decirlo. Se movía de manera extraña y...

—¿Y...?

—Parecía un muerto.

—¿Un muerto?

—Una muerta, más bien.

—Está diciendo tonterías —dijo Axel a Fanny—. Déjalo.

—No, dice la verdad.

—¿Tan inocente eres? Intenta asustarnos para que abandonemos.

Sorda ante las advertencias de Axel, Fanny se arrodilló frente a Hugo y se concentró en él.

—Crees que era una mujer porque tenía el cabello largo, ¿verdad?

—Sí.

—¿Pudiste distinguir su rostro?

—No, ya te lo he dicho, era borroso.

—Intenta acordarte. Yo también creí ver a una... cosa. Me gustaría saber si es la misma.

—No lo sé, es como si se le hubiesen borrado la cara.

—¿Qué?

—O aplastado, tal vez.

—¡Estáis delirando! —se impacientó Axel—. ¿No entendéis que el principio de este juego es hacernos creer en fantasmas?

—Mi pistola de bengalas no funciona, ¿eso también forma parte del principio del juego? —argumentó Fanny.

—Tiene que haber alguna explicación —siguió Axel—. Bueno, ya me estáis hartando, os dejo entre poseídos.

Subió al árbol.

Fanny no había terminado con Hugo.

—¿Puedo hacerte una última pregunta?

—No quiero hablar más de ello. Seguramente tu novio tiene razón. Al menos eso espero. Nos estamos comiendo demasiado la cabeza.

—No te enteras de nada.

—¿Qué?

—Primero: Axel no es mi novio. Segundo: no creo que esto sea normal. Yo también he visto algo muy raro. Creo que también lo escuché. Como un llanto. También entendí alguna palabra. Dijiste que te susurró algo al oído, ¿qué era?

Hugo dudaba.

—¿Qué te dijo? —insistió Fanny.

—Una frase. Siempre la misma. Algo como "¿por qué haces esto?", pero no estoy seguro.

En ese instante, escucharon una detonación seguida de un resplandor en el cielo. Se acababa de disparar una bengala.

15.

Axel bajó de su altillo para unirse a Hugo y Fanny. El primero abría los ojos mirando al cielo. La segunda grababa la bengala roja.

—¡Uno menos! —anunció Axel.

—O una —puntualizó Fanny.

—Su pistola ha funcionado —comentó Hugo.

—¿Veis como yo tenía razón? —exclamó Axel—. Todo está calculado.

—Si me das el tuyo y funciona solo quedareis ocho.

—Ya, claro, ¿y nosotros qué haremos si tenemos que salir de aquí?

—¿Qué nosotros?

—Fanny y yo.

—¿Habéis hecho una alianza? Va contra las normas...

—Si la violencia y el hurto están permitidos, no veo por qué unirse estaría prohibido.

—¿Entonces puedo quedarme con vosotros?

—Creía que querías marcharte.

—¿Con qué bengala?

—¡Te las apañas!

—No voy a quedarme solo en este bosque —decidió Hugo.

—Arriba solo tenemos sitio para dos —informó Axel subiendo al altillo.

—No pasa nada, me quedaré al pie del árbol. Vigilaré desde aquí. Si aparece alguien, os aviso.

—¿Y en cuanto puedas abandonar el juego, lo harás? —negoció Fanny.

—Prometido.

—Vale.

El chico le daba mucha pena. Axel se inclinó gruñendo y subió de nuevo al pino. Fanny lo siguió hasta el refugio, donde la incomodidad era compensada por la sensación de seguridad. ¿Los fantasmas trepaban a los árboles? ¿Tendría razón Axel? ¿Estaba flipando como cuando veía pelis de terror? No creía en fantasmas, ni en vampiros, ni en zombis; salvo en las películas, claro... y en este bosque del infierno en el que había que lamentar al menos once suicidios en treinta años. No apreciaba especialmente a Hugo, pero se sentía más segura siendo tres.

Mientras Axel consolidaba el altillo, Fanny tendió la camiseta y el sujetador mojados. Luego se interesó por las vistas. Su campo de visión se reducía a algunos agujeros entre la vegetación densa y las zonas de sombra. Solo podían contar con el ruido y la posibilidad de que los asaltantes fueran iluminados por un rayo de luz, como Hugo. Este parecía animado y dispuesto a serles útil, estaba reforzando la barricada de zarzas que, en parte, había destruido al atacarles por sorpresa. Fanny lo grabó. Comentó las imágenes con el tono melodramático de los documentales de la tele.

Axel tuvo la idea de trepar hasta arriba para determinar la extensión del bosque y el lugar en el que se encontraban. Fanny lo filmó desde abajo, bajo una lluvia de agujas de pino, mientras trepaba. Le aconsejó prudencia. No tenía ninguna gana de verlo caer y que la aplastara. La ascensión fue trabajosa porque las ramas eran estrechas y el árbol muy alto. Axel desapareció de su vista entre una serie de insultos y crujidos.

Fanny aprovechó la soledad para abrir la parka. El sol había regresado y calentaba el bosque. Si no estuviese atrapada entre dos chicos, se hubiera quitado del todo esa incómoda chaqueta.

Veinte minutos después, Axel seguía sin haber bajado. Fanny se preocupaba. Lo llamó. Desde abajo, Hugo preguntó qué pasaba. Lo instó a seguir vigilando los alrededores por toda respuesta. No tenía por qué rendir cuentas y mucho menos a ese acoplado. El objetivo era empujar a los participantes a abandonar, no a colaborar. Hugo la había confundido con sus revelaciones, que corroboraban lo que ella había vivido. ¿Cómo explicar la aparición surrealista de una mujer de rostro borroso, que murmuraba al oído de aquellos con quien se cruzaba "¿por qué haces esto?", si no era una puesta en escena de los organizadores del juego? Sin Axel, habría caído en la trampa.

Algo cayó sobre su cabeza. Una ramita. Un grito de "¡cuidado!" siguió a la rama desde arriba. Los calcetines de Axel aparecieron primero. Después una mueca de hartazgo. Había logrado llegar a la cima, que ofrecía una vista de trescientos sesenta grados. Por suerte, el pino que habían elegido era uno de los más altos del bosque, que se extendía hasta donde alcanzaba la vista. No había signos de ninguna ciudad, pueblo, carretera, ni siquiera de una granja. Eso le daba qué pensar sobre ese sitio. Había muchos bosques en esa región. Pero los organizadores habían escogido uno inmenso y con muy mala reputación.

Fanny notó que Axel no se encontraba bien. Desviaba la mirada al hablar con ella. Muy pronto comprendió por qué. La parka seguía abierta. Enrojeció y volvió a cerrarla.

—Perdona —balbuceó—. No me he dado cuenta.

—No hace falta que pidas perdón. Confieso que la vista es mejor aquí abajo. Tienes unos pechos preciosos.

Fanny estaba a cuadros. Esa frase había salido de la boca de Axel con toda naturalidad, como si le hubiese hablado de su peinado. Se acercó a él despacio, con el corazón latiendo demasiado deprisa, preparada para decirle que él también le gustaba mucho. Axel echó un vistazo abajo para asegurarse de que Hugo no los estaba espiando.

—¡Mierda! —exclamó.

—¿Qué?

—Ese imbécil ha desaparecido.

16.

Fanny y Axel bajaron del árbol armados con sus lanzas artesanas. Llamaron a Hugo sin obtener ninguna respuesta. Se había evaporado.

–No es normal –dijo Axel.

–¿Qué nos importa, de todas formas?

–¿Has visto lo asustado que estaba? No quería estar solo. Te digo que aquí ha pasado algo.

Se lanzaron en su búsqueda, con cuidado de no alejarse demasiado de su santuario. Podría ser una trampa. Fanny encontró la lanza de Hugo. Había sangre en el suelo, pero no en la punta de la lanza. El suelo había sido pisoteado en ese lugar. Grabaron el descubrimiento y concluyeron que Hugo se había peleado, que le habían herido y había huido.

–Quédate a vigilar nuestras cosas –dijo Axel a Fanny–. Voy a averiguar más.

–No, voy contigo.

–Como quieras, pero podrían robarnos otra vez.

–Pues vamos rápido. ¡Venga!

Axel ya había entendido que con Fanny no servía de nada discutir. Se encogió de hombros y avanzó lentamente tras las huellas de Hugo y de su misterioso adversario. Fanny apretaba fuerte su lanza y le seguía el paso mientras grababa con el móvil. Axel se detuvo a examinar una mancha de sangre sobre la corteza de una haya.

Siguieron la pista unos cien metros. Una huella y una rama partida les indicaron la dirección que debían seguir. La vegetación era muy densa y el bosque más oscuro. A Axel le costaba seguir avanzando en calcetines. Fanny se arrepentía de haberle robado las bambas y la parka, que le habrían protegido de los roces y arañazos de la naturaleza. Una zarza rasgó la mejilla de Fanny. Una rama, afilada como una espada, casi se le clava en el ojo. Un socavón camuflado por los helechos la hizo tropezar y refunfuñar. Guardó el móvil para estar más atenta y tener libertad de movimientos.

–¡Nos estamos alejando demasiado! –le gritó a Axel.

Iba muy por delante y no escuchó su advertencia. Fanny apretó el paso y vaciló de nuevo sobre el suelo pedregoso. Soltó su lanza y se sujetó justo a tiempo a un tronco rugoso, que le raspó las manos. La lanza cayó entre las ortigas. La recuperó a pesar de las plantas urticantes y continuó andando, con las manos escocidas.

No había ni rastro de Axel. Cada vez estaba todo más negro. Lo llamó sin obtener respuesta. La vida parecía retirarse progresivamente a su alrededor. No se movía nada. Ni siquiera el cuervo que la observaba agitarse, fijado a lo alto de una rama. Axel y ella se habían perdido en un agujero de oscuridad.

Tenía ganas de dar la vuelta. Después de todo, ¿qué les importaba Hugo? Fanny se negaba a seguir avanzando en esa parte tan hostil del bosque, en la que hasta los ruidos parecían provenir de ultratumba. Era incapaz de decir de dónde provenían esos siniestros murmullos, mezclados con gruñidos improbables. No era humano, ni animal. Un gritó se elevó de pronto sobre todos los ruidos. Fanny se estremeció. Pegó la espalda contra el tronco de un árbol y aplastó un insecto volador que había tenido la mala idea de posarse sobre su frente en ese preciso instante.

–¡Axel! –llamó.

Los gritos se repitieron, más fuertes que la primera vez. ¿Era Axel? Difícil de decir. Parecían provenir del lugar hacia el que se había dirigido el chico. Atornillado a la rama del pino, el cuervo apático no se había movido, indiferente. Fanny se dividía entre ayudar a Axel o batirse en retirada. Un movimiento a su espalda la sorprendió. Algo se aproximaba a toda velocidad. No podía ser Axel, que estaba delante. Presa del pánico, tuvo el reflejo de esconderse detrás de un arbusto de espinas. Con la cabeza entre la maleza, no pudo distinguir la forma que pasó delante de ella. Cuando se levantó vio que los helechos y las ramas se cerraban en la dirección de los gritos.

Fanny tomó su coraje a dos manos y siguió el mismo camino con cuidado. Al cabo de unos cincuenta metros, que la hundieron aún más en las tinieblas y la confusión, creyó percibir una silueta que se enroscaba alrededor de un árbol.

–¿Axel? –llamó de nuevo.

Sabía que no era él, pero necesitaba decir algo para espantar a los fantasmas que la espiaban.

"Tás... en... igro."

Fanny solo entendió algunas sílabas.

–¿Quién eres?

"Estás...peligro."

Unos cabellos largos, como tentáculos filosos, se levantaron con el paso de una brisa húmeda. Era una mujer.

"Estás en peligro."

Esta vez, el mensaje era claro. Desde donde estaba, Fanny no distinguía su rostro. A pesar de la advertencia, se acercó despacio, diagonalmente, como un alfil en un tablero de ajedrez. El espectro pivotó alrededor del tronco que lo escondía.

"Estás en peligro", murmuró el árbol.

Siguió avanzando con la esperanza de sorprender los rasgos de la mujer que se escondía tras ese roble mugriento y roído por la hiedra.

—¿Qué pasa? ¿Ya no dices nada? Estoy aquí. Te escucho. ¡Dime qué pasa!

Fanny creyó escuchar un carraspeo, o tal vez una risa. Apenas una decena de metros la separaban del roble. Se acercó un poco más. Dos brazos serpenteaban entre las hojas de la hiedra y se abrazaban al tronco. Fanny vio moverse unas manos como dos arañas blancas. Decidió afrontar sus miedos a los fantasmas, a las arañas y a la oscuridad. Dio un respingo.

—¡Fanny!

Ese gritó paró su avance. Se giró y vio a Axel, que venía a su encuentro.

—¿Qué hacías? —preguntó.

—¿Y tú?

Fanny no esperó una respuesta. Corrió hacia el roble,

le dio la vuelta y barrió los alrededores con ojos inquietos.

—¿Y ahora qué?

—He vuelto a ver a... esa... mujer.

—¿La de la cara borrosa?

—Estaba a punto de atraparla.

—Cuidado con eso de atrapar fantasmas, que no eres Bill Murray.

—No es el momento de hacer bromas.

—Mientras jugabas a los Cazafantasmas, yo buscaba a Hugo.

—¿Y?

—Lo he encontrado y me lo ha explicado todo.

Hugo confesó que había visto a otra concursante merodeando por la base. La había asaltado con la esperanza de quitarle la pistola de bengalas. Se pelearon. La chica lo había herido antes de huir. Eso explicaba el rastro de sangre. Hugo, tenaz, la persiguió. La chica había volado. Se había dado la vuelta y entonces vio a Axel y Fanny ir en su busca. Se había escondido esperando aprovechar su ausencia para robar la pistola de Axel. Para su sorpresa, todas sus cosas habían desaparecido. Alguien había llegado antes que él. Hugo había escuchado gritos y, presa del pánico, se dio prisa en volver junto a sus compañeros. Se había cruzado con Axel, pero no con Fanny.

Fanny revivió penosamente el momento en que se había escondido al escuchar a alguien que se aproximaba. Seguramente había sido ese cretino de Hugo.

—¿Dónde te habías metido? —se extrañó Axel.

—Te buscaba.

—Por culpa de ese imbécil hemos perdido nuestras cosas —se lamentó.

—¿Dónde está?

—Ni idea, te digo que nos han robado.

—La mochila no, yo sé dónde está. Hablo de Hugo.

—¿Sabes dónde está la mochila?

—La escondí en el árbol. Mientras estabas arriba la até a una cuerda y la colgué de una rama sobre el refugio.

—¿Por qué no me lo dijiste? ¿No te fías de mí?

—Somos aliados, pero también competidores.

—Ah bueno, ya veo.

—No ves nada. Si te estuviese engañando, te habría hecho creer que nos habían robado. A parte de eso, ¿qué ha sido de Hugo?

—Le he aconsejado firmemente que no vuelva a acercarse a nuestra zona y que vaya a molestar a otros concursantes.

—¿Firmemente? —se burló Fanny—. Te saca una cabeza.

—No he utilizado la fuerza, sino las palabras.

—¿Y lo has convencido?

—Tenía una herida en la mano y estaba asustado por los gritos. He fingido que acababa de pegarle a la chica que le había herido, que había gritado como un cerdo en el matadero y que le haría lo mismo a él si no desaparecía inmediatamente.

—¿Y te ha creído?

—Los gritos han jugado a mi favor.

—¿De dónde venían?

—¡Ni idea! Pensaba que me lo dirías tú.

—¿Crees que ha podido ser la mujer que estaba detrás del árbol?

—También puede ser la chica que se ha peleado con Hugo.

—No me gusta este juego.

—¿Quieres parar?

—¿Es lo que quieres tú?

—Yo no. Aunque no me importaría recuperar mi ropa, si abandonas.

Fanny miró el estado de los calcetines de Axel.

—Toma, te las devuelvo.

Se descalzó.

—Era una broma —dijo—. Quédatelas.

Le tendió las bambas.

—La parka te la devuelvo más tarde.

Él se negó a tocar los zapatos. Fanny los soltó y se fue con los pies descalzos. La alcanzó.

—Si hubiese querido unos zapatos, se los habría robado a Hugo.

—¿Para qué? Debe de tener al menos cinco números más que tú.

—En serio, vuelve a ponértelos.

—¿Por qué?

—Porque no quiero que te estropees los pies.

—¿Por qué?

—¿Por qué, qué?

—¿Por qué quieres que me quede?

—Porque los dos juntos somos más fuertes.

—¿Eso es todo?

—Dos, no está mal. Yo me he ocupado del cretino ese y tú de nuestras cosas. Somos claramente complementarios.

Fanny no conseguía que dijera lo que ella quería. ¿Cuál era la verdadera naturaleza de los sentimientos que tenía hacia ella? ¿La consideraba solo una compañera circunstancial? ¿Tenía novia fuera de este bosque? Desde que se habían conocido, Fanny se lo comía con la mirada. Sus ojos más negros que la noche la atravesaban. Se moría de ganas de perderse en su media sonrisa. Las pecas de su nariz hacían que se derritiese. Su corazón nunca había latido tan fuerte por un chico. Su estómago nunca se había anudado así al pensar en alguien. ¡Y tenía que pasarle con un contrincante del que supuestamente se tenía que deshacer! Le había propuesto ser su aliada. Tendría que conformarse.

—Está bien —dijo recogiendo los zapatos.

—Guay.

Se volvió a calzar.

—¿Socios? —propuso Axel tendiéndole la mano.

Él proponía un apretón de manos, mientras ella se moría por un beso.

Chocó su mano.

La alianza quedó confirmada.

De momento.

17.

De regreso al campamento, Fanny fue la primera que las escuchó. Su silbido recordaba al de los aspersores automáticos. Después de atravesar la barricada de zarzas, Axel fijó la vista en dos culebras erguidas como cobras. El color de sus vientres contrastaba con la oscuridad del bosque. Tendió el brazo frente a Fanny para obligarla a retroceder.

—Hay que asustarlas golpeando el suelo —susurró como si las serpientes pudieran entenderla.

Fanny recogió una de las lanzas abandonadas y golpeó la tierra en dirección a las dos okupas de sangre fría. Axel la imitó. Las dos culebras desaparecieron entre la maleza, serpenteando a la velocidad de la luz. A pesar de su desaparición, Fanny aún no se atrevía a avanzar.

—Normalmente no son venenosas —informó Axel.

—Odio a las serpientes.

Miró bien a su alrededor para asegurarse de que no había más. Axel sugirió que trepara al árbol para estar más tranquila. Fanny aprobó la idea y colocó las manos sobre la corteza del tronco para levantarse. Las retiró de inmediato.

—¡Puaj! ¡Está pegajoso!

—Es resina —dedujo Axel.

Se olió los dedos, que apartó inmediatamente de la nariz con cara de asco.

—Me extrañaría.

Examinaron la corteza cubierta de una materia pegajosa. El olor recordaba al azufre.

—¡Qué asco! Las manos me huelen a podrido —se quejó.

—¡Alguien ha aprovechado nuestra ausencia para embadurnar el pino de una mierda inmunda!

—¿Cómo vamos a recuperar nuestras cosas?

Axel intentó raspar la corteza con un trozo de madera. Pero el espeso líquido era tan difícil de quitar como el pegamento. Tiró el palo y trepó al árbol girando la cara para no notar el olor.

Fanny grabó su ascenso. Axel le dedicó una sonrisa asqueada y despegó una mano que se quedaba medio atada por unos hilos sospechosos.

—Parezco el cretino de Spiderman.

Fanny se partía de risa. Era igual que ella. Un toque de humor para aguantar lo que no tenía ninguna gracia.

Axel bajó con la mochila, que tiró a sus pies mientras se frotaba las manos. Cuando Fanny la abrió, expelió un fuerte olor a alcantarilla. Tiró el contenido al suelo con desdén, sujetándola con los dedos. Las barras de chocolate habían sido aplastadas, la botella de agua estaba vacía. La pistola de bengalas, la linterna y el cuchillo habían sido robados. Solo quedaban la brújula, el crucifijo y el rosario.

—Mierda —se quejó Fanny—. Parece que una familia de mofetas ha encontrado nuestras cosas y se ha divertido con ellas.

—Bienvenidos a *El juego del bosque*, el juego que consiste en que vuelvas a tu casa.

—¿Intentan provocarnos miedo o náuseas?

—Deja de quejarte. Este saboteo solo demuestra que están cerca y que nos vigilan. Estoy seguro de que, en caso de peligro grave, intervendrán.

—No quiero estar en peligro grave.

Fanny miraba al suelo.

—¡La mochila! —gritó.

—¿Qué?

—La he visto moverse.

—¿Qué?

Axel tuvo que admitir que Fanny tenía razón.

—Creía que la habías vaciado —dijo.

—Yo también.

Se acercó con precaución y le dio una patada. El sacó emitió un silbido.

—¡Hay una bestia dentro! —gritó Fanny.

—¡Una serpiente!

Fanny revivió el momento en el que había estado a punto de meter la mano ahí dentro, antes de decidirse a vaciar el contenido en el suelo.

Axel cogió un tirante de la mochila y la sacudió. Una culebra escapó entre los pies de Fanny, paralizada, y se eclipsó entre las zarzas.

—¿Estás bien? —preguntó Axel.

—No. Quiero salir de este bosque.

—¿Por qué? ¿Por las serpientes?

—Sí, y por todo. ¿Qué viene ahora? ¿Van a soltar a los lobos?

—Tienen que esforzarse, si no, sería eterno. Todavía somos nueve...

—No, ocho. Declaro que me rindo. Tengo tanta fobia a las serpientes que ni siquiera he pensado en grabarlas.

Ni tú. Y también tengo miedo de las ratas. Y no quiero arriesgarme a encontrarme con una.

–¿Qué esperabas? ¿Que te asustaran con ardillas?

–¡Las ardillas son como las ratas, lo único que cambia es la cola!

–De todas formas, ya no tenemos ninguna pistola de bengalas.

–Créeme. Voy a esforzarme por encontrar una. Le voy a robar la pistola al primero con el que me cruce, lo dejo KO y le quito las bengalas. Toma tus zapatos, no los necesito.

–Quédatelos.

–¿Por qué? ¿Ya no quieres seguir?

–Sin ti, no podré aguantar.

–No estoy hecha para esto. Me equivoqué.

–¿Puedo decirte algo antes?

–¿Qué?

–No es una frase mía, es de John Lennon. ¿Sabes lo que dijo sobre la violencia y la manipulación?

Fanny respondió con cara de indiferencia.

–¿Sabes quién es John Lennon? –dudó Axel.

–¿Quién es?

–¡Uno de los Beatles!

–Ah, ¿y quiénes son los Beatles?

–Muy graciosa.

–Venga, te escucho.

–Decía que el sistema hace todo lo posible para que seamos violentos. Que una vez que lo consigue, entras en su juego y entonces te manipulan. Sabiendo esto tienes más posibilidades de llegar hasta el final de la partida.

–Puede que tenga sentido del humor, y eso que

ahora no está por las nubes, pero no soy fan de la no-violencia, ni mucho menos.

−Yo me encargo de la no-violencia. Somos complementarios, te lo repito.

−De todas formas, no tengo elección. No puedo señalizar mi abandono, así que tengo que seguir en esta mierda hasta que consiga una pistola. Menuda gilipollez todo esto de las bengalas.

−Seguramente está calculado.

−¿Por qué harían eso?

−Para asustarnos haciéndonos pensar que no podemos salir del...

Un estruendo ensordecedor atravesó el bosque e impidió que Axel terminara la frase.

18.

Qué ha sido eso? –preguntó Fanny.

–Venía de ahí –señaló Axel.

Era la parte más oscura del bosque.

En la que Fanny no tenía ningunas ganas de volver a adentrarse.

En la que había escuchado los gritos.

En la que había creído ver a una mujer de rostro borroso abrazando un roble.

–Qué miedo –dijo.

–¿Qué quieres hacer?

–¿Y tú?

–Echar un vistazo a ese estruendo.

–¿Estás loco o qué?

–Si huyo, tendré aún más miedo.

–No me dejes sola.

–Pues entonces ven conmigo.

–No en esa dirección. No ahí.

–¿Prefieres quedarte con las serpientes?

–No.

–Entonces ven. Después harás lo que quieras.

Recogió la mochila con cara de asco, la tiró, se limpió las manos con el pantalón y recuperó la brújula y el crucifijo.

–¿Qué vas a hacer con esa cruz?

–Ni idea, pero si está en el kit de supervivencia es que tiene que servir para algo.

—¿Para enfrentarse a los vampiros? ¿Al Diablo? ¡Joder, me sueltas todo un discurso sobre la manipulación y justo después saltas de cabeza en una trampa!

Fanny había alzado el tono. Estaba enfadada. Axel se acercó a ella y la sujetó de los hombros. Temblaba. Estaba realmente asustada.

—¡Suéltame! —se defendió—. Vete a divertirte con tu brújula y tu crucifijo, y a mí déjame en paz.

—¡Eh, cálmate! —gritó Axel, antes de arrepentirse.

Era el tipo de frase que surtía exactamente el efecto contrario al pretendido.

—¿Que me calme? —reaccionó Fanny—. ¡Aún no me has visto enfadada!

Axel se apartó de la tormenta con las manos en alto, en señal de rendición.

—Soy demasiado tonta. Un simple bosque me da miedo. Fui totalmente inocente al pensar que podría ganar un juego como este. Fuera de mi habitación, de mis pantallas, soy una...

Axel no la dejó terminar. Se acercó hacia ella y la besó mientras aún tenía la boca abierta. Al cabo de unos segundos, se separaron.

—¿Por qué has hecho eso? —balbuceó.

—Era la única manera de hacerte callar.

—Pues qué manera tan rara.

—Técnica de no-violencia.

—Mentiroso.

—¿Qué?

—Había otras formas de hacerme callar.

—Estabas enfadada. Es lo primero que se me ha ocurrido.

—¿Te comportas así con todo el mundo?

—¿Te refieres al perro del vecino cuando se pone a ladrar?

Fanny soltó una risa forzada.

—Bueno, ¿vienes o te quedas? —preguntó.

Fanny estaba descolocada. Había fantaseado con ese beso, que Axel le terminó dando en el momento en el que menos se lo esperaba. Bajo el efecto de la sorpresa no había podido apreciarlo.

—¿Fanny?

—¿Eh?

—¿En qué piensas?

Se alejó lentamente, como si tuviese miedo de él.

—Fanny, ¿qué pasa?

—Detrás de ti.

—¿Otro fantasma?

—No creo, no.

Axel se dio la vuelta.

Hugo los observaba con los brazos cruzados y una sonrisa de medio lado.

—Os habéis equivocado de juego. Esto no es La isla de las tentaciones.

—¿Qué haces aquí? —replicó Axel—. Te dije que te olvidaras de nosotros.

—¿Habéis escuchado ese estruendo?

—Hemos oído lo mismo que tú.

—¿Qué creéis que era?

—Si el ruido es proporcional al tamaño del animal, podemos deducir que hay un dinosaurio suelto en el bosque.

—Pensaba que yo era la graciosa del grupo —dijo Fanny.

—Somos tres, podríamos ir juntos a averiguar qué ha sido —insistió Hugo.

—No nos sirves de nada —replicó Axel.

—Escuchad, podéis llamarme cobarde o gallina, lo asumo. Cuando tenía diez años, mis padres se mudaron porque un espíritu había poseído nuestra casa. Así que sí, viví con un fantasma y desde entonces creo en los fenómenos paranormales.

—¿Les hablaste de esto en la selección?

—Pues... Sí...

—¿Eres consciente de que han contratado a figurantes para fingir ser fantasmas y asustarte?

—Es posible.

—No, es seguro.

—Y tú, ¿de qué tienes miedo?

—Yo, de la violencia.

—¡Te estás quedando conmigo! Pero si te peleaste con la chica contra la que yo luché.

—Solo dije eso para que nos dejaras tranquilos. Pero no le haría daño a una mosca. Y eso que odio a las moscas.

Hugo aceptó el golpe, humillado al saberse engañado.

—¿Y el golpe que tienes en la cara? ¿Fue recogiendo fresas?

—No tuve opción. Fue otro concursante, que me robó mis cosas.

—Es cierto —dijo Fanny—. Sin mí, tendría la cara destrozada.

—La violencia está en todas las cosas aquí, ¿y no tienes miedo?

—Sí —respondió Axel—. Ya que estamos de confesiones, admito que me muero de miedo con cada paso que doy, imaginando que ese tipo vuelve a atacarme. ¿Por qué crees que he fabricado un refugio? ¿Por diversión?

—Pues deberías entenderme. Me dan miedo los fantasmas, te da miedo la violencia. De acuerdo, los productores utilizan nuestros miedos para asustarnos. De acuerdo, todo está controlado, si no, sería ilegal. Pero eso no impide que sea flipante.

—¿Cómo saben nuestros miedos? —preguntó Fanny.

—Hoy en día todo se sabe en las redes sociales. Además, nos hicieron un montón de preguntas durante la selección. De hecho, estoy casi seguro de que nos eligieron por nuestras fobias.

—Es cierto —dijo ella—. Sabían lo de las serpientes. Y me acuerdo de haber compartido un post sobre la leptospirosis.

—¿La qué?

—Una enfermedad transmitida por las ratas. Seguro que también aprovechan eso.

—¿Qué perdéis si vengo con vosotros? —volvió a intentar Hugo—. Soy más fuerte que los dos y no me dan miedo las ratas ni las serpientes. Y prometo que, en cuanto consiga una pistola de bengalas, me piro.

—Eres fuerte, pero te has dejado machacar por una chica.

—¡Ya estamos otra vez con estas! —gruñó Fanny—. ¡Como si una chica no pudiese ganar a un chico!

—Tenía un cuchillo —se justificó Hugo.

Axel interrogó a Fanny con la mirada. Asintió con la cabeza.

—¿Humor y no-violencia?

—Humor y no-violencia.

—¿Qué significa? —preguntó Hugo.

—Es nuestro lema —respondió Axel.

—Cada loco con su tema —precisó Fanny—. Si te unes a nosotros, nuestro lema pasa a ser "Humor, no-violencia y bengala de socorro".

Axel rio, Hugo un poco menos. Recogieron sus cosas y dejaron atrás el refugio.

Un poco más tranquila, Fanny se imaginaba, igual que sus camaradas, que el miedo podía dividirse por tres.

19.

Axel, Fanny y Hugo avanzaban en fila por el soto-bosque. Axel abría la marcha, batallando contra la maleza y el suelo pedregoso que pisaba amargamente con sus calcetines rotos. Detrás, Fanny seguía electrizada por su beso. Entre ese romance incipiente y esa marcha en fila india a través del bosque, el juego había adquirido tintes de aventura. Pisándole los talones, Hugo sospechaba de cada ruido y asociaba cada movimiento a la presencia de un enemigo oculto. Incluso se había agarrado a Fanny después de haber creído ver a la mujer sin rostro andando junto a ellos.

Hacía ya un rato que los tres competidores convertidos en aliados habían dejado de ver el cielo. Miles de pilares de savia con bases musgosas y roídos por la yedra sostenían una cúpula de espesas ramas, que formaba una inmensa prisión natural. Estaban encerrados en un mundo que no era nada familiar para ellos. Esa experiencia les devolvía a la animalidad que habían dejado atrás en la infancia, con sus miedos, violencia e impulsos primarios. Hasta el punto en que Fanny se preguntaba si no sería esa parte primitiva la que terminaría ganando, por encima del pacifismo y del sentido del humor.

Axel paró sin avisar. Fanny chocó con su espalda, diseminando sus pensamientos. Se concentró en el motivo del súbito parón. Axel miraba al suelo.

Una muñeca yacía a sus pies. Era deforme. Tenía el pelo quemado. La cara aplastada no permitía distinguir la nariz de la boca. Al inmundo cuerpo le habían amputado el brazo derecho y la pierna izquierda.

—¿Es...una muñeca? —se extrañó Hugo.

—Si fuese un bebé de verdad, sería horrible —se burló Fanny para combatir los nervios.

Axel se inclinó para recogerla e hizo una mueca.

—Qué mal rollo —dijo.

—¿De dónde ha salido? —preguntó Hugo.

—¿Te queda alguna pregunta absurda más? —respondió Fanny.

—La han destrozado —constató Axel.

La sujetaba con la punta de los dedos, lejos de la nariz.

—No sé qué crimen habrá cometido esta pobre muñeca, pero la niña que la abandonó no se cortó al torturarla —comentó Fanny.

—¿Cómo sabes que era de una niña? —recalcó Hugo.

—Bueno, las muñecas suelen ser de las niñas...

—¿Y por qué dices que la muñeca ha hecho algo malo?

—No sé si entiendes la relación entre una niña y su muñeca, pero te aseguro que, cuando se llega a esto, hay un problema serio.

—¡Eh, chicos, despertad! —intervino Axel—. Esto no es más que un accesorio del decorado. La producción la ha dejado aquí.

—¿Estás seguro?

—Dudo que una niña haya venido hasta aquí a jugar con su muñeca.

—Sí, pero mírala bien, está toda podrida. Parece que lleve aquí mucho tiempo.

—Si los organizadores la han puesto ahí —añadió Hugo—, ¿cómo podían saber que pasaríamos exactamente por aquí y que la encontraríamos? ¿Y por qué debería darnos miedo una muñeca?

—A mí me da miedo —dijo Fanny—. ¿Has visto Annabelle?

—¿Quién es Annabelle?

—Es una película. La historia de una muñeca poseída que despierta a los espíritus maléficos.

—Vale, pues los organizadores se han inspirado en la película.

—Esta muñeca no tiene rostro, como la mujer que hemos visto —notó Fanny.

—Tienes razón —confirmó Hugo.

—Bueno, otra prueba de que todo concuerda con la puesta en escena. Además, está cubierta de la misma mierda que habían puesto en nuestro árbol.

—¿Y si la muñeca pertenece a una niña que, como nosotros, también vio a ese fantasma? —sugirió Fanny—. Eso explicaría por qué...

—Tienes demasiada imaginación —cortó Axel.

Tiró la muñeca y se limpió la mano sobre un tronco cubierto de liquen.

Axel retomó la marcha. Fanny y Hugo le pisaban los talones.

Escucharon que algo caía al suelo desde los árboles.

—¿Qué ha sido eso?

Axel miró hacia delante.

—No lo sé, parecía un animal muerto.

—¿Un pájaro que ha sufrido un infarto?

Examinaron con la mirada el lugar de la caída, pero no vieron ningún cadáver de pájaro.

Axel siguió caminando y Fanny lo alcanzó. El silbido del viento le dio la impresión de que los espíritus se acercaban a ellos desde todos los rincones para susurrarle una advertencia. Tuvo un escalofrío.

—¿Estás seguro de que quieres seguir?

—Sí, mira eso.

Le mostró un pino que se había inclinado sin llegar a tocar el suelo. Su copa de ramas anaranjadas se había quedado bloqueada entre las ramas de los árboles de alrededor. El responsable del crujido se encontraba delante de ellos.

—Prefiero no saber qué criatura ha hecho eso —comentó Hugo.

—Si no es un elefante —dijo Axel—, no se me ocurre nada. Ah, sí, tal vez unos castores.

—¿Los castores son roedores, como las ratas? —preguntó Fanny.

—Una rata de unos treinta kilos con ojos pequeños y dientes enormes.

—Deja de asustarme.

—¡Mirad! —gritó Hugo.

Había descubierto marcas en la tierra. ¡Unas huellas de patas profundas, de tres dedos, de más o menos cincuenta centímetros por cincuenta!

—¡Son enormes! —exclamó Fanny—. ¿Qué ha podido dejar unas huellas así?

—No lo sé —insistió Hugo.

Axel buscó otros indicios. Se fijó en que el tronco era viscoso y olía mal. ¡Otra vez la misma sustancia asquerosa!

—Han preparado bien el golpe —declaró esforzándose por parecer convincente—. Intentan hacernos creer que este bosque está encantado, que está poblado de locos y que hay una criatura del tamaño de un dinosaurio. No vamos a seguirles el juego, ¿verdad?

—Dame tu pistola de bengalas y me voy inmediatamente —declaró Hugo.

Axel se giró hacia Fanny.

—Es un buen momento para una broma, ¿Fanny?

Lívida, con la mirada fija, no parecía dispuesta a entretener a su público.

—Hay alguien detrás de ti.

—¿Esa es la broma?

—No, es verdad.

Una mujer los observaba.

20.

La desconocida corrió hacia ellos y se paró a unos metros para interpelar a los tres concursantes.

—¿Qué hacéis, banda de mendrugos?

—Es la chica con la que me peleé —advirtió Hugo.

Axel se acercó hacia ella, seguido de sus dos camaradas.

—¿Sois un equipo? —se extrañó la chica.

—No —respondió Axel.

Fanny apretó la pistola de bengalas que sujetaba en la mano. La chica se dio cuenta.

—Ni lo pienses.

—¿Qué quieres ahora? —preguntó Hugo.

—¿Qué tal tu mano, Fulanito?

—Me llamo Hugo, no Fulano. Y la mano me duele.

—He escuchado un ruido. ¿Vosotros habéis abatido ese árbol?

—Sí, con estas manitas —respondió Fanny.

—¿Quieres que te dé a ti también, rubia?

—¿Cómo te llamas? —intervino Axel para impedir que Fanny contestara.

—¿Y tú?

Axel hizo las presentaciones antes de que ella se identificara. Se llamaba Nadia. No había conseguido encontrar ningún kit de supervivencia y Hugo la había atacado para intentar hacerse con su pistola. No quería separarse de ella para tener la posibilidad de escapar cuando quisiera. No estaba a gusto en este infierno verde.

—Nosotras dos nos hemos visto antes... —dijo Nadia a Fanny.

—¿Cuándo?

—Era yo, detrás del árbol. Estabas tan perdida que no pude resistirme a darte un susto.

Reprodujo los movimientos con los brazos alrededor de un tronco imaginario.

—¿Qué? ¿Eras tú?

—Si el tío ese no hubiese aparecido en ese preciso momento, te habría dado un susto enorme. Ya estarías fuera del juego.

—Habría sido inútil. Mi pistola de bengalas no funciona.

—Por cierto, soy Axel, no "el tío ese".

—¿Tu pistola no funciona?

Fanny se arrepentía de haberse dejado engañar por esa chica tan creída. Además, eso seguía sin esclarecer el misterio de la mujer sin rostro.

Axel puso a Nadia al corriente de los problemas que habían tenido con sus pistolas.

—Estoy segura de que la tuya tampoco funciona.

—Bien jugado, pero prefiero comprobar si funciona o no cuando yo decida.

—Pues va a ser ahora.

Fanny se abalanzó sobre ella e intentó quitársela. Los dos chicos se apartaron del brutal enfrentamiento entre las dos concursantes, que rodaban sobre la tierra, se golpeaban, arañaban y tiraban del pelo. Nadia era más fuerte, pero Fanny había sabido aprovechar el efecto sorpresa y tenía una motivación mayor que su fuerza. La pistola salió propulsada. De un salto, Hugo la cogió, la cargó y disparó. Pero no salió ninguna bengala.

–¡No funciona! –gritó.

Las dos chicas abandonaron el combate inmediatamente. Se levantaron, con el cabello enmarañado y despeinado. La camiseta de Nadia estaba rasgada y a la parka de Fanny le faltaban dos botones. Axel lo había grabado todo con su móvil. Hugo estaba destrozado.

–Nos han dado unas pistolas de mierda –dijo.

–Eso es porque la has roto tú, imbécil –soltó Nadia a Fanny.

–No es culpa suya –objetó Axel.

–Estamos condenados a encontrar la salida solos –se lamentó Hugo.

–¿De qué va este juego? ¿Ahora es una yincana de orientación? –escupió Nadia.

–Creo que intentan persuadirnos de que ya no podemos abandonar el juego. Para asustarnos aún más.

–En ese caso tendrán que darnos algún otro medio para avisarles de que queremos salir –supuso Hugo.

–Tú eres de los que cree que se ha puesto a llover cuando en realidad te están meando encima, ¿no? –le agredió Nadia.

–¿Puedes parar de buscar pelea durante cinco minutos?

Hugo se esforzó por convencerles de que era inútil separarse, pelearse o asustarse mientras no tuvieran la posibilidad de abandonar el juego. Para Axel, la mejor manera de proceder era encontrar a otro concursante con una pistola de bengalas que funcionase. A menos que lograran escapar del bosque por sí mismos. Aunque no parecía muy esperanzado con esa posibilidad. Por lo que había visto cuando había trepado a lo alto del pino, el bosque se extendía hasta donde alcanzaba la vista.

21.

así pues, los cuatro emprendieron la búsqueda del resto de concursantes. La tensión entre los miembros del grupo se podía cortar con un cuchillo. Fanny detestaba a Nadia, Axel detestaba a Hugo y Nadia detestaba a todo el mundo. El cuarteto amenazaba con explotar en cualquier momento. Su avance se veía retrasado por el espesor del sotobosque y la luz tenue.

Caminaron durante una hora, sin encontrarse con nadie.

Fanny se sentía observada permanentemente. Grabó algún vídeo corto, aunque había perdido la esperanza de que sus imágenes se convirtiesen en una película algún día. Había desechado la idea de ganar el juego. A la primera ocasión, saldría de ese bosque. Volvería con Chloé, que había tenido la suerte de no ser seleccionada, con Jean-Claude hecho un ovillo sobre su cama mullida, con sus padres, que no se imaginaban el follón en el que estaba metida. El único consuelo que le quedaba por haberse embarcado en esta situación era su encuentro con Axel, aún notaba el sabor de su beso en los labios. Avanzaba por la derecha y en calcetines por culpa de ella, equipado con una brújula que los guiaba hacia el norte. Nadie podía afirmar que era el líder de ese cuarteto indigerible. Sin embargo, todos habían aceptado su idea de ir en busca de otros concursantes.

Un plan que de repente se vio recompensado.

El "i*shh!*" emitido por Hugo provocó una parada inmediata y un silencio total. Alguien pedía ayuda. Nadia señaló hacia lo que debía de ser el oeste. Axel fue en esa dirección. Los demás lo imitaron. Los gritos se interrumpían por gemidos de dolor. Axel empezó a correr y Fanny también.

Descubrieron a una chica con los ojos llorosos detrás de sus gafas, sentada en el suelo y sujetándose la pierna. Una pistola de bengalas descansaba a su lado. Fanny la ocultó discretamente bajo un arbusto con el pie. La concursante se llamaba Line. Axel le arrancó el pantalón con facilidad, pues ya estaba desgarrado. La examinó. Line se había caído mientras corría y se había torcido el tobillo. El dolor era agudo, la articulación se había hinchado y había aparecido un hematoma. Axel diagnosticó un esguince grave. Line era incapaz de mover la pierna, y menos aún de caminar. Tenía que permanecer sentada y dejar reposar la articulación. Axel explicó que, para reducir el dolor, el hematoma y la hinchazón, tenía que elevar el tobillo, apretarlo con una banda elástica y aplicar una compresa de hielo.

—¿Vas a la facultad de Medicina? —preguntó Nadia.

—No, pero sé lo que hay que hacer —respondió Axel—. Es el protocolo RICE, *Rest, Ice, Compression, Elevation.*

—Estupendo, nos ha tocado un socorrista bilingüe.

—¿Sabes hacerlo mejor? —la interpeló Fanny.

—Lo siento, Miss Pesada, pero no es lo mío.

—Pues entonces aplica el protocolo CLB.

—¿El qué?

—Cierra La Boca.

Nadia saltó sobre Fanny. Axel abandonó a Line para separar a las dos furias con la ayuda de Hugo, ante la chica herida, que no podía creer lo que veía.

—¿Podemos ocuparnos de Line? —preguntó Axel—. Ya os pelearéis después.

—¿Qué necesitas? —preguntó Fanny.

Había perdido algunos mechones y otro botón durante el combate.

—Un soporte elevado para poner la pierna y algo para vendar la tibia. Lo del hielo aquí es imposible.

Fanny le dio su bote de bálsamo de tigre. Al menos era algo. Hugo trajo un tronco que colocó bajo la pierna de Line. Faltaba la venda. Fanny habría ofrecido su camiseta y su sujetador, pero se le habían olvidado en el árbol donde los había dejado a secar. A Line se le ocurrió que podían utilizar su bufanda.

—Haría falta una goma para apretar el tejido —dijo Axel.

—¿Dónde quieres que encontremos una goma? —preguntó Fanny.

Hugo hizo una mueca dubitativa. Nadia se encogió de hombros y se alejó a rumiar su odio. Axel se concentró en la tibia de Line, que embadurnaba de bálsamo. Line aguantaba el dolor con una serie de muecas.

—Ya lo sé, tengo una idea —dijo Fanny.

Desapareció detrás de un árbol.

Regresó dos minutos más tarde y le tendió su braga a Axel.

—Toma, una goma.

El chico dudó.

—No pasa nada, me cambié esta mañana.

Sonrió, enrolló la tibia con la bufanda y la comprimió con la braguita de Fanny. Line les dio las gracias. Les contó que algo la había acosado emitiendo unos gruñidos extraños y desprendiendo olor a alcantarilla. Presa del pánico, había perdido su kit de supervivencia. Mientras huía, había tropezado con el suelo pedregoso y se había torcido el tobillo. Había intentado disparar una bengala hacia el cielo, pero la pistola no funcionaba.

Fanny fue inmediatamente a recuperarla del lugar donde la había ocultado discretamente. Solo consiguió que emitiera un tintineo ridículo que confirmaba la versión de Line.

—Nos están tomando el pelo —dedujo Axel.

—Se están pasando —comentó Fanny.

—Desde el principio, no me ha gustado este juego —confesó Hugo.

—¿Y si gritamos? —sugirió Fanny.

Sin nada que perder, gritaron "socorro" con todas sus fuerzas. Silbaron, chillaron. Debían de haber despertado al bosque entero. Nadia, que no había participado en el estruendo, les pidió que parasen la fanfarria.

—Estoy segura de que nos están observando con un dron o alguna cámara oculta en el bosque, y se deben de estar partiendo de risa.

—Ya es hora de que esto se acabe —dijo Hugo—. Hace más de cinco horas que lo estamos pasando mal. Y ahora tenemos a una persona herida, ¡ya basta!

—Nos asustan suprimiendo cualquier posibilidad de parar —se lamentó Line.

—¿Qué piensas, Axel? —preguntó Fanny.

—¿Necesitas su opinión? —la picó Nadia.

—No, pero cuenta más que la tuya, que sin embargo no paras de repetir.

—Tiene razón —dijo Axel.

—¡Pero qué creído! —se ofuscó Nadia.

—¡Me refiero a ti, mendruga! —replicó—. Estoy de acuerdo contigo, nos están observando y manipulando.

—¿Me has llamado "mendruga"?

—Ya vale, Nadia —dijo Hugo—. Deja de agredir a todo el mundo todo el tiempo. Se está volviendo pesado.

—Es él el que se mete conmigo —se defendió.

—No debemos seguirles el juego —retomó Axel—. Todo lo que pasa en este juego, la competición entre nosotros, los ruidos sospechosos, las serpientes, los árboles que caen, la sustancia pegajosa, las huellas gigantes, las apariciones de fantasmas, todas esas cosas las han puesto ahí para que tengamos miedo. No hay duda de que todavía les quedan ases en la manga para asustarnos, así que debemos estar preparados para enfrentarnos a fenómenos cada vez más flipantes.

—Estoy de acuerdo, pero ¿de qué sirve eso, si ya no podemos enfrentarnos a otros concursantes? —preguntó Nadia.

Como nadie respondía, precisó su pensamiento.

—Si nadie puede salir del juego, ni siquiera Line que está herida y que debería haber sido socorrida, es que los productores han perdido el control de la situación. ¡Y que nosotros estamos jodidos!

22.

Estaban atrapados en un lugar que se parecía a cualquier otro del bosque. Los mismos árboles roídos por la yedra y el liquen. El mismo sotobosque invadido por el musgo, los helechos y la maleza. El mismo olor a humedad viciado por otro hedor insidioso. La misma penumbra que muy pronto sería alcanzada por la noche.

Line era intransportable. No podían abandonarla. Al menos esa era la opinión de Fanny y Axel. Hugo estaba convencido de que los organizadores no dejarían sufrir a los concursantes. El imprevisto esguince de Line les obligaría a intervenir. Podían esperar a que aparecieran muy próximamente.

Para Nadia era impensable quedarse ahí tontamente, como estatuas. Planeaba seguir con la búsqueda de una pistola de bengalas que no estuviera rota. Al menos una había funcionado porque habían visto una bengala explotar en el cielo. La suya y las de Line, Fanny y Axel estaban fuera de juego y habían robado la de Hugo. Eso significaba que aún quedaban cinco pistolas en el bosque con posibilidades de funcionar. Les propuso un trato.

—Si voy a por un bufón que tenga una pistola que funcione y os la traigo, os largáis todos del juego.

Line, Hugo y Fanny aceptaron el trato sin dudar. Axel se tomó un poco de tiempo antes de aceptar. La idea de rendirse era nueva para él.

Nadia se alejó inmediatamente.

—Esa chica es un tornado —constató Hugo.

—Se habrá merecido ganar —dijo Axel.

—Si el juego no se anula —subrayó Fanny.

—¿Cuántos concursantes quedan si abandonamos?

—Cuando abandonemos —corrigió Hugo.

—Cuatro, además de Nadia —calculó Fanny—. Uno de ellos está como una cabra. Y no creo que sea precisamente él quien haya abandonado antes.

Axel echó un vistazo a Line. El dolor la había sumido en un estado de semi-inconsciencia.

—Me voy a cagar —anunció Hugo.

—Gracias por la información —dijo Fanny.

Fue a sentarse junto a Line. Quería saber más sobre lo que la había hecho huir.

—No lo vi bien —murmuró Line—. Al principio pensaba que debía ser una bestia, en plan un oso. Pero, de hecho, creo que era un hombre. Soltaba como una especie de gruñidos.

—Tal vez un concursante que intentaba asustarte.

—Es posible. Pero el olor que emanaba era muy raro. Apestaba.

—¿Crees que este bosque está habitado?

—Sobre todo creo que nos estamos imaginando cosas que no existen.

—Nosotros nos encontramos a una muñeca horrible y huellas de pasos gigantes.

—¿Qué intentas decirme?

—No estamos solos.

—¿En qué estás pensando?

—No lo sé, bestias desconocidas, una familia de locos...

—Tú has visto demasiadas películas.

—Eso es verdad. Pero también es cierto que, donde yo vivía, antes había un viejo chino que vivía en los bosques. Se había construido una cabaña, practicaba artes marciales ahí apartado. Nadie sabía que existía.

—No estamos en tu casa.

—Me refiero a que es posible que haya gente viviendo aquí sin que los organizadores del juego lo sepan.

—Pues esperemos que, si nos encontramos con alguien, nos ayude.

Line cerró los ojos para contener el dolor.

—¿Podrás aguantar?

—No mucho más.

Fanny miró a su alrededor. Axel había desaparecido. Se levantó y lo llamó. Algo se movió encima de ella.

—Axel, ¿eres tú?

Ninguna respuesta. Recogió una piedra, dispuesta a utilizarla contra el enemigo. Unos crujidos precedieron una bajada rápida y alguna palabrota. Fanny reconoció a Axel.

—¿Qué hacías?

—Intentaba conseguir cobertura para llamar a emergencias.

Tocó tierra y se sentó, desanimado, al pie del pino al que acababa de trepar. Fanny se instaló a su lado. El musgo verde hacía que fuese un asiento cómodo. Axel se examinó las manos, que se había arañado a lo largo de la ascensión. La camiseta también estaba rasgada.

—¿Estás bien? —preguntó Fanny.

—Sí, ¿y tú?

—Es hora de que esto se acabe para mí. Estoy a punto de quedarme sin ropa. Lo siento por tu parka, te compraré otra.

—Al contrario, me la quedaré de recuerdo.

—¿Quieres recuerdos de este día?

—¿Tú no?

—Me darían pesadillas llenas de serpientes, jabalís y mujeres con el rostro borroso.

—Ha habido buenos momentos.

El corazón de Fanny se aceleró de nuevo. Tenía las manos húmedas. ¿A qué jugaba Axel? ¿Sentía algo por ella? Probablemente nada tan fuerte como lo que ella sentía por él.

—¿Como qué? —balbuceó.

—Como cuando la rana te saltó encima. Eso me encantó.

—Qué gracioso.

—Cuando te besé, eso también estuvo bien.

El corazón de Fanny explotó.

—¿Ya estáis ligando? —soltó Hugo.

Caminaba hacia ellos, subiéndose la bragueta. Había una sombra detrás de él, pero no era la suya.

23.

Hugo cayó hacia delante y quedó estirado igual que una alfombra delante del tipo que le había puesto la zancadilla. Este era esbelto, tenía su edad y estaba vestido con una sudadera con capucha por debajo de una chaqueta. Llevaba una mochila. Tenía un aspecto tan desenfadado como lo fue el tono de su pregunta.

—¿Qué es este lío?

—Define "lío" —le soltó Fanny.

—¡Todo este ruido! He escuchado gritos y he buscado de dónde venían, pero llego y me encuentro a este tío plantando un pino. ¿Qué está pasando aquí?

Hugo se levantó, confuso y avergonzado. Interpeló al que le había empujado al suelo.

—¿Quién te crees que eres, imbécil?

El solicitado respondió apretándole la nariz con violencia, lo que paralizó a Hugo. Le pidió que repitiera su pregunta. Hugo dudó. El otro apretó un poco más. Hugo obedeció con voz nasal:

—¿Quién te crees que eres, "inbésil"?

—"Inbésil" me gusta más.

Soltó a Hugo, que se apartó frotándose la nariz. El intruso se giró hacia Fanny, a la que había identificado como la portavoz del grupo.

—¿Qué está pasando?

—¿Cómo te llamas?

—Jordan.

Fanny le resumió la situación. Para su sorpresa, Jordan les propuso cederles su pistola de bengalas.

—Ya no me hará falta —presumió.

Fanny la agarró, apuntó hacia el cielo, cargó y disparó. Varias veces.

Clic. Clic. Clic. Clic. Clic.

Tiró la pistola.

—¿Qué le has hecho a mi pistola? —se enfadó Jordan.

—No funciona, tonto. Es lo que te acabo de explicar.

Jordan la recuperó, incrédulo, y la accionó. Produjo una serie de ridículos ruiditos, pero no disparó ninguna bengala.

—¿Ahora entiendes por qué pedíamos ayuda?

—Eres una bocazas, pero no solo dices tonterías. Este juego se está desmadrando. ¿Habéis intentado buscar cobertura?

—Sí —dijo Axel—. He trepado a un árbol, pero es imposible captar nada.

—Nos toman por tontos —concluyó Jordan—. ¿En qué estado está la chica herida?

—Intransportable —respondió Axel.

Jordan contó en voz alta. Eran cinco. Por lo tanto, había otros cinco por ahí sueltos.

—Tal vez alguno tenga una pistola que funcione —supuso.

—Es lo que pensamos —dijo Axel—. Nadia ha ido a comprobarlo.

—Solo que no son cinco, sino cuatro contando a Nadia. Porque uno de ellos ha disparado una bengala. Uno de los concursantes ya ha salido del juego. Así que solo quedan tres pistolas que podrían funcionar.

—O cuatro, si añadimos la que me han robado —precisó Hugo.

Jordan se rascó la cabeza. Su cabello rubio y espeso parecía de paja.

—¿Queréis mi opinión? Nos están poniendo a prueba. Da la impresión de que todo se ha salido de control para asustarnos, pero los productores controlan la situación. Estoy seguro de que nos van a hacer flipar y al final nos indicarán la salida de emergencia. Tal vez hayan puesto alguna pista en los kits de supervivencia. ¿Tenéis los vuestros?

—Un concursante robó el mío y el de Axel —dijo Fanny.

—A mí también me han robado el mío —dijo Hugo—. Y Nadia no encontró ninguno.

—Yo lo perdí mientras huía —dijo Line.

—¡*Wao*! Me he encontrado con el club de los perdedores.

Jordan abrió su mochila y sacó una caja.

—Tengo el mío. Usadlo con moderación.

—Gracias —le soltó Fanny.

—Tal vez no me las des cuando veas lo que queda. Ya me he zampado casi todas las barritas de chocolate y me he bebido la mitad del agua.

Fanny echó un vistazo al contenido. Era lo mismo que había en los demás.

—El rosario y el crucifijo, ¿sabes para qué sirven?

—Para rezar, querida. ¿What else?

—Ah, ¿sí? ¿Y los que no son católicos?

—Si fuese para rezar también debería haber, digo yo, una mano de Fátima o una kipá, ¿no? No somos todos católicos.

—¿Y qué?

—Ese crucifijo no es para rezar, es para alejar al diablo.

—¿Hablas en serio?

—Intento seguir la lógica del juego.

—Bueno, pues yo creo que la brújula nos será más útil. Hay que elegir una dirección y seguirla sin desviarse para salir de aquí.

—Line no puede moverse.

—La dejamos aquí con uno de nosotros, los que consigan salir enviarán ayuda.

—Desde ahí arriba he visto cómo es el bosque, ¡hay árboles hasta donde alcanza la vista! Incluso caminando durante horas, no es seguro que salgamos.

Jordan se rascó la cabeza, que cada vez se parecía más a un montón de paja.

—¡Parece que os habéis aliado para complicarme la vida!

—Creo que es más complicada para Line que para ti —rectificó Fanny.

No le gustaba ese tipo que acababa de llegar y se imponía como un caudillo que nadie había solicitado.

—Hay algo que no hemos pensado —intervino Line.

—¿Qué?

—Que realmente haya habido un fallo en la organización. Que todas las pistolas de socorro sean defectuosas porque las hayan comprado a una empresa poco seria. Que los organizadores ignoren realmente lo que pasa y solo miren al cielo esperando ver otra bengala. Que es posible que nadie venga a por nosotros en mucho tiempo.

24.

Fanny observaba a sus camaradas fundiéndose lentamente en la oscuridad. El sol se extinguía y la poca luz que todavía se dispersaba a través de las ramas solo permitía ver sombras y siluetas. Los ruidos se hacían más presentes y numerosos. La mayoría eran de origen desconocido. Fanny adivinaba una vida trepidante a su alrededor, que se manifestaba a través de roces y movimientos furtivos. Goteos repugnantes. Susurros indefinidos. Arañazos incesantes. Olores desagradables. También escuchó un llanto de bebé. A menos que fueran gritos de animal. No lo sabía. Los maullidos de un gato a veces se parecían a los gemidos de un recién nacido. Se concentró en el llanto y se sobresaltó al escuchar un gemido justo detrás de ella.

Era Line, que sufría.

Fanny se interesó inmediatamente por su estado.

—¿Te duele?

—Me duele la idea de que no me vengan a buscar.

Fanny se esforzó por tranquilizarla mientras intentaba convencerse a sí misma.

—Ánimo. Es imposible que no hayan previsto casos de emergencia. Estoy segura de que muy pronto escucharemos un helicóptero o nos cegará alguna luz.

Un crujido llamó la atención de Fanny.

—¿Qué ha sido eso? —gritó Line.

Fanny se levantó y vio que una forma pasaba detrás de un árbol.

—¡Es un hombre con una cara muy rara!

—¿Qué?

—Camina a cuatro patas.

—¡Llama a los demás!

—Era una broma —confesó Fanny—. Solo es Axel.

—Joder, ¿estás loca o qué?

—Solo quería que te olvidaras del esguince unos segundos.

—Menuda chorrada.

Fanny siguió a Axel con la mirada hasta que desapareció de nuevo. No dejaba de dar vueltas a su alrededor en busca de cobertura.

Hugo jugaba con su móvil, aunque todos le recomendaron que ahorrase batería, que podría serles útil de noche. Este parecía haber abandonado la idea de grabar imágenes de esa experiencia de la que no saldría vencedor.

Jordan se había aislado en una esquina para pensar en la mejor estrategia. Había improvisado una breve inspección con la esperanza de cruzarse con Nadia. También quería asegurarse de que los alrededores eran seguros y tal vez encontrar otro kit de supervivencia o un lugar más cómodo que el que ocupaban. Había vuelto con las manos vacías.

En cuanto a Nadia, no habían vuelto a verle ni la punta de la nariz.

Fanny volvió a su sitio y se esforzó por analizar objetivamente la situación. Una cosa era segura: el miedo podía con ella. Pero no era el mismo miedo que la atraía hacia las salas oscuras y la había enganchado a las películas de Tod Browning o a las producciones de Blumhouse. No, este era el miedo del mundo real que no se puede controlar.

Fanny siempre se había burlado de las personas a las que no les gustan los relatos de terror. Le parecía que la gente no entendía la diferencia entre tener miedo y pasar miedo, entre una amenaza tangible y una ficción. A Fanny le gustaba lo que ella llamaba el "buen miedo", igual que le gustaba reírse, las dos emociones más potentes, que sacaban al ser humano de su siniestra apatía y de su triste conformismo. ¡Qué bueno era un susto cuando bastaba con cerrar los ojos para sentirse segura otra vez!

El "buen miedo" le había permitido crecer, gestionar situaciones peligrosas en la vida real, superar la angustia ante lo desconocido, dominar sus pesadillas, controlar los temores que ya sentía y a los que la ficción ponía imágenes o palabras. ¡Era más eficaz que una sesión de terapia!

El "buen miedo" le daba confianza en sí misma. Le permitía escapar de una rutina tediosa hacia universos inexplorados en busca de emociones fuertes, olvidar sus problemas adolescentes. Leer un relato de H. P. Lovecraft o ver una película de Jaume Balagueró le sentaba bien. Fanny siempre salía de ver una película de terror completamente animada. Sus amigos también. En el cine, bastaba con comparar sus rostros iluminados con los de los espectadores que acababan de ver un drama social para medir la experiencia que acababan de vivir juntos, y que les había unido.

Pero este no era el caso.

El miedo que Fanny sentía en ese momento preciso era un "mal miedo". De esos que no se pueden parar con tan solo desviar la mirada. De esos que dividen a la gente y contaminan. De esos que conmueven al cuerpo, que se colocan por encima de todo lo demás, la sed, el hambre, el frío, el sueño, y conducen a la muerte.

Para calmarse, Fanny recordó las historias de terror en las que la heroína siempre se salva, desde Caperucita Roja en la versión de los Hermanos Grimm a The Green Inferno, de Eli Roth.

Unos chasquidos producidos por Jordan llamaron su atención. Lo grabó. Se esforzaba por sacar una chispa de dos piedras. Regreso a la prehistoria. Fanny se burló de él con la voz en off. El ruido repetitivo sacó a Line de su somnolencia. Intentó disuadir a Jordan de que hiciese un fuego por el riesgo de incendio. Este no le hizo caso. Consideraba, al contrario, que era una buena idea. Las llamas llamarían la atención de los equipos de socorro. Hugo tranquilizó a Line diciéndole que, de todas formas, Jordan nunca conseguiría hacer saltar ninguna chispa.

Fanny se fijó en que Axel volvía de sus test de cobertura. Hizo zoom sobre su cara. Por su expresión, adivinó que sus tentativas se habían saldado con un nuevo fracaso. Grabó un plano panorámico y paró la imagen en Line, que se contorsionaba buscando una posición más cómoda. Después, cuadró la cámara sobre Hugo, que informaba a Axel de que en una zona sin cobertura no tenía ninguna posibilidad de captar nada. Axel le respondió encogiendo los hombros y fue a sentarse, apartado. Fanny se extrañó de que no viniese con ella. A lo largo de su observación, se fijó en un cuervo que descansaba sobre una rama. No se movía, parecía petrificado.

Fanny dio la vuelta a la cámara y entró en la pantalla. Un primer plano, como dicen en el cine. Aparecía a partir de la cintura. Ideal para mostrar expresiones faciales y lenguaje corporal. Probó una mueca, adoptó una pose relajada y sintió un olor a pedo o azufre. Iba a hacer un comentario humorístico, cuando soltó el móvil gritando. Se dio la vuelta, se puso de pie de un salto, se alejó unos pasos y fijó la vista en la penumbra amenazadora.

—¿Te has vuelto loca? —soltó Jordan.

—¿Qué has visto? —preguntó Hugo.

—¿Estás bien? —se inquietó Line.

Fanny avanzó lentamente y recogió el teléfono. Se acercó a Axel. No había reaccionado a su grito.

—Había alguien detrás de mí —declaró.

—Has alucinado —explicó Hugo—. No había nadie.

Fanny paró de grabar y reprodujo el vídeo. El corazón le latía de nuevo con fuerza, las manos se le humedecieron instantáneamente. En la pantalla, se la veía adoptar una pose un tanto chula antes de que apareciese un rostro sobre su hombro derecho. Duró menos de un segundo. Fanny puso el vídeo en pausa, le costó porque le temblaban las manos. Por fin, consiguió fijar la imagen del intruso. Se la enseñó a todo el mundo para demostrar que no lo había soñado. La nariz estaba aplastada contra la mejilla, la boca torcida, los ojos vidriosos.

—¡Si es otro concursante, ha debido de pasarlo muy mal! —comentó Jordan.

Deslizando el dedo gordo y el índice, Fanny amplió la cara que emergía de su espalda en la pantalla. Nunca, en toda su vida, había visto a un ser tan repugnante.

25.

Los jóvenes emitieron las suposiciones más extrañas que se les ocurrían para explicar la extraña aparición en el vídeo de Fanny. Desde los fenómenos paranormales hasta la presencia de una familia de seres primitivos en el bosque. Después de haber delirado durante un buen rato y de haberse asustado tontamente, se pusieron del lado de Jordan, convencido de que se trataba de una nueva puesta en escena para asustarlos. Los productores del juego se cebaban con ellos. Ahora tenían que reaccionar en función de la situación. El problema era Line. Si los organizadores no se daban prisa en evacuarla, tendrían que hacer algo. Jordan insistía en su idea de incendiar el bosque. Eso provocaría una intervención. Line respondió que nunca había escuchado tal disparate y que se negaba a morir carbonizada.

Fanny se retiró de la discusión y se acercó a Axel, que no participaba.

–Gracias por tu compasión –ironizó.

–¿Eh?

–¿Estás con nosotros?

–No.

–¿Qué te pasa?

–Nada.

–¿Has visto algo?

–Nada.

Se sentó junto a él. Tenía que pensar algo para sacarlo de su ensimismamiento. Intentó hacerle reír.

—Entre ese payaso que se cree en *La guerra del fuego* y tú que están en plan *Rain Man*, esto se parece al cine club del "insti".

Ninguna reacción. Demasiado intelectual. Otro intento.

—¿Has estado por ahí con los tíos de *Deliverance* o qué?

—¿¡Qué!? ¿De qué hablas?

—¡Una reacción, por fin!

—¿Quiénes son los tíos "de librans"?

—*Deliverance*, ¿no la conoces? Es una película de John Boorman. La historia de cuatro amigos que deciden bajar un río y desafiar a la naturaleza salvaje. A uno de ellos lo violan unos tíos que vivían ocultos en el bosque.

—Una sinopsis genial.

—¿Qué te pasa, Axel?

Puso la mano sobre la suya.

—¿Tienes miedo? —le preguntó.

—He visto algo, pero no quiero hablar de ello. Nadie me creería de todas formas, os reiríais de mí.

—Me fascinas, Axel. Pero sobre todo me estás asustando.

—¡Eh! ¡Chicos, ya vale de pudrirnos aquí! —se enfadó Hugo, que perdía los papeles—. ¡Line se está medio muriendo!

—¿Y cuál es tu plan, imbécil? —se dejó llevar Fanny.

—Gritar lo más fuerte que podamos hasta que alguien nos escuche.

Y fue lo que volvieron a hacer.

26.

Gritaron, chillaron, silbaron, berrearon.

A coro.

Por turnos.

Hicieron más ruido que todos los habitantes del bosque reunidos. Y luego se quedaron callados, totalmente afónicos.

No pasó nada.

—Nos hemos quedado sin voz por nada —se quejó Jordan.

—Incluso en La Voz gritan menos —notó Fanny.

Su comentario hizo gracia a Axel. Al menos era algo.

—He oído algo —les señaló Hugo.

—No puede ser —dijo Jordan—. Tengo los tímpanos destrozados.

—No. Ahora. Justo ahora. Venía de allí.

La cosa en cuestión venía en su dirección. Los crujidos secos estaban acompañados de movimiento. Retrocedieron en grupo ante su irrupción inminente.

Un joven de rostro rubicundo y dotado de una corpulencia rayando en la obesidad surgió ante ellos.

Vestía con una chaqueta de pana de dos colores y llevaba una mochila. Tenía una pistola en la mano. Su corte de pelo era tan raro que por un instante Fanny creyó que llevaba una marmota subida al cráneo.

—¿Qué pasa aquí? —preguntó mientras intentaba recuperar el aliento.

—¿Y tú quién eres? —replicó Jordan.

—¿Por qué gritáis así? Si pretendíais asustarme, lo habéis conseguido.

—Primero, dinos de dónde has salido.

Se llamaba Kenji y era un concursante. La partida había empezado bien para él. Había descubierto un kit de supervivencia en un refugio lleno de excrementos de jabalí. Después, había formado equipo con una concursante llamada Clara para tener más posibilidades de llegar a la final. Fanny se sintió decepcionada por no haber sido los únicos en haber tenido esa idea. La diferencia era que el dúo Clara-Kenji no había aguantado mucho. Muy pronto, Clara se descubrió como una auténtica paranoica. Estaba convencida de que los seguía una especie de entidad. En un momento dado, huyó corriendo y Kenji no la había vuelto a ver.

—Ha debido de abandonar —dijo— porque poco después de eso vi una bengala en el cielo.

—¿Su pistola funcionaba? —se extrañó Jordan.

—¿Por qué no debería funcionar?

—Buena pregunta. Pero no tenemos respuesta. Las otras no van.

—Mierda.

—¿Podemos probar la tuya?

—Ni en broma. Yo aún no me rindo.

—¡Tenemos que lanzar un S.O.S.! ¡Estamos atrapados aquí con una concursante herida e incapaz de desplazarse, nuestras pistolas no funcionan, pero el juego sigue como si nada y la noche está a punto de caer!

—¡Eh! ¿Cuál es el problema? Para empezar, ¿qué hacéis aquí todos juntos?

—Buscamos una solución para que nos vengan a buscar.

—¿Y qué tiene que ver eso conmigo?

—Si no tienes intención de abandonar, ¿qué mierda te importa tu pistola de bengalas? —se enfadó Fanny.

—¡No me hables así!

—¡Basta de peleas! —exclamó Jordan con un gesto violento.

Empujó brutalmente a Kenji, que cayó al suelo como un tronco de árbol, dejando su pistola en manos de Jordan. Este la cargó, apuntó a la vertical y apretó el gatillo. La detonación sorprendió a todos, excepto a Kenji. Vieron cómo la bengala se elevaba a ciento veinte metros sobre sus cabezas.

—¡Ha funcionado! —se extrañó Fanny.

—¡Claro que ha funcionado, banda de tontos! —gritó Kenji—. No teníais derecho a usar mi pistola.

—¿Qué es lo que no has entendido exactamente cuando te hemos dicho que "tenemos que mandar un S.O.S."? —preguntó Fanny.

—Tienes dos opciones —explicó Axel a Kenji—. Puedes decidir pararlo todo y esperar con nosotros a que llegue la ayuda. O puedes seguir en el juego. En ese caso, no nos necesitas a nosotros ni a la pistola. ¿Qué vas a hacer?

Fanny lo observó mientras contaba a los concursantes presentes y calculaba. Si Kenji seguía en el juego, serían solo cuatro.

—Sigo —dijo.

—¡Entonces largo! —ordenó Jordan.

Kenji dudó unos segundos, recogió su mochila y se perdió en la oscuridad, insultándolos una última vez.

—¿Qué apostamos a que vuelve en menos de una hora, con esa marmota que lleva en la cabeza, presa del pánico? —soltó Fanny.

—¿También apostamos a que la ayuda llegará en menos de una hora? —preguntó Axel.

—¿Por qué preguntas eso? ¿Crees que nos van a dejar morir? ¿Por una película? ¿Por los likes?

—Han visto la bengala —los tranquilizó Hugo—. Van a localizarnos y vendrán a buscarnos para llevarnos a casa. Y os garantizo que yo me largo de aquí.

Escucharon un ruido. Alguien venía hacía ellos.

—Apuesta ganada. El gordo y su marmota están de vuelta.

Pero al contrario de lo que creía Fanny, no era Kenji quien estaba de vuelta.

27.

Nadia surgió de entre dos árboles y miró hacia atrás como para asegurarse de que no la seguían. Estaba aterrorizada. La bombardearon a preguntas a las que ella respondía interrumpiéndose para comprobar los ruidos sospechosos a su alrededor. No se había cruzado con ningún otro concursante. Mientras seguía unas huellas sospechosas en el barro, había escuchado unos ruidos que parecían atroces gruñidos o carraspeos. Se había escondido y había visto pasar delante de ella a una mujer de pelo blanco, vestida con un camisón.

—¿Una vieja? —se extrañó Fanny—. ¿Le viste la cara?

—No, pero lo más fuerte es que...

—¿Qué?

—Que... que... caminaba...

—Vale, te cruzaste a una vieja que caminaba en el bosque —resumió Jordan—. ¿Y luego?

—Caminaba... al revés.

El silencio se impuso mientras digerían esa información y se imaginaban mentalmente a una mujer mayor caminando hacia atrás.

—¿En plan moonwalk? —preguntó Fanny.

—¡No digas tonterías!

Line se sacudió con una mueca de dolor.

—¿Te has comido un payaso para desayunar? —soltó Jordan a Fanny.

—Tíos, no hagáis bromas —intervino Hugo—. A mí me da miedo.

—No son bromas —dijo Axel.

Había murmurado, pero todos lo escucharon.

—¿Qué, que Fanny se ha comido un payaso?

—Joder, ¿sois tontos o qué? —se enfadó Nadia—. ¡Os he dicho que he visto a una vieja andando al revés!

—¡Yo también! —confesó Axel.

Todas las miradas se giraron hacia él.

—¿Eso es lo que me escondías? —se extrañó Fanny.

—Sí. Solo que no era exactamente una mujer.

—¿Era un hombre?

—Tampoco. No quiero hablar de ello.

Axel se alejó del grupo para cortar las explicaciones.

Fanny se unió a él con la esperanza de sacarle algo más. Se sentó pegada a él. Axel hizo un gesto de rechazo, como si estuviese cargada de electricidad.

—¡Eh! No tengo la peste, al parecer solo me he comido un payaso.

—Espero que fuera grande, porque no estamos cerca de conseguir comer nada más.

—Podemos cazar el jabalí.

—¿No puedes parar un segundo?

—Pues en este momento estoy muy agobiada por este bosque y lo que nos pueda pasar, por esta incertidumbre que nos vuelve completamente incompetentes. Así que hablo, encadeno las bromas para no pensar. Tú eres quien me lo aconsejó.

La miró. Fanny no mentía, la angustia se reflejaba en su rostro.

—No saber es lo que más miedo me da —siguió—. Así que podrías contarme lo que viste exactamente, me ayudaría a aguantar.

—No creo.

—¿Qué puedo hacer para convencerte?

Desamparada, recurrió al mismo argumento que había usado él para calmarla apenas unas horas antes. Lo besó. Para su sorpresa, él respondió al beso. Se abandonó a él, presa en su propia trampa. Axel se separó y preguntó:

—¿Qué intentas?

—Más bien eres tú el que intenta reducirme al silencio.

Un violento haz de luz se deslizó hacia ellos.

—¡La noche ha caído oficialmente, chicos! —declaró Jordan iluminando la oscuridad con la linterna.

—Y nadie ha venido a por nosotros —añadió Line.

28.

Cuando la noche despliega su velo el bosque se convierte en un auditorio gigante para multitud de ruidos desconocidos y repetitivos, gritos furtivos y gemidos, en el que las formas se transforman en sonidos, donde las piedras, los helechos y los árboles se expresan con crujidos y susurros, donde la tierra exhala olor a moho, y donde el frío húmedo se pega a la piel y se infiltra en la ropa. Un mundo en el que los seres civilizados no parecen tener lugar. Aquí, las trazas de humanidad se limitan a un persistente hedor a alcantarilla, a llantos de niño apenas perceptibles y sobre todo al miedo, invisible, sin olor, silencioso pero palpable. Los seis jóvenes eran intrusos en un santuario secular y salvaje.

Se habían acercado y sentado en un círculo para verse mejor y poder hablar sobre el origen del hedor y los llantos. Las opiniones diferían y ninguna fue unánime. Según Fanny, tenían que demostrar iniciativa, teniendo en cuenta que ya había pasado más de una hora desde que habían lanzado la bengala y que seguían esperando a los miembros de la producción, que no llegaban. Ya fuera calculado por los organizadores o puramente accidental, la situación requería una reacción. No podían permitirse seguir esperando.

Jordan formuló una propuesta que pareció satisfacer a todo el mundo: constituir un pequeño comando para salir del bosque y buscar ayuda. Dejarían pistas detrás de ellos para poder volver a por Line, como Pulgarcito.

Esta vez, Nadia decidió quedarse junto a la herida. Ya había intentado salir sola y no quería volver a encontrarse con la mujer que andaba al revés. Hugo también se negó a aventurarse en la noche.

—No es la valentía lo que te ahoga —recalcó Fanny.

—¿Tú vas? —preguntó Hugo.

—Sí.

—Pensaba que tenías miedo del bosque.

—Ser valiente es tener miedo y hacerlo de todas formas.

Fanny había leído esa frase en Coraline, de Neil Gaiman, un autor que le gustaba.

—Pues yo confío en la organización —se justificó Hugo—. Hemos señalado nuestra presencia aquí. Terminarán por venir. Mientras tanto, no quiero perderme.

—¿Y tú, Axel? —preguntó Jordan.

—Yo no soy valiente.

—¿Qué? ¿Te quedas? —se ofendió Fanny.

—No, vengo con vosotros. Pero estoy seguro de que no nos pasará nada. Así que no hace falta ser valiente.

—¿No te da miedo lo que hemos visto? —se extrañó Nadia, que aún estaba descolocada por la visión.

—Es probable que al final no sea más que una treta para asustarnos. El problema es que esos tíos de ahí, que están tirando de los hilos, no han entendido que queremos que paren. Tenemos que hacer algo.

—Somos tres —concluyó Jordan.

Line prestó sus zapatillas a Fanny, que tenía casi el mismo número que ella. Así, Axel pudo recuperar las suyas.

Esta vez, el trío decidió dirigirse hacia el sur. Se armaron con brújulas, un cuchillo de caza y una linterna.

Fanny creyó ver que Jordan deslizaba discretamente el crucifijo en su bolsillo.

—No me moveré de aquí —les dijo Line en un intento por aportar un poco de humor.

Partieron en el sentido opuesto al indicado por la aguja imantada.

Su valentía pareció recompensarles al cado de unos quince minutos, cuando descubrieron una especie de sendero. Lo siguieron y aceleraron el paso. Fanny prácticamente corría detrás de los dos chicos. Les iba a pedir que fuesen más despacio cuando Jordan se paró de golpe. Un gruñido los disuadía de seguir avanzando.

—¡Jabalíes! —gritó Fanny.

—¡*Shhhh*! —dijo Jordan.

Los gruñidos se desplazaban. Unas siluetas achaparradas estaban destrozando el sotobosque. La agilidad y la viveza de esos animales tan masivos era surrealista.

Retomaron la marcha con timidez. Fanny posó la mirada sobre la espalda cuadrada de Jordan, que iluminaba el camino. Nada daba más miedo que una linterna enfrentándose a la noche en un bosque. El halo de luz pálida que se extendía débilmente hacía que la oscuridad fuese aún más inquietante. Entre las tinieblas, parecía que en cualquier momento podía surgir una criatura hostil.

Fanny percibía la respiración de Axel a su lado. Estaba marcando el camino con piedras y ramas rotas.

—Así que no eres valiente —le soltó.

—Si lo fuera, en lugar de hacer el tonto en este bosque, estaría arrastrándome por la Amazonia para luchar junto a las últimas tribus autóctonas contra la desforestación, la especulación del suelo, los incendios y los proyectos de mega presas.

Fanny no supo qué responder y prefirió concentrarse de nuevo en lo que pasaba delante.

La linterna de Jordan barría el suelo y de pronto se topó con un trozo de tela despedazado.

—¡Mi chaqueta! —exclamó Fanny.

—¿Qué? —dijo Jordan—. ¿Qué dices?

Se apartó para dejarla pasar. Fanny se inclinó para estudiar lo que quedaba de su ropa. No solo estaba en pedazos, también exhalaba olor a excremento.

—Es mi chaqueta.

—¿Quién ha hecho eso?

—Goliat.

—¿Quién?

—El gordo forzudo que nos robó a Axel y a mí.

—¿Se llama Goliat?

—No sé cuál es su verdadero nombre.

—¿Él ha hecho esto con tu chaqueta?

—No lo he visto.

—Lo raro —constató Axel— es que estamos muy lejos del lugar en el que te la robó... A menos que hayamos estado dando vueltas en círculos.

—Imposible, hemos ido hacia el sur todo el rato —aseguró Jordan.

—¿Y quién nos dice que las brújulas son de fiar?

—¿Cómo?

—¡Como las pistolas de bengalas!

Jordan examinó la brújula como si no la hubiese mirado desde el inicio de la expedición.

—Tenemos otra, enséñame la tuya.

Axel sacó la otra brújula y Jordan comparó las dos. Las agujas indicaban dos "Norte" diferentes.

—¡Nos han engañado! —se ofuscó Jordan.

Escucharon otra vez los gruñidos, muy cerca. Una bestia daba vueltas en círculo, con ellos en el centro. Jordan empuñó el cuchillo de caza, apagó la linterna y les ordenó que se reagrupasen alrededor de un árbol, con la espalda contra el tronco. Los gruñidos se transformaron en ronquidos y olfateos. Después de unos movimientos concéntricos, la bestia se quedó callada.

–Son muy raros esos sonidos de jabalí –susurró Axel.

–¿En qué sentido? –exclamó Jordan.

–No parecen de jabalí.

Axel se abalanzó sobre algo frente a él.

–¿Qué le pasa? –preguntó Jordan a Fanny.

–¿Axel? –llamó sin alzar demasiado la voz, para no convertirse en una presa fácil.

Escucharon ruidos de pelea.

–¡Aquí! –gritó Axel.

Jordan y Fanny corrieron. Se encontraron a Axel en el suelo.

–Ve a por ese tío –le dijo a Jordan, que lo miraba con los brazos colgando.

–¿El jabalí?

–No es un jabalí, es el idiota que nos robó.

Jordan corrió sin pensar tras el otro concursante. Fanny se quedó junto a Axel.

–¿Estás bien?

–¡Estoy harto de recibir golpes!

–¿Dónde te ha dado?

–En la cabeza. A este paso me van a quedar tantas neuronas como a Mike Tyson.

Fanny le acarició el cabello y sintió una hinchazón. Sacó el bálsamo de tigre y se lo aplicó con delicadeza.

–¿Realmente crees que todo lo que pasa aquí está controlado? –dudó.

—Creo que toleran un margen de riesgo.

—¡Bueno, pues aquí se han saltado el margen! ¡Ese chico nos podría haber matado varias veces!

—Sin peligro el juego no tendría ninguna gracia, ¿no?

Unas voces llegaron hasta ellos.

—¡Estamos aquí! —gritó Axel.

—¡Eo! ¡Aquí! —chilló Fanny.

Goliat surgió ante ellos. Se sujetaba el brazo. Justo detrás, Jordan lo pinchaba en la espalda con el cuchillo. Estaba claro que había vencido a la bestia.

—Hemos encontrado a nuestro jabalí —anunció.

—¿Cuál es tu problema, imbécil? —preguntó Fanny a Goliat.

Respondió con una risa.

—Quiero ganar, ¿tú no?

—No golpeando a los demás, ni robándoles. ¿Qué has hecho con mi chaqueta? ¿Limpiarte el culo?

—Solo era una puesta en escena para asustaros, banda de tontos. Soy más astuto que vosotros, eso es todo.

—¿Dónde están nuestras cosas y nuestros kits de supervivencia?

—Lo tiré todo, sin contar la comida y la bebida.

—¿Mis zapatos también? —preguntó Fanny.

—Los destrocé y los tiré, como todo lo demás.

—Joder, cuando los idiotas hagan concursos también podrás presentarte...

—¿Qué?

—No, nada.

—De hecho, ¿cómo es que seguís en el juego?

Jordan le explicó la situación: las pistolas defectuosas, las brújulas rotas, el esguince de Line, el disparo sin respuesta.

Goliat se reía.

—¡Han hecho un teatrillo, nada más!

—Estoy de acuerdo —asintió Axel.

Fanny le lanzó una mirada más negra que la noche. ¿Cómo podía Axel estar de acuerdo con ese imbécil?

—A cada uno le toca gestionar la situación, solo hay que ser un poco creativo.

Fanny se enfadó con ese tipo que representaba para ella todo lo contrario a la creatividad.

—¿Cómo gestionas entonces la eliminación de los concursantes, capullo? Porque nos golpeas, nos robas, nos acosas, en definitiva: nos jodes, pero aquí seguimos.

—Je je je...

Su risa grotesca fue inmediatamente seguida por un silencio que indicaba que se había puesto a pensar de repente en la pregunta de Fanny.

—¡Mierda!

Es la única respuesta que supo dar.

—¿Qué? —dijo Jordan.

—Pues que, si las pistolas de bengalas están rotas, creo que estamos en un lío.

Lo dijo con una torpeza que hizo que Fanny se preguntara si no sería tonto de verdad. Podrían haberle anunciado la muerte de sus padres y se habría reído igual. Miró a Axel en busca de una expresión de inteligencia por su parte. Lo necesitaba. Pero este parecía estar en otra parte. O más bien preocupado.

—¿Qué tipo de lío? —preguntó Jordan, que era el único que se tomaba en serio a Goliat.

—A esa otra chica, Mélanie —respondió mirando a Fanny—, le hice lo mismo que a ti. Bueno, en realidad fui un poco más bruto.

—¿Un poco más bruto? ¿Qué significa eso?

—La golpeé y la dejé desnuda.

—¡Pero qué cabrón! —exclamó Jordan, que se aguantaba la risa.

—¿La abandonaste inconsciente y sin ropa? —gritó Fanny.

—También fue culpa suya, no paraba de moverse y chillar.

—¿En este bosque? ¿Sin nada?

—Le dejé su pistola de socorro. Y esperé a que recuperase la consciencia, para que no se la comieran los animales.

—¡Qué cabrón! —repitió Jordan.

—¡Cómo iba a saber yo que la pistola no funcionaba!

—¿Dónde la dejaste? —se preocupó Axel.

—No me acuerdo. Igual se ha movido.

—¿Y qué hiciste con su ropa? —interrogó Fanny.

—La tiré.

—¡Cabrón! —Jordan seguía aguantándose la risa.

Asqueada por el comportamiento de Goliat y la risa de Jordan, Fanny cortó el interrogatorio y pasó a la acción.

—¡Tenemos que encontrar a Mélanie! —gritó antes de preguntarse si debería desconfiar más de los otros concursantes que de las cosas que rondaban por el bosque.

29.

Mélanie!

Los cuatro la llamaban por turnos, esperando tener suerte. Sobre todo, que Mélanie hubiera tenido suerte. Lo único que obtenían por respuesta eran crujidos y ruidos extraños.

Fanny hostigó discretamente a Axel para saber qué significaba ese aire de preocupación que había adoptado. Axel declaró de manera evasiva que no se sentía demasiado bien después de todo lo que había pasado. Fanny insistió en saber qué había podido perturbar su serenidad.

—¿Es por lo que has visto antes?

—¿De qué hablas?

—La cosa que andaba al revés.

—No, tuve que equivocarme en eso. No vemos nada, estamos cansados, condicionados, nos imaginamos cosas.

—¿Qué te preocupa entonces?

—Un poco antes de toparnos con Goliat, encontré unas piedras y unas ramas rotas.

—¿No eras tú marcando el camino?

—Ese es el problema.

—No entiendo. ¿Ya habíamos pasado por ahí?

—Sí. Estamos dando vueltas.

El sentimiento de angustia que Fanny había sentido al ver *El proyecto de la bruja Blair*, cuando los tres protagonistas se dan cuenta de que habían estado dando vueltas, se multiplicó por cien.

—Creo que aquí es donde dejé a Mélanie —exclamó de pronto Goliat.

Fanny se preguntó cómo había podido reconocer el lugar. Nada se parecía más a un roble que otro roble, sobre todo cubiertos por la noche.

—Por cierto, ¿cómo te llamas? —preguntó Jordan—. Fanny te llama Goliat, pero supongo que ese no es tu nombre.

—¿Goliat?

—El gigante de la Biblia.

—Guay, gracias por la comparación —dijo enseñando el bíceps.

—Terminó muerto, vencido y decapitado por un joven pastor —precisó Axel.

Goliat se giró hacia él.

—¡Eh, historiador! Ya nos darás una clase cuando lo pidamos.

—¿Tienes otro nombre o no? —preguntó Fanny para cortocircuitar el impulso violento del gigante.

Se negaba a asistir a un nuevo combate. La victoria de un chico escuálido contra un coloso de dos metros noventa, vestido con una armadura de sesenta kilos y armado con una lanza de hierro solo ocurría en los mitos.

—Soy Enzo, ¿y tú?

—Fanny —respondió— y este es Axel.

—Y yo Jordan —añadió el tercer mosquetero.

—Nunca pensé que me uniría a un equipo de perdedores.

—Estamos juntos para encontrar a Mélanie, a la que has agredido salvajemente —subrayó Jordan.

—¿Qué hacíais vosotros tres antes de encontrarme?

—Intentábamos salir de este lugar de mierda.

—¡¿Todos queréis abandonar?!

—¿No has entendido lo que te hemos explicado? —soltó Fanny.

—Sí, la chica con el esguince, las pistolas petadas, vale, no soy tonto.

—Ah, ¿no?

Hinchó el pecho frente a Fanny, que tuvo la impresión de estar frente a un muro que apestaba a sudor. Enzo iba a decirle directamente que "cerrase la boca" cuando la mirada del gigante se quedó bloqueada sobre el pecho de ella. La parka de Fanny, a la que le faltaban tres botones, se había abierto dejando al descubierto sus pechos.

—¿Estoy soñando o no llevas nada debajo?

—¿Por culpa de quién, capullo?

—¿Nos ocupamos de Mélanie o debatimos el look de pasarela de Fanny? —se enfadó Axel.

—¿No ves que estoy hablando, historiador?

—No hablas, babeas.

Enzo giró su cuerpo hacia Axel y cerró el puño. Temiendo que lo golpeara, Fanny intentó recuperar su atención.

—¡Eh, cromañón! Además de molestar a todo el mundo y pensar con el pene, ¿alguna vez te comportas como un ser humano?

La frase dejó a Enzo estupefacto.

—¡Tanta grosería en una boca tan bonita! —juzgó.

—Es una señal de inteligencia —comentó Axel.

Enzo empezaba a sentirse confuso por el pingpong verbal de Fanny y Axel.

—¿Qué? ¿Decir palabrotas? —se extrañó.

—Sí. Según varios estudios de comportamiento, las personas con el cociente intelectual más alto son las que dicen más palabrotas.

—¡Menuda chorrada!

—Pregúntaselo a los investigadores de la universidad de Rochester o suscríbete a la revista Nature en lugar de leer el Marca.

—¿Podemos volver a nuestro problema? —intervino Jordan, que temía que la discusión acabase mal.

Volvieron a centrarse en la búsqueda de Mélanie.

—¿Iba en serio lo de las palabrotas y el C.I.? —murmuró Fanny a Axel.

—*Fucking yes, motherfucker*!

—Guay.

Fanny se agarró de su brazo y se pegó a él.

—Espera, voy a añadir una capa extra —le susurró con una media sonrisa.

Fanny se acercó a Enzo.

—¡¡¡Mélanie!!! —gritó usando las manos como megáfono.

—¡Me has destrozado el tímpano, cabrona!

Fanny sintió que algo le pasaba entre los pies. Soltó un grito agudo al ver que una bestia se arrastraba por el suelo y se lanzó sobre Axel. Enzo tiró de la oreja que le pitaba e insultó a Fanny. Jordan intentó instaurar un poco de calma.

—¿No os importa Mélanie o qué? —les soltó.

—Tú sin embargo pareces muy motivado —notó Axel.

—No me extraña —confirmó Enzo—. Una chica desnuda, ¡cómo no le va a motivar! De hecho, tienes razón, tío, porque además está muy buena.

—¡Nada que ver! —se defendió Jordan.

—Yo me piro —dijo Fanny.

—Eh, ¿ya no se pueden hacer chistes o qué pasa?

Jordan suplicó a Enzo que se callase y a Fanny que se quedara con ellos. Una vez calmaron las aguas, retomaron la batida. Fanny permaneció pegada a Axel para evitar a Enzo.

—No me importaría pasar el resto de mis días sin volver a ver a ese tío —le susurró a Axel.

—No tienes más que evitar los cuadriláteros de boxeo.

—¡*Shh*! —dijo Jordan levantando el brazo para señalar una parada inmediata.

Se calmaron, al contrario que el bosque, que seguía gritando. La linterna de Jordan temblaba en la oscuridad. El rayo de luz se paró sobre dos ojos que los observaban. Axel sintió un pinchazo en el brazo. Fanny le estaba clavando las uñas. Conmocionada.

—¿Qué es eso? —murmuró Jordan.

—Una lechuza —respondió Enzo.

Confirmando la aserción, el pájaro ululó antes de girar la cabeza con desdén. Jordan iluminó un poco más arriba y se detuvo en un cuervo. Estaba inmóvil sobre una rama. A Fanny la confundió la visión de ese pájaro de mal augurio. Según mucha gente, era el compañero de las brujas, la encarnación del mal y de las almas condenadas, un signo de malos presagios. Esas creencias le habían valido al pájaro haber sido perseguido por los hombres y clavado en las puertas de las casas. Pero no eran las supersticiones lo que había perturbado a Fanny. Los cuervos que había visto en la zona no graznaban, ni volaban. Estaban petrificados. Iba a decírselo a Axel cuando escuchó un llanto. Jordan era todo oídos.

—Parece un bebé —murmuró.

—Otra estrategia para asustarnos —estimó Enzo—. No puede haber más bebés en este bosque que McDonald's.

Axel recogió una piedra que había dejado sobre una rama hacía ya una hora. Les explicó entonces que estaban caminando sobre sus propios pasos. Jordan tuvo que aceptar la idea de que su tentativa de rescate había fracasado.

—¡Mélanie! —llamó Fanny.

—Tiene pulmones esta rubia —comentó Enzo llevándose la mano a la oreja.

Siguieron las piedras que los devolverían al punto de partida. Los lloros eran cada vez más apagados, se alejaban.

¡Hasta que de pronto volvieron a empezar a unos metros de ellos!

—Eso no es un bebé —dedujo Axel.

—¿Cómo lo sabes? —preguntó Enzo.

—Es una mujer, se puede distinguir.

—¿Crees que es Mélanie?

—¡Vete a ver!

—¡Vete tú!

—Ya vale —se decidió Jordan.

—Voy contigo —dijo Fanny.

Detrás de la maleza, vieron a una silueta que se eclipsaba tras un roble. Jordan no tuvo tiempo de iluminarla.

—Será mejor que vaya yo sola —aconsejó Fanny.

Le quitó la linterna a Jordan sin preguntar y avanzó hacia el árbol.

—¿Mélanie?

Creyó distinguir unos gemidos. Se mezclaban con

los sonidos del bosque. Un paso más y después otro. Fanny temía volver a ser víctima de una treta de los organizadores de *El juego del bosque*. No tenía ganas de toparse con un fantasma, de ver brazos abrazando troncos o más serpientes a su alrededor.

Ya casi podía tocar el roble.

—¿Mélanie? —murmuró.

—¡No te acerques!

Se quedó quieta.

—Vale, no me muevo. ¿Eres tú, Mélanie?

—¿Cómo sabes quién soy?

—Nos hemos encontrado con el capullo que te quitó la ropa. A mí también me robó mis cosas.

—Mentirosa. Estás vestida, te estoy viendo.

Fanny le resumió la situación.

Detrás de ella, los demás se impacientaban.

Volvió sobre sus pasos para pedirle a Enzo que le diese la parte de arriba de su chándal. Este se negó. Insistió. Enzo cedió.

Fanny volvió al roble y tendió la chaqueta de Enzo en la oscuridad.

—¡No voy a ponerme esa mierda! —gritó Mélanie.

—Vale, es fea, pero ahora mismo eso da igual, ¿no?

—Dame cualquier cosa, pero nada que se haya puesto ese cabrón.

Tras unos minutos de negociación, Axel prestó su chubasquero a Fanny, que se lo ofreció a Mélanie, todavía escondida. Después de una serie de ruidos apareció, al fin, arropada por la tela de nylon.

Enzo tenía razón, era guapísima.

A pesar de su rostro cubierto de lágrimas y suciedad, sus piernas arañadas y pies cubiertos de barro, era fácil imaginársela entre las páginas de una revista de moda.

—Volvemos a nuestro campamento —le dijo Fanny—. ¿Vienes con nosotros?

—No quiero estar con ese cabrón.

—Como quieras.

Fanny se alejó.

—¡Espera!

—¿Has cambiado de opinión?

—No tengo otra opción.

Las dos chicas se unieron al resto. Axel y Jordan se comían a Mélanie con los ojos. Enzo levantó una enorme mano en señal de paz.

—Lo siento, no sabía que tu pistola de bengalas no funcionaba.

—¡Eres un enfermo! —gritó Mélanie apuntándolo con un dedo acusador.

—No era nada personal, solo quería que abandonaras lo más rápido posible.

—¿Y eso te parece una buena razón para desvestirme, guarro?

—¿Sinceramente? Hay varias razones. Tengo hasta un vídeo de recuerdo.

—¿Qué? ¿Además me has grabado?

—Para tener imágenes cuando gane el juego.

—¡Si las publicas, te mato!

—Tengo derecho, firmamos un contrato...

—No te preocupes, nadie va a ganar nada —la tranquilizó Fanny—. Todavía estamos compitiendo y no tenemos posibilidad de abandonar.

—No lo entiendo —dijo Mélanie—. ¿A qué se supone que estamos jugando exactamente?

—No estamos seguros —le respondió Axel.

—Hay algo que se ha torcido en el juego —precisó Jordan.

—Están pasando cosas raras —añadió Fanny— y por eso hemos decidido formar un grupo.

SEGUNDA PARTE

EL GRUPO

30.

El pequeño comando, reforzado por Mélanie y Enzo, volvió al campamento siguiendo la estrecha senda y las piedras que había colocado Axel. Después de la sorpresa inicial al verlos llegar con dos nuevos reclutas, Line, Hugo y Nadia manifestaron su decepción al enterarse de que habían estado dando vueltas sin conseguir encontrar un camino para salir del bosque.

Fanny se preocupaba por el estado de Line, que sufría cada vez más. Dejó que Nadia les reprochase el fracaso de la misión y su falta de perseverancia. Hugo añadió críticas. Había al menos diez maneras de entrar al bosque, ya que todos habían entrado por caminos diferentes. Así que tenía que haber al menos diez maneras de salir.

Durante su ausencia, Kenji también se había unido al grupo. Su aventura en solitario había terminado. No había descubierto nada que pudiera ayudarles. La única cosa que había traído era una hoja de papel arrugada que representaba un dibujo de trazos infantiles: una mujer con los ojos hundidos y el cuerpo torcido, que el autor había titulado Mamá con caligrafía torpe.

Jordan resumió la situación:

—Ya estamos todos menos Clara, que por lo que sabemos logró señalar su abandono.

—¿Y qué pasa ahora? —preguntó Hugo.

—¿Esperamos como larvas a que pase algo? —se quejó Enzo.

—¡También puedes darnos una paliza y dejarnos desnudos! —le reprochó Mélanie.

—Basta, ¡no seas pesada con eso!

—Ah, ¿encima ahora soy una pesada? Joder, qué tío, ¡ni siquiera me has pedido perdón!

—¡Silencio, vosotros dos! —ordenó Jordan—. ¿Podéis calmaros y sentaros para que pensemos una solución? Os recuerdo que tenemos a una herida que sufre desde hace horas.

Todos se colocaron alrededor de Line, salvo Axel, que se sentó fuera del círculo.

—¿Aguantas bien? —preguntó Fanny a Line.

Le respondió con una mueca que valía más que mil palabras.

—Es imposible que no intervengan —garantizó Hugo.

—Ah, ¿sí? —saltó Nadia—. ¿Y tú ves llegar a alguien?

Un silencio ilustró la inquietud creciente y general. Jordan pretendía tranquilizarlos a pesar de todo, y enunció las dos únicas posibilidades racionales:

—O todo está bajo control, y en ese caso los organizadores saben dónde estamos y nos hacen esperar hasta que alguien se rinda de verdad; o hay un fallo e ignoran que las pistolas están rotas. En ese caso terminarán por preguntarse por qué nadie dispara ninguna bengala. Según las dos hipótesis, terminarán por venir a buscarnos. Tal vez solo tarden un poco más que en el caso de Clara.

—Puedes tachar la segunda hipótesis —subrayó Fanny—, porque la bengala que hemos lanzado al cielo no ha tenido ningún efecto. Es imposible que no la hayan visto.

–A lo mejor es difícil para ellos llegar hasta aquí o localizarnos con precisión. Pero terminarán por encontrarnos, no es como si estuviésemos en medio del océano.

–Eso es lo que debían pensar todas las personas que se perdieron en el bosque y a las que nunca se volvió a ver –intervino Line.

–¿De qué hablas? –se extrañó Jordan.

Fanny sabía a qué se refería Line. Jordan había eludido voluntariamente todas las posibilidades inquietantes, entre las que se incluía la intervención de fuerzas sobrenaturales, incluso maléficas. Prefirió callar y ceñirse a las hipótesis de Jordan para no asustar a nadie.

–He leído cosas de algunos bosques en Japón, Rumanía o Inglaterra –explicó Line–. Algunos senderistas se pierden y se vuelven locos. Otros incluso se terminan suicidando. Los organizadores ya nos avisaron, ha habido once suicidios aquí en los últimos treinta años.

–Son tonterías –objetó Jordan–. No estamos ni en Rumanía, ni en Inglaterra, ni mucho menos en Japón. Por el tiempo del trayecto, ni siquiera hemos salido del sur de Francia.

–Podríamos estar en Italia –tanteó Hugo.

–¡Nos da igual el país! –chilló Nadia–. ¡Lo que pasa es que estamos en un bosque de mierda!

–Muchas gracias por esa intervención, Nadia, nos ha permitido avanzar mucho –dijo Fanny.

–¿Acaso son mejores tus chistes de mierda?

—¡Parad las dos! —ordenó Jordan.

—¿Qué hacemos, entonces? —preguntó Mélanie.

—Se me ocurre otra posibilidad —dijo Hugo.

—¿Cuál?

—Que somos cobayas de un experimento de comportamiento social.

—¡¿Un qué?! —exclamó Enzo.

—So pretexto del juego, nos están observando para ver cómo reaccionamos en un medio que nos es totalmente desconocido, frente a una situación que nos supera. ¿Nos pelearemos? ¿Seremos solidarios?

—Sí, claro, y ahora mismo hay unos tíos con batas blancas en un laboratorio viendo cómo te cagas encima —ironizó Nadia.

—Pase lo que pase, propongo que nos quedemos aquí a esperar a que nos vengan a buscar —dijo Jordan.

—Estoy de acuerdo —aprobó Hugo.

—¿Y los diez mil pavos? —se preocupó Enzo.

—El juego no tiene ningún sentido, teniendo en cuenta las circunstancias —juzgó Jordan.

—Las reglas han prescrito —dijo Kenji.

—¿Han qué? —preguntó Enzo.

—Caducado, ya no valen, finiquitadas, terminadas, basta, stop...

—¡Vale, vale, lo he entendido! Solo hablas para hacerte el listillo.

—Es mejor que hablar para no decir nada.

—Puedo limitarme a los gestos, si prefieres. Se me da genial hacer el mimo de "darle una paliza a un bufón".

—¿Podemos comprobarlo? —desafió Nadia.

Fanny se alejó de la discusión para unirse a Axel, sentado más lejos.

—Lucha de egos —comentó.

—No te preocupes, no les quedará mucho ego cuando tengan que enfrentarse al monstruo que han creado —dijo Axel.

—¿Qué monstruo?

—Un grupo.

—¿De qué hablas?

—El miedo favorece el instinto gregario. Tenemos un rebaño con un jefecito, Jordan. Ya tiene a Hugo el lamebotas de su lado. Y muy pronto también se adjudicará al bruto como brazo derecho.

—Tenemos que seguir juntos, Axel.

—¿Por qué?

—¿Prefieres que nos separemos?

—¿Por qué no?

—¿Y arriesgarnos a pasar aún más miedo?

—Nos hemos apuntado para eso, no para pasear por el campo.

Jordan se levantó para imponer calma entre los concursantes alterados.

—Míralo —susurró Axel a la oreja de Fanny—, el jefecillo en pleno ascenso. Él es quien va a determinar la personalidad del grupo.

—No te cae muy bien, ¿eh?

—Me lo imagino en unos años presumiendo de ser presidente de una asociación de un club de tenis. Lo imprimirá en sus tarjetas de visita con letras doradas.

Enzo se levantó a su vez para acallar a Nadia, que impedía que Enzo se expresara. Después se giró hacia Fanny y Axel y les indicó que callaran también.

—¿Qué te había dicho? —murmuró Axel.

Fanny estaba impresionada por la pertinencia de sus deducciones. Incluso le parecía gracioso y entró en el juego de Axel, ignorando la orden de Enzo.

—¿Y a Enzo cómo lo ves en unos años?

—De paleta o vigilante. Utilizará sus músculos para trabajar y su bocaza para quejarse de su vida de mierda.

—Como bocazas también está a Nadia.

—Es la peor de todos, no sabe callarse. No hará nada con su vida, siempre ladrando, envidiando a los que son mejores que ella y sacando balones fuera, culpando a los demás, indiferentes de su miserable existencia. Se dedicará a criticar a un marido que no ganará bastante dinero y nunca bajará la basura.

—¿Os vais a callar vosotros dos? —ladró Enzo.

—¿Quién eres tú para ordenar nada? —replicó Fanny.

Jordan sujetó a Enzo.

—Nos gustaría esperar en paz —declaró con tono autoritario.

—Ah, bueno, ¿entonces ya está decidido? ¿Esperamos? —lo interrogó Axel.

Un grito cercano provocó una cascada de pequeños movimientos de pánico alrededor del campamento.

—¿Qué ha sido eso? —preguntó Mélanie.

—Un animal —respondió Line.

—¿Qué tipo de animal? —se inquietó Hugo.

—No era un animal —dijo Kenji—. Era humano.

—Vaya tontería.

Algo cayó del cielo sin que supieran qué. Fanny ya había sido testigo de ese fenómeno cuando caminaban hacia el árbol cortado. Jordan aprovechó el incidente para justificar su unión.

–No os preocupéis –declaró–. Siendo nueve no puede pasarnos nada.

–Ocho –dijo Axel–. Yo no me uno a vosotros.

–No es una opción que vayas en solitario –advirtió Jordan–. Nos quedamos juntos y abandonamos el juego juntos.

–¿Crees que te vamos a dejar solo para que te lleves los diez mil pavos a nuestras espaldas? –añadió Enzo.

–¿Quién nos dice que no has manipulado las pistolas para dejarnos atrapados aquí? –lo acusó Hugo.

–Es cierto, no eres trigo limpio –confirmó Enzo.

Axel sacudió la cabeza con tristeza.

–Solo os faltaba un chivo expiatorio para terminar de unir a esta banda de cretinos.

–¿Eh? –Enzo agarró a Axel por el pescuezo–. ¿Me estás llamando cretino?

Fanny se dio prisa en buscar una manera de evitar que Enzo estrangulara a Axel.

–¡Tengo una idea! Para evitar comernos el coco, contaremos chistes.

–Menuda idea de mierda –juzgó Nadia.

–Si nos reímos, no pensaremos en el miedo ni en pelearnos.

–No me sé ningún chiste –dijo Jordan.

–Mejor, nos los vamos a inventar. Cuando estaba de campamentos, por la noche, en las habitaciones, hacíamos chistes de cada uno de nosotros. Por ejemplo: "eres tan bajito que te huele el pelo a pies" o "eres tan feo que cuando entras a un banco apagan las cámaras de vigilancia".

–Eso no va conmigo –dijo Mélanie muy seria.

–También funciona con "tonta" –precisó Axel.

—¿Qué?

—No se limita a "eres tan bajita" o "eres tan fea" –explicó Fanny con más diplomacia.

—¿Qué podemos decir sobre ti? –preguntó Kenji a Fanny.

—Que sus chistes apestan –respondió Nadia.

Kenji frunció el ceño y miró hacia arriba para expresar la gestación instantánea de una idea. Anunció "¡tengo uno!" designando a Fanny, antes de declamar:

—Eres tan poco graciosa que cuando naciste tus padres tuvieron que añadir risas enlatadas al vídeo del parto.

—Es malísimo –dijo Axel–. Además, me parece que Fanny es muy graciosa.

—Espera, cambio de perspectiva –respondió Kenji–. Eres tan graciosa que te han prohibido la entrada a los cementerios.

—Lo acepto. Y tú eres tan gordo que han tenido que cortar varios árboles para que pudieras entrar a este bosque.

Hugo y Enzo estallaron en una carcajada. Kenji se ofendió y tomó a Hugo por diana.

—Tú eres tan miedica que cuando te tiras un pedo te escapas corriendo.

Enzo estaba muerto de risa. Fanny aprovechó:

—Tú eres tan violento que provocarías una pelea en una isla desierta.

—No está mal –reconoció Enzo–. ¿Y tu novio? ¿Qué defecto tiene?

—Es no-violento.

Fanny había respondido sin dudar, antes de darse cuenta de que no había negado la insinuación de que eran novios.

—No es un defecto —subrayó Axel.

¿Él también había ignorado lo de que era "su novio"?

—Depende —explicó Enzo—. Para un marica, ser no violento seguramente sea algo bueno, pero no para alguien normal.

—¿Según tú un homosexual no es alguien normal?

—Creo que no. ¿Por qué? ¿Eres gay?

—No hace falta ser gay para defender que todos somos normales. Además, te has salido del tema. Imbécil. Hablamos de no-violencia, no de orientación sexual. Gandhi, Lennon, Buda...

—En un ring esos no valen nada.

—Baja de tu ring un día de estos. Detrás de las cuerdas hay todo un mundo en el que la gente no se comunica con los puños.

—¡Tengo uno para Axel! —intervino Kenji de repente.

Implicado en el juego, había explotado el altercado entre Enzo y Axel para tomarse tiempo de preparar un nuevo chiste. Intentaba rivalizar con Fanny en el registro humorístico.

—Eres tan no-violento que odias cuando los músicos golpean el tambor.

—Muy bueno —aprobó Axel.

—¿A quién le toca? —preguntó Fanny.

—¡Line! —designó Hugo.

—Eres tan torpe que le das miedo a un manco.

—¡Muy malo! —dijo Line.

—No me gusta este juego —declaró Nadia—. ¿Qué hacemos después? ¿Un *Pictionnary*?

—Tú eres tan bocazas que tienes que lavarte los dientes con una escobilla de váter —saltó Fanny.

—Mira quién habla, no eres más que una chulita.

—¿Qué otras cosas se pueden decir de ti?

—Ocúpate de ti misma en lugar de molestarme.

—Tienes tanta rabia que habría que inventar una nueva vacuna.

—¡Eso es! Sal de tu barrio rico y ven a mi edificio con tu vacuna. ¡Te acogerán los camellos, los pandilleros y los traficantes de armas!

—¿Dónde vives?

—Avenida San Agustín, en Niza. Ni siquiera la "Poli" se acerca. Es una zona sin ley. Mi edificio es lo peor. Los armarios de los contadores se han transformado en talleres de reparación de Kalashnikovs. Los sótanos tienen falsos techos para esconder la droga. La portería sirve para guardar material robado. De hecho, ya nadie limpia las zonas comunes. El último conserje que aceptó venir casi termina empalado en el portal. Los traficantes mataron al perro del vigilante que lo acompañaba. Ah, sí, y me olvidaba: no hay ascensor. Si te despiertas medio dormida por la mañana, tienes que tener cuidado de no caerte por el agujero. Total. Os espero cuando quieras a ti y a tu vacuna.

—Siento que te haya tocado vivir en ese sitio —dijo Fanny para no derrumbarse—. Supongo que para ti este juego es un paseo, ¿no?

—Confieso que un jabalí me da menos miedo que un pitbull que amenaza con morderte si no te quedas en tu apartamento. Solo estoy aquí por los diez mil pavos, que me permitirían salir de casa de mis padres.

—¿Qué te parece este? Estás tan enfadada que sales de paseo con el bozal de un pitbull.

−No te rindes nunca, ¿eh?

−Nunca.

−Pues diviértete.

−Nos hemos olvidado de Jordan −notó Axel, que se negaba a que el jefecillo se librase de aquello.

−¿Qué vais a decir sobre mí?

−Te gusta tanto mandar que pasas el rato en una oficina de Correos −dijo Axel.

Jordan aceptó la broma con una media sonrisa.

−Todo el mundo ha recibido lo suyo −señaló Enzo.

−Podemos seguir con más defectos, creo que nos sobran.

−Tengo uno sobre Mélanie −dijo Kenji.

−Ah, ¿sí? ¿Qué es? −dijo estirando el chubasquero para cubrirse bien las caderas.

−Estás tan buena que apareces en la carta de los restaurantes gourmet.

Axel no esperó a ver la reacción de Mélanie para relanzar a Jordan:

−Eres tan chulito que escribirás tu propio elogio fúnebre.

Fanny y Nadia se aguantaron la risa, lo que por fin les dio algo en común.

El grupo continuó lanzándose bromas. Algunos las apreciaban medianamente, obviando las carcajadas que se les escapaban con cada una. Fanny sintió que era una experiencia extraña, dadas las circunstancias. No se conocían hasta hacía unas horas y ya se reían juntos, sin alcohol, sin pantallas, sin droga, sin música. Era una novedad para ella y seguramente también para los demás. Cuando se quedaron cortos de ideas, el silencio se impuso sobre ellos. Fanny tomó conciencia de la situación e hizo un anuncio que fue como un jarro de agua fría:

–Tengo una buena y una mala noticia. ¿Por cuál empiezo?

–La buena –dijo Line–, no tengo ganas de escuchar nada malo.

–La buena es que llevamos riéndonos casi más de una hora. Así que el tiempo ha pasado sin que nos demos cuenta.

–¿Y la mala?

–Espera –dijo Line.

Se tapó las orejas.

–La mala es que nadie ha venido a buscarnos.

31.

Esperar ya no era una opción. Todos estuvieron de acuerdo. Algunos empezaban a sentir claustrofobia. Más sofocante que un espacio cerrado, aquel bosque profundo y oscuro los tenía prisioneros. Lo peor era no saber qué pasaba realmente. ¿Estaban siendo manipulados o eran víctimas de un imprevisto? ¿Cuándo iban a sacarlos de ahí?

Habían puesto las tres linternas en el suelo y las habían orientado hacia el centro del círculo que formaban sentados. Fanny había convencido a Axel de que se quedara, pero le había costado. No quería separarse de él ni del grupo.

—¿Por qué no te caen bien? —le preguntó señalando a los demás concursantes—. Tienen sus defectos, pero también sus cualidades.

—No son ellos, sino en lo que van a convertirse. Detesto a los adultos, la normalidad que imponen como modelo, el mundo asqueroso que dejan detrás de ellos y, por encima de todo, su instinto gregario.

—Tú lo que tienes es un problema con los grupos.

—Dentro de un grupo no tienes conciencia de ser un capullo. Es más fuerte que tu personalidad, ataca a los que no forman parte de él, se refuerza creando chivos expiatorios. Tengo el ejemplo de mis padres. Su grupo de amigos decidió que mi madre era demasiado extravagante y renegaron de ella por eso. Se salía de la norma, no se conformaba con la opinión del rebaño. Mi madre perdió de golpe a todos sus amigos por miedo a enfrentarse a un prejuicio general.

—Y tu padre, ¿cómo reaccionó?

—Es un misántropo, así que no le decepcionó especialmente ese comportamiento. Salía con ellos sobre todo para agradar a mi madre. Me acuerdo de que un día le dijo que no se perdía nada por dejar de frecuentar a esa gente. El caso es que mi padre me contagió con su antropofobia. Incluso me descubrió esa palabra, que no está en el diccionario. Es más grave que la misantropía porque no se trata de un simple rechazo al género humano, sino de una fobia.

—¿Tienes miedo de los otros?

—Sí. Tú temes a las ratas y las serpientes, yo tengo miedo de mis semejantes. Tengo miedo de la gente, de los grupos, del entorno social, de hablar, de tocar a desconocidos. Por eso me sentía a gusto en este juego, al menos al principio. Cada uno por su lado, en pleno bosque. No me arriesgaba a nada, mientras no me cruzase con nadie.

—No tuviste miedo de mí.

—No sé por qué. Sinceramente, conoces a centenares de personas en la vida, ninguna te conmueve y de repente un día conoces a alguien y, ¡*pum*! Es diferente.

—¿*Pum*?

—Sí, ¡*pum*!

Fanny sentía palpitaciones cardiacas, un sofoco y que su estómago se retorcía. Su cuerpo ardía en reacción a lo que acababa de decirle ese chico del que se estaba enamorando.

—A mí me gusta la gente —dijo al cabo de un rato para camuflar su turbación—. Aunque hay gente que me cae mejor que otra, claro.

—¿Qué te hacía pensar que tenías posibilidades de ganar este juego?

—Como todo estaba preparado, para mí no había peligro. El miedo que nos iban a provocar era el mismo que siento cuando veo pelis de terror o leo a Lovecraft.

—¿Te gusta Howard Phillips Lovecraft?

—Es mi escritor preferido.

—¿Sabes que era antropofóbico?

—¿Es cierto?

—Sí. Cristopher Lee también. Tienes que conocerlo si te gusta el cine de terror.

—Increíble.

—No tanto. El hecho de escribir "La humanidad es tal vez un error, un acrecimiento anormal, una enfermedad del sistema de la naturaleza" o de adorar el rol del vampiro que vive en un ataúd dan algunos indicios sobre la personalidad de ese individuo.

Un grito interrumpió su conversación. Esta vez no provenía del bosque, sino de Mélanie. Algo había corrido sobre su pierna desnuda. Temblaba como una demente, gritaba, barría la oscuridad con la linterna de su móvil.

—¡Era una bestia! —explicó—. Creo que se ha ido.

—¿Una bestia muy grande? —se burló Kenji.

—No tanto como tú, tonto, si no me habría aplastado como a una crepe.

Enzo grababa la escena con su móvil.

—¡Para! —ordenó Mélanie.

—¡No seáis pesados! —se quejó Hugo.

—¡No aguanto más esta peste! —dijo Nadia.

—¡Y yo estoy harta! —chilló Mélanie—. ¡No puedo más! No quiero pasar ni un segundo más en este bosque.

Como si se hubiese vuelto loca, desapareció corriendo.

—¡Hay que alcanzarla! —saltó Jordan.

—¡Pues ve tú! —dijo Axel.

Antes que nadie, Enzo se lanzó en busca de Mélanie.

—Espero que no vuelva solo con el chubasquero —bromeó Kenji.

—¿Se supone que eso es una broma? —lo fulminó Fanny.

—No estés celosa.

—¿De qué? ¿De tu estupidez?

—¡Basta! —ordenó Jordan.

—¡Fijaos! —gritó Line—. Las linternas se están apagando.

Los rayos de luz eran muy débiles. Las pilas no habían durado mucho.

—Deben de ser del mismo proveedor que las pistolas de bengalas —subrayó Hugo.

—Esto demuestra que tenían previsto dejarnos en la mierda —afirmó Nadia.

—Es tranquilizador, en cierto sentido —dijo Hugo—. Si todo estaba previsto, entonces también lo estará nuestra evacuación.

—Qué bonita es la esperanza.

—¿Acaso tienes otra interpretación?

—Sí, vamos a morir.

—No tiene gracia.

Las linternas ya solo iluminaban unos pocos centímetros cuadrados. No veían nada más a su alrededor.

–¿Dónde ha ido? –preguntó Fanny.

–No te preocupes –dijo Kenji–, Enzo la traerá de vuelta.

–No hablo de Mélanie.

–¿De quién hablas?

–De Line.

Con las linternas de sus móviles, señalaron el lugar donde estaba tumbada Line. Ya solo quedaba un montón de hojas aplastadas.

32

Habrá ido a mear.

—¿Pero qué dices? Si ni siquiera puede ponerse de pie —afirmó Fanny.

La llamaron y rastrearon los alrededores.

Nada.

—¿Estás seguro de que tenía un esguince? —preguntó Fanny a Axel.

—Vosotros también lo visteis, tenía el tobillo tan hinchado como una *butternut*.

—¿Una qué? —preguntó Jordan.

—Una *butternut*. ¿No sabes lo que es?

—No, pero imagino que me lo vas a explicar.

—Pues es... una especie de calabaza. Pero con forma de cacahuete.

—¿Qué?

—Es un calabacín —dijo Hugo—. Puedes hacer cremas, purés, gratinados...

—¡De pronto estamos en *MasterChef*! —exclamó Fanny.

—Alucino —comentó Nadia—. Line ha desaparecido y vosotros habláis de cocina.

—¿Qué más quieres que hagamos? —replicó Fanny.

—Que estéis atentos.

—¿Crees que la han secuestrado? —se angustió Kenji.

—Nos habríamos dado cuenta —objetó Hugo—. Estaba aquí, justo al lado.

—¿Tú puedes verme ahora mismo?

Hugo giró la cabeza hacia la voz un poco ronca que acababa de dirigirse a él.

—¿Quién ha dicho eso?

—Yo —contestó Axel—. Estoy sentado justo delante de ti.

Se levantó y avanzó hacia Hugo.

—QED*.

—¿Se la habrán llevado del juego mientras no mirábamos? —interrogó Jordan.

—A menos que la hayan secuestrado los habitantes del bosque —respondió Fanny.

—Nadie vive aquí —certificó Hugo.

—¿De dónde salen entonces ese dibujo de un niño, la muñeca, los llantos de bebé? ¿Y el olor? Igual hacen compost o algo así.

—¿Por qué la tomarían con nosotros?

Fanny borró de su mente las imágenes sangrientas de todas las películas de terror en las que un grupo de jóvenes es despedazado, deshuesado, torturado y matado por algún loco que no aprecia que invadan su territorio.

—No existe ninguna razón, en efecto —ironizó Fanny—. Seguramente Line ha sido secuestrada por un animal que ahora mismo la está devorando.

—¿Puedes dejar de asustarnos? —la interrumpió Jordan—. La hipótesis más probable es que Line haya sido rescatada por el equipo de producción. Se habrán acercado sin hacer ruido y la habrán evacuado para curarla.

---

*Abreviación de la locución latina *Quod erat demonstrandum*, que significa "que era lo que se quería demostrar" o "queda entonces demostrado". [N. de la T.]

Jordan iluminó el suelo en busca de indicios que probasen su tesis. Fanny distinguió una huella de zapato. Probablemente la de uno de los secuestradores porque Line solo llevaba calcetines.

–No me gusta este juego –dijo Nadia.

–Ya nos hemos dado cuenta –contestó Fanny.

–No hablaba contigo.

–Tenemos que seguir las huellas –declaró Jordan.

–¿De noche? –exclamó Nadia–. Yo no voy.

–Ni yo –dijo Hugo.

Kenji no se pronunció, pero se hizo tan pequeño como su gran corpulencia se lo permitió.

–Siempre los mismos –constató Fanny.

Así que se adentró en la oscuridad acompañada por Axel y Jordan. Se paraban cada dos metros para analizar el suelo y seguir el itinerario tomado por Line y sus secuestradores. La luz de las linternas iluminaba helechos recientemente aplastados, ramitas partidas, hojas pisoteadas, ojos pequeños y asustados, movimientos entre la maleza, alas batiendo. Avanzaban despacio, pero con la certeza de seguir las huellas de Line.

–¡Quietos! –gritó de pronto Fanny.

Una cruz plantada en el suelo había llamado su atención. Axel y Jordan juntaron el haz de sus vacilantes linternas para iluminar un crucifijo confeccionado con dos ramas atadas con una cuerda. Coronaba un montón de tierra cubierto de agujas de pino que parecía una sepultura. Jordan se arrodilló frente a la tumba y rascó la superficie. Era compacta, a pesar de la reciente lluvia.

–Hace tiempo que está aquí –dedujo.

–¿Y eso qué significa? –preguntó Fanny.

—Que el funeral fue hace mucho. No puede ser una puesta en escena de los organizadores.

—¿Quieres decir que hay un cadáver de verdad ahí debajo?

—Un animal, seguramente. No se entierra a la gente así.

—¿Seguimos andando o vais a poneros a cavar para comprobarlo? —preguntó impaciente Axel.

Retomaron la marcha con mayor aprensión. Fanny se hacía cada vez más preguntas sobre los habitantes de aquel bosque. No solo sobre la fauna. ¿Se estaba imaginando cosas? Las historias que le narraba su abuela y que habían abierto las puertas de su imaginación le daban vueltas en la cabeza. En los cuentos, el miedo siempre acechaba en la linde de un bosque. Más allá, se encontraba una tierra desconocida, espantosa, hostil y poblada por criaturas extrañas y seres maléficos. Un lugar en el que Fanny se había metido de lleno. Las leyendas le habían enseñado que era posible evitar ser devorada por un ogro, una vieja o un lobo. La única condición era no fiarse de los desconocidos, no salirse del camino y, sobre todo, ser astuta.

Unas voces llegaron hasta ellos.

Corrieron en esa dirección.

Jordan pidió a Fanny y Axel que fueran más despacio para no hacer ruido. Era mejor contar con el elemento de sorpresa que volver a ser objetos de una mistificación.

Una interjección seguida por un clamor los dejó congelados.

—Mierda, ¿quién es esta gente? —cuchicheó Fanny.

—¡*Shh*!

Los caminantes misteriosos se habían detenido.

—Son tres —murmuró Jordan.

—Creo que nos han visto —dijo Fanny.

El silencio planeó sobre ellos sin que pasara nada. Jordan recogió una piedra y la apretó en el puño.

Las tres siluetas se acercaban. De pronto, la más grande se despegó de las otras dos y se abalanzó sobre ellos.

Jordan se estiró y lanzó la piedra con todas sus fuerzas. El proyectil no detuvo a la imponente masa que se lanzó a por él. Fanny golpeó al agresor por la espalda hasta que lo reconoció.

—¿Enzo? —gritó.

Este se giró hacia Fanny. Jordan lo reconoció a su vez, antes de separarse de él medio aturdido, con la respiración entrecortada.

—¿Qué hacéis aquí? —preguntó Enzo.

—Line ha desaparecido —informó Fanny—. La estamos buscando.

—¿Line? Pero si no podía andar.

—Un truco de los organizadores. Pensábamos que estábamos siguiendo sus huellas, pero parece que hemos seguido las tuyas. ¿Has encontrado a Mélanie?

—Sí. Estaba completamente ida. También me he encontrado con Margot. Otra concursante.

—¿Otra concursante? —se extrañó Fanny.

—¿Qué? ¿Qué pasa?

—Pensaba que éramos diez.

—Sí, ¿y qué?

—Pues que, si cuentas bien, con esta Margot que acaba de aparecer y contando a Clara, que abandonó, somos once.

—¿Quieres decir...?

—Sí, hay un concursante que sobra.

33.

Fanny observaba a Margot, que caminaba delante de ella, patosa y quejándose de todo lo que le hacía más difícil la marcha. Axel y Jordan facilitaban el avance abriendo la vía. Habían decidido entre todos que lo mejor era volver sobre sus pasos en compañía de la recién llegada. Fanny se preguntaba qué habría empujado a los organizadores a seleccionar a una chica tan torpe.

Así, regresaron al punto de partida con una participante de más. ¡Otro misterio por esclarecer!

A su llegada, Fanny resumió la situación a Nadia, Hugo y Kenji. Por su parte, Margot les repitió lo que ya había contado a Enzo. Al caer la noche, había entrado en pánico y decidido abandonar. Su pistola de bengalas no funcionaba. Mientras buscaba una salida, que no había encontrado, terminó por dirigirse hacia los gritos de socorro lanzados por el grupo. Se perdió por el camino. Por suerte, se había cruzado con Enzo, que iba tras los pasos de Mélanie.

Nadia se dejó llevar.

—¡Este juego va de mal en peor!

—Sabemos lo que están tramando —declaró Jordan con tono perentorio—. Han escrito un guion lleno de *plotwist* y teatralidad. Las pistolas defectuosas o la aparición de una concursante sorpresa son todo parte del juego. Tenemos que acordarnos de que estamos en un *escape game*.

—Permíteme matizar uno de esos puntos —intervino Axel—. *El juego del bosque* no es un *escape game*. Es más bien todo lo contrario. El objetivo no es salir del juego en el tiempo estipulado, sino permanecer dentro lo máximo posible.

—Si ese es el caso, ¿cómo explicas que hagan todo lo posible para impedirnos salir?

—¡Es verdad! —gritó Nadia—. Corregidme si me equivoco, pero ninguno de nosotros tiene ganas de pudrirse en este bosque de mierda.

—Tal vez el juego busca recompensar al menos astuto de todos —sugirió Axel.

—¿Al menos astuto? —se sorprendió Hugo.

—Al que no haya conseguido encontrar la salida.

—¿Por qué recompensar al menos astuto?

—Porque un idiota con éxito siempre será más popular que un listillo que ha superado a los demás concursantes. El público prefiere a los perdedores. Se siente más cercano a ellos.

—Lo que dices es muy retorcido —juzgó Jordan.

Axel se encogió de hombros y se giró hacia Fanny, que terminó por notar el peso de su mirada sobre ella.

—¿Qué?

Había abandonado la discusión hacía tiempo. Porque tenía la vista fijada en Margot.

—No dices nada, así que me preocupo —le respondió Axel.

—Hay una cosa que me mosquea.

—¿Solo una?

A la luz de los teléfonos móviles, escrutaba los rasgos de la onceava concursante. Poco fisionomista, a

Fanny le costó un tiempo asegurarse de que ya había visto esa cara antes.

—Margot, la nueva. Yo la conozco —confió a Axel.

—¿De dónde?

—Creo que iba a mi instituto.

—¿Por eso pones esa cara?

Al parecer, Margot tampoco había reconocido a Fanny.

Avanzó hacia ella.

—¿Sabes quién soy?

—Sí —le respondió ella.

Sin embargo, no había dicho nada.

—Qué coincidencia —subrayó Fanny.

—Estoy de acuerdo.

—¿Os conocéis? —les preguntó Kenji, que había escuchado el intercambio.

—Qué fuerte, ¿no? —exclamó Margot.

—Jordan tiene razón, ¡vamos de sorpresa en sorpresa! —notó Nadia.

—Tengo otra —anunció Kenji.

—¿Cuál?

—No os lo he dicho antes, pero Clara y yo fuimos juntos a tercero de la ESO.

—Lo que explica por qué formasteis equipo juntos —dedujo Jordan.

—Sí, pero no estaba previsto. No sabía que Clara Archambault se había apuntado a este juego. Cuando me encontré con ella en el bosque no me lo podía creer.

—¿Has dicho Clara Archambault? —se extrañó Mélanie.

—¿Por qué nos lo ocultaste? —le reprochó Jordan.

—Pensaba que no era importante.

—Son muchas coincidencias, ¿no? —subrayó Axel.

—No es posible —balbuceó Mélanie—. Yo iba al mismo instituto que Clara Archambault —declaró—. ¡No me lo puedo creer!

Un silencio siguió a esa nueva revelación.

—¿Qué clase de *casting* es este?

—Yo también sé quién es Clara Archambault —les informó Margot.

Las miradas iban de Mélanie a Margot, igual que la luz de los *smartphones*.

—¡Bajad las linternas, esto parece un interrogatorio!

—¿Venís del mismo "insti"? —preguntó Nadia estupefacta.

Margot... El instituto... Clara Archambault... Los recuerdos se agolpaban en la mente de Fanny.

—Vais a tener que explicármelo —declaró Enzo—. ¿Quién es esa Clara?

Fanny miró a Mélanie, que le devolvió una mirada dudosa. Todavía se negaba a aceptar que había un nexo entre los concursantes.

—Clara, yo y otra chica que se llamaba Line solíamos salir juntas en tercero —explicó Margot—. Después nos perdimos de vista. Clara era muy popular en el instituto. En esa época, tenía más de cinco mil amigos en Facebook.

—¿Has dicho Line? —se extrañó Jordan mirando a Margot—. ¿No estarás hablando de la chica que estaba aquí con un esguince?

—¿Cómo quieres que lo sepa? Acabo de llegar.

—Era ella —confirmó Kenji.

—¿Line Sellier estaba aquí? —se sorprendió Margot.

—Sí, se torció el tobillo —informó Fanny—. Y ahora ha desaparecido.

—¿Cómo?

—La han secuestrado.

Jordan exigió una aclaración por parte de Kenji:

—¿Me puedes explicar cómo puede ser que fueras a la misma clase que Clara, Margot y Line y que no te acuerdes de ninguna de ellas?

—A Margot la he reconocido justo ahora.

—¿Solo ahora?

—Se supone que veníamos de toda Francia para participar en este juego, ¿no? —se justificó Kenji—. ¿Quién habría pensado que iban a seleccionar a candidatos del mismo instituto? Además, francamente, en aquella época yo no frecuentaba mucho a las chicas. Joder, tíos, y además en este bosque, de noche, con todo lo que nos está pasando, estoy muy confuso.

—¡Pero Line ha estado sentada aquí, delante de ti, durante horas!

—Casi no me acuerdo de ella. A mí la que me gustaba en esa época era Clara. Y fue hace tres años. Line ha cambiado desde entonces. Y con todo este estrés...

—Deja de acosar al pobre chaval con memoria de pez —dijo Axel a Jordan—. Pasa algo mucho más grave.

—¿Qué pasa?

—Al parecer, no hemos sido seleccionados por casualidad.

34.

Fanny se fijó en sus ocho camaradas, sentados en círculo, uno por uno. ¿Quiénes eran realmente? Al exponer su relación con Margot, había provocado una confusión y revelado una situación más bien inquietante.

Durante la hora siguiente, intentaron encontrar una explicación a esa serie de coincidencias. De los once participantes seleccionados de entre doce mil candidatos de toda Francia, Clara, Line, Margot y Kenji habían ido a la misma clase de tercero del instituto de Baous de Saint-Jean. Fanny y Mélanie estaban en otras dos clases del mismo instituto. La pregunta que planteó Jordan entonces pareció evidente a todo el mundo:

—¿Alguien más ha estado en el instituto de Baous? Nadie.

Enzo era de Vence, Jordan de Cagnes-sur-Mer, Nadia de Niza.

Todos venían de la región de los Alpes Marítimos, salvo Hugo y Axel que vivían en París.

—¡No me lo creo! —exclamó Jordan—. ¿Estabais en el mismo instituto y no os habéis reconocido?

—Es normal —se defendió Fanny—. ¡Había nueve clases de tercero en ese instituto! ¡Fue hace tres años, tíos! En ese tiempo debí cambiar de peinado doce veces por lo menos. Cada uno ha seguido su camino, hemos dejado de vernos. Yo, por ejemplo, me mudé a Niza. Ahora me recuerdo todo. Pero de ti Kenji, lo siento mucho, no me acuerdo para nada.

—Es difícil reconocerme, en tres años he ganado veinte centímetros y treinta kilos.

—Yo llevaba gafas en esa época. Ahora uso lentillas —precisó Margot.

Jordan dio una palmada para atraer la atención hacia él:

—Vale, volvamos a la cuestión. Los organizadores no se han molestado mucho, han elegido a candidatos de la región. Sin contar a Axel y Hugo.

—Para empezar, así recortan gastos —dijo este último.

—¿Te han pagado el viaje?

—Sí, el tren, el hotel y todo.

—A mí también —dijo Axel.

—No consigo entender cómo han hecho la selección —confesó Jordan.

—Yo veo dos posibilidades —dijo Fanny.

—¿Cuáles?

—O tenemos unos organizadores sin pasta que han preferido a candidatos de la región, o nos han elegido en función de algo que compartimos todos y que no tienen los otros doce mil candidatos.

—En mi opinión no son unos organizadores arruinados —dijo Hugo.

—¿Por qué?

—Viajé en primera clase y mi hotel era de cuatro estrellas. Además, ¿habéis visto todos los 4x4 y el personal que han utilizado para traernos hasta el bosque? No era nada barato.

—Pues entonces, si no es por el presupuesto, es por nosotros —dedujo Fanny—. Solo queda determinar cuál es el punto en común que nos une y que nos ha traído hasta aquí.

35.

Los nueve participantes de *El juego del bosque* estaban reunidos alrededor de la pantalla de un teléfono móvil. Para ahorrar batería, encendían solo uno de los aparatos por turnos de diez minutos. Se negaban a quedarse en la oscuridad, en medio de una miríada de ruidos que les daba la impresión de estar sitiados por una fauna lista para atacar. La incursión de un reptil, de un roedor, de un ave o de un insecto temerario desencadenaba inevitablemente un grito o un aspaviento.

El objetivo de la lluvia de ideas que habían improvisado en el corazón del bosque era entender por qué estaban ahí. El hecho de que hubieran sido seleccionados por sus aptitudes personales ya no era más que una quimera. Habían sido manipulados. Jordan, que cumplía encantado con su rol de líder, había sugerido juiciosamente que cada uno de ellos investigase su pasado para desenterrar algo que aclarase la situación.

Kenji propuso la primera hipótesis, la más evidente:

—La jefa del *casting*, Juliette, seguramente trabajó en el instituto de Baous. Al seleccionar a seis alumnos de ahí, hace que el instituto destaque.

—Puede ser —dijo Enzo.

—¿Y cuál era su función? —preguntó Fanny—. No era ni profesora ni orientadora educativa, si no, alguno de nosotros se acordaría de ella.

—Es cierto que está bastante buena —aprobó Enzo.

—Sí, bueno, pero teniendo en cuenta vuestro sentido de la fisionomía, es posible que también os hayáis olvidado de su cara —notó Axel.

—Lo que es seguro es que el instituto de Baous ha tenido peso en la selección —añadió Jordan.

—Está claro, pero ¿cuál es la relación con los que no han estudiado allí? —preguntó Hugo.

—Hay otro punto en común entre nosotros —dijo Jordan—. La región.

—El departamento —corrigió Axel.

—¡Para de dar la lata con tus reflexiones!

—No era una reflexión.

—Me la suda. Lo que quiero decir es que todos vivimos muy cerca, excepto Hugo y tú.

—¿Habíais venido antes a la Costa Azul? —les preguntó Fanny.

—Una vez con mis padres, cuando era pequeño —respondió Axel.

—Sigues siendo pequeño —soltó Enzo.

—Y tú gilipollas.

—Es la primera vez que vengo al sur —dijo Hugo para responder a Fanny.

—A menos que vosotros dos estéis aquí solo para distraernos y esconder lo que nos une a los otros nueve —razonó Jordan.

—Creo que me crucé con la Clara esa en una fiesta —declaró de repente Enzo masajeándose las sienes.

—¿Y por qué no te acordarías?

—Es que salgo con bastantes chicas y no me quedo con todos los nombres.

—¡Vaya un fantasma!

—Es tan caballeroso que seguro que liga con todas —ironizó Mélanie.

—¡Eh! ¡Las feministas, calmaos!

—Es justamente por pesados como tú por los que no nos calmamos —dijo Nadia.

—¡Dejad de discutir, joder! —se enfadó Jordan.

—Clara, ¿cómo es físicamente? —preguntó Enzo—. También he podido verla en Instagram o Facebook...

—Rubia, pelo largo, con cuerpazo, ropa de marca — respondió Margot—. Seguro que debió gustarte. Pero no eres su tipo.

—Ah, ¿no? ¿Cuál es su tipo?

—Refinado, cultivado, inteligente —precisó Kenji.

—¡Nos da igual su tipo! —cortó Jordan.

El grito provocó un ulular que les hizo reír, excepto a Fanny, que estaba inusualmente callada. El intercambio, los insultos y la alusión a Facebook habían despertado otros recuerdos.

—Estás en la luna —le dijo Axel.

—Tengo una idea, pero no estoy segura.

—Habla, es el principio de la lluvia de ideas.

—Creo que ya sé por qué estamos todos aquí.

36.

Todas las miradas quedaron suspendidas sobre los labios de Fanny, iluminados por varios teléfonos que algunos habían encendido para dar más solemnidad a la revelación.

–¿Os acordáis de una chica que tomamos por objeto de burlas en Facebook, hace unos años?

–¡Uy! ¿A dónde vas con eso? –exclamó Kenji.

–Si haces una lista de todos los raritos que han sido linchados en las redes sociales, será una lista muy larga –declaró Nadia.

–Solo que en este caso podemos reducir la lista a una chica del instituto de Baous, a la que todos machacamos en Facebook, hace unos tres años. ¿No te acuerdas, Margot?

–Sí. En esa época nos cebamos con una chica un poco rara. Estaba en mi clase. ¿A ti no te suena, Kenji?

–Tal vez, ¿cómo se llamaba?

–Un día, después de clase, había dado "me gusta" a una foto de Clara en plan *sexy* –continuó Margot sin responder–. Puso un comentario del tipo "¡qué guapa!", con corazoncitos. A Clara no le gustó porque la chica era lesbiana. ¡Una vergüenza para ella! Clara suprimió el comentario, pero la chica volvió a escribirlo. Así que Clara se lanzó contra ella con comentarios del tipo "¡Quita tus *likes*, tú a mí no me gustas!".

–Me acuerdo de eso –dijo Kenji.

–¡Eh! A mí también me está volviendo –siguió Enzo–. Esa Clara, tal vez yo no era su tipo, pero nos lo pasábamos muy bien en Facebook. Estaba en plena guerra contra una imbécil cuatro ojos que le mandaba cosas por Internet. Yo le mandé algún que otro misil virtual a esa desviada.

–Subía mensajes incómodos, ¿verdad? –preguntó Jordan.

–Es lo menos que se podría decir –confirmó Mélanie–. Era la némesis de Clara.

–Mi novia de la época me habló de esto –contó Jordan–. De hecho, ahora me pregunto si ella también iba al colegio de los Bayous con vosotros.

–Baous –rectificó Fanny–. Lo peor es que no nos eliminó inmediatamente de su lista de amigos. Respondía a cada comentario para justificarse, pero eso no hacía más que aumentar la polémica. Los insultos y las amenazas volaban. Al principio no eran demasiado malas, cosas del tipo "te vas a enterar" o "te vamos a rapar la cabeza".

–¡Es cierto, tenía una enorme mata de pelo! –exclamó Mélanie.

–"¡Puta guarra!" –soltó Nadia.

–¿Qué?

–Es el comentario que puse en la foto de perfil de esa chica. Alguien había compartido públicamente lo que pasaba, así que me metí en su perfil. Solo había fotos de chicas. ¡Y también subía cosas sobre Israel!

–¡Ahora me acuerdo! ¡Menudos pelos llevaba! – dijo Margot.

–Mejor en la cabeza que en otro sitio –se burló Kenji.

–¿Cómo se llamaba? –preguntó Margot.

—Ni me acuerdo —confesó Mélanie.

—Melissa o Alyssa —dudó Kenji—. Alguien había hecho un juego de palabras con su nombre.

—Alyssa —dijo Nadia—. Lo sé porque su nombre de perfil era "Holy Sa". Yo la llamaba "Mier Lyssa".

—Yo también participé en el *bashing* de Alyssa —reconoció Hugo.

—¿Todos lo hicimos? —interrogó Jordan.

Cada uno de ellos se sumergió en sus recuerdos y reconstruyó lo que había pasado. Para algunos, no era más que una anécdota. Para otros, era la ley de las redes sociales y, si alguien no quería ser criticado, mejor no haberse metido en Facebook.

Mientras la mayoría se empeñaba en buscar excusas y minimizar los hechos, Fanny midió, con la perspectiva del tiempo, lo tontos que habían sido todos. Su participación en el acoso había sido un error cruel. Había cedido al placer de unirse a la masa, de reírse, de soltarse sin pensar en las consecuencias. Se acordaba de cómo había empezado todo.

Un simple post de Clara, "Quita tus *likes*, tú a mí no me gustas" había encendido la pólvora, provocando un centenar de comentarios, en su mayoría de odio. El perfil de Alyssa se había convertido en un lugar de linchamiento público. Sin límites. Ante la avalancha de reacciones, Alyssa había borrado a Clara de sus "amigos" y había publicado una cita de Cavanna[*] para poner fin a la polémica. Fanny todavía podía citarla de memoria: "Los tontos siempre ganan. Son demasiados".

---

[*] François Cavanna (1923-2014) fue un periodista y caricaturista francés conocido principalmente por su trabajo en la revista satírica *Charlie Hebdo*. [N. de la T.]

Pero lo que pretendía Alyssa con esa publicación no funcionó y la reacción de la gente fue aún más violenta. Clara había movilizado a todos sus amigos para que la atacaran. Fanny se acordaba de que Margot la había empujado a burlarse de Alyssa porque le dijo que ella hacía los mejores chistes. Halagada, Fanny la había llamado "homo plana" en referencia a sus pequeños pechos.

Kenji también se había unido al *bashing* porque Clara le había puesto ojitos. Nadia, que convirtió a Alyssa en su saco de boxeo particular, alimentaba regularmente las diatribas contra ella. Después les tocó a Hugo, Jordan y Enzo, que se metieron a saco. Los chicos deliraban sobre ella. "¡Cuidado, chicas, os va a poner un *like*!" advertía Hugo. "¡Parad, me estoy excitando!" se había burlado Enzo. Fanny había respondido a ese comentario: "Si te disfrazas de chica, tal vez tengas una oportunidad con ella". Le había parecido gracioso. Inofensivo.

Con el tiempo, Fanny se había dado cuenta de que el ciberacoso era un juego regocijante y perverso para algunos internautas, que se solían esconder tras un pseudónimo, contra un objetivo cuya reacción no se podía ver. Eso la había asqueado.

Alyssa había tenido que cerrar su cuenta cuando los comentarios pasaron a ser abiertamente amenazadores. Fanny también había suprimido la suya a consecuencia de aquella historia de la que le habría gustado no volver a hablar jamás. Había necesitado un año para decidirse a reabrir su Facebook.

—¿Y tú, Axel? —se extrañó—. No dices nada.

—Arthur Rambo, ¿os dice algo ese nombre?

—Sus comentarios eran lo peor —respondió Margot—. Creo que escribió a Alyssa algo en plan: "Si vienes mañana al instituto, vas a morir".

—Iba debajo de "la próxima vez que veamos tu cara, te rapamos la cabeza", que era demasiado *light* para mi gusto.

—¿Tú eras Arthur Rambo? —se sorprendió Margot.

—¡Un nombre perfecto para ser un *sniper* de Facebook! Alyssa era uno de mis objetivos.

—¿La conocías? —preguntó Fanny.

—No.

—¿Y tú, Hugo? ¿Cómo llegaste a la página de Alyssa?

—¿Nos estás investigando a todos o qué pasa?

—Pues sí, eso es exactamente lo que estamos haciendo.

—Lo hice solo para complacer a una amiga que odiaba a esa chica.

—¡Menuda técnica para ligar! —exclamó Axel.

—Mira quién habla, ¡el psicópata!

—Es cierto que te pasaste de la raya —dijo Margot a Axel—. Después de tu comentario, Alyssa no vino al instituto durante dos días.

—¿Por qué lo hiciste? —le preguntó Fanny.

—Por la misma razón que vosotros. Para desahogarme con los inadaptados sociales. Ya te lo he dicho, odio a la gente. Además, en las redes sociales, es fácil.

—¿Te arrepientes?

—¿Cuál es el plan? ¿Organizar una reunión de Acosadores Arrepentidos Anónimos o encontrar una solución a nuestro problema?

Jordan carraspeó y retomó la palabra con semblante de autoridad.

—Ahora sabemos que todos nosotros participamos en el acoso de esa chica en Internet. Lo que nos une y nos ha traído hasta aquí es Alyssa. ¿Alguien sabe qué ha sido de ella?

—¡Fue hace tres años! —exclamó Hugo—. Ya es un caso cerrado, ¿no?

—No para todo el mundo, evidentemente.

37.

Dieron vueltas al problema en todos los sentidos. Su conclusión era siempre la misma. *El juego del bosque* era una trampa. Querían vengarse de los ciberacosadores de Alyssa. Y los que querían vengarla no habían escatimado en gastos para hacerles caer en la trampa. Habían saturado de publicidad las redes sociales para convencerles de que se apuntaran y pasaran las pruebas de selección. Los otros doce mil candidatos probablemente nunca fueron siquiera tomados en consideración. Después, los habían abandonado en aquel bosque misterioso para darles el susto de sus vidas.

Nadie sabía qué había sido de Alyssa después de aquel año. De hecho, esa era la ventaja de Internet. No se veía a las víctimas. Margot había escuchado un rumor según el cual, al acabar el curso escolar, Alyssa había ingresado en un hospital psiquiátrico. No había vuelto al instituto después de las vacaciones.

—De todas formas, estaba como una cabra —juzgó Nadia.

—Si fue al loquero, no fue culpa nuestra —se desquitó Hugo.

—Un poco sí... —les contradijo Fanny.

—Da igual —dijo Axel—. Lo que es seguro es que ella sí se acuerda de nosotros. Al menos, si sigue viva.

—¿Por qué no lo estaría?

—Pudo suicidarse.

—Tu misantropía te vuelve cínico.

—No es el tema. El verdadero tema es: ¿a qué nos tenemos que atener?

—Represalias.

—¿Como qué? ¿Que nos aterroricen?

—Como hicimos nosotros al acosarla en Facebook.

—¡Pero si fue hace tres años! —dijo Nadia.

—Eso ya lo veremos —apuntó Axel.

—¡Cierra la boca, tú!

—Mantened la sangre fría, por favor —intervino Jordan—. Evitemos pelear entre nosotros para no entrar en su juego. Puede que estén entre las sombras, a pocos metros de nosotros, estudiando nuestras reacciones para conocernos mejor y atacarnos.

—Es una verdadera pesadilla —gimoteó Mélanie—. Todo me asusta: lo que tiene garras, pinchos, colmillos, pelos asquerosos. Tienen mucho donde elegir.

—Si eres así de miedica, no tendrías que haber venido —comentó Enzo.

—Esperaré a ver tu cara cuando una serpiente se te meta dentro del pantalón.

—Ya tengo una serpiente dentro del pantalón, ¿quieres verla?

—Déjame en paz, enfermo.

—¿Tenéis cuatro años o qué? —cortó Jordan.

—¿Qué hacemos? —preguntó Hugo.

—¿Necesitas el consejo de los demás para decidirte? —le atacó Axel.

—Ahora que Line ya no nos retiene aquí, deberíamos irnos cuanto antes —declaró Nadia.

—No tenemos nada para orientarnos —dijo Fanny—. Estamos completamente a oscuras.

—¡*Shh*! —dijo Enzo.

—¿Qué?

—He escuchado un ruido.

—Son pasos. Alguien viene.

Jordan se puso el índice sobre los labios para indicar a todos que se callasen. Cada uno se agachó en silencio para hacerse lo más invisible posible.

Nueve siluetas acuclilladas en la oscuridad.

Como rocas.

Los crujidos se acercaban. El follaje se movía. Enzo levantó el puño, en el que apretaba una piedra que estaba preparado para lanzar contra el intruso. Fanny se preguntó si se trataba de un miembro del equipo de socorro que venía a sacarlos de ahí, de un figurante listo para aterrorizarles o de otro animal a punto de atacar. Una posibilidad de tres.

Un enorme hocico apareció frente a ella. El de un gigantesco jabalí. Sus gruñidos recordaban a eructos. Inspeccionaba la tierra en busca de gusanos y larvas. Dos jabatos aparecieron tras él. Esa era la situación más peligrosa. Axel le había hecho un resumen sobre los hábitos de esa especie. No había que moverse ni intervenir para no asustar a la bestia y terminar siendo atacado por un monstruo de ciento cincuenta kilos. El único depredador del jabalí es el hombre, el animal lo sabe. Fanny rezó para que nadie gritase y sobre todo para que Enzo no tirase la piedra.

Un segundo jabalí se unió al grupo, a menos que fuera una jabalina. Dieron vueltas gruñendo durante diez interminables minutos, luego se alejaron. Pasaron cinco minutos más hasta que uno de los jóvenes se atrevió a pronunciar palabra.

—Creo que estamos bien —dijo Jordan.

—Me he meado encima —dijo Mélanie, temblorosa, con el chubasquero empapado.

—Al menos no te has mojado el pantalón —se burló Enzo.

—Menudo imbécil.

—No quiero pasar la noche en este bosque —declaró Margot.

—No se ve nada —se quejó Jordan— Si nos movemos, corremos el riesgo de perdernos aún más.

—¿Piensas montar un campamento aquí? —se extrañó Kenji.

—Un campamento significa una tienda, un saco de dormir, un hornillo y provisiones. No tenemos nada de eso aparte de una botella de agua medio llena. Diría más bien que lo mejor es que esperemos al amanecer aquí, turnándonos para hacer guardias.

—¿Hacer guardias? ¡Guau! Poca broma —se burló Axel.

—¿Tienes una idea mejor?

—Mi idea es abandonar el grupo, pero imagino que me lo impedirás.

—No tengo ganas de retomar ese tema. Nos quedamos juntos.

En ese punto, Fanny estaba de acuerdo con Jordan.

Estaba descubriendo que la noche era aún más oscura en el bosque, sobre todo en este, en el que los árboles se levantaban como muros, entre un cielo frondoso y un suelo accidentado en el que cada paso era andar hacia lo desconocido. No sabían dónde estaban, ni a dónde ir. No controlaban nada, estaban a merced del humor de los animales salvajes y los insectos voraces.

Con la llegada de la noche, Fanny sentía además que sus sentidos se habían aguzado. Percibía mejor los sonidos y sus propios ruidos eran sospechosos, incluso el de su respiración. El oído no era el único sentido que se afilaba. Su olfato estaba estimulado por los olores del musgo y del sotobosque. El tacto sustituía a la vista. El contacto con el bosque era rugoso, blando, duro, húmedo, como si posara la mano sobre un inmenso animal con reacciones imprevisibles. A eso se añadía el miedo que Fanny traía consigo, alimentada por los relatos de horror en los que siempre hay alguien que termina muerto. Por eso Jordan tenía razón, no había que moverse de allí antes de las primeras luces del amanecer.

38.

Lo peor es no saber nada —afirmó Kenji, rompiendo de repente el silencio del grupo, que languidecía por la angustia.

—Ni siquiera sabemos si Alyssa está realmente detrás de todo esto —añadió Axel—. Estamos aquí plantados como helechos, mientras la salida no debe de estar muy lejos.

—¿No dijiste que cuando subiste al árbol solo se veía bosque?

—Tiene que haber un camino por el que nos han traído en 4x4. Podríamos intentar encontrarlo.

—Lo buscaremos más tarde —dijo Jordan—. El sol se levanta sobre las seis. En siete horas. Descansemos para retomar fuerzas.

—¿Descansar? —exclamó Nadia—. ¿Tumbándonos en el suelo? Es una broma, espero.

Fanny echó un vistazo a Axel. Su comportamiento había cambiado. Exhibía un cinismo que la disgustaba. La revelación sobre el papel que había tenido en el ciberacoso de Alyssa iba más lejos que la antropofobia. Cierto, Fanny tampoco era inocente en esa historia. Había actuado tontamente en Facebook, para reírse. Al contrario, Axel había manifestado una agresividad inquietante y malsana.

Se dio cuenta de que él la estaba mirando.

Estaban cerca y la penumbra no enmascaraba del todo el brillo de sus ojos.

—¿Estás bien? —le preguntó él.

—Si estuviese en otra parte, estaría mejor. Pero bueno, nos apuntamos para pasar miedo, ¿no?

—Tus palabras difieren de lo que expresan tus ojos.

—¿Qué expresan mis ojos?

—"Estoy viviendo una experiencia inédita e increíble. Tendré tantas cosas que contar que mi cuenta de Instagram va a reventar de seguidores". La verdad es que te encanta estar aquí y a la vez no podrías tener más miedo. Porque ahora sabes que el miedo es real. Además, te estás dando cuenta de que el chico del que te has encaprichado demasiado rápido es un psicópata.

Fanny estaba anonadada por la perspicacia de Axel.

—Eh, vosotros dos —soltó Kenji—, ¿nos podríais hacer partícipes de vuestra conversación?

—¿A santo de qué? —respondió Axel.

—Pues, si Fanny tiene otra idea para evitar pensar en todo lo que nos rodea, estaría bien saberla.

Al mirar a Axel, a Fanny se le ocurrió algo.

—¿Habéis visto *El Club de los Cinco*?

Solo bocas abiertas y "¿qué?".

—Debería haber imaginado que una peli de los ochenta ya está tan obsoleta como el cine mudo.

—¿Quién salía? —preguntó Enzo.

—Olvídalo, no era ni Dwayne Johnson ni Vin Diesel.

—Yo sí la he visto —dijo Axel—. Cinco chicos de instituto completamente diferentes están castigados un sábado por razones distintas. Al principio no se soportan, pero se conocen y acaban por ser amigos. Ally Sheedy hace el papel del caso perdido.

Fanny iba de sorpresa en sorpresa con este chico.

—Exacto —dijo—. Los cinco tienen que escribir una redacción sobre el tema: "¿Quién crees que eres?". Al final entregan una redacción común en la que se presentan como estereotipos: un cerebrito, un atleta, una niña de papá, un criminal y, como ha dicho Axel, un caso perdido. Así es como todo el mundo los veía hacía unas horas, incluidos ellos mismos. Pero la conclusión es que encuentran una nueva definición de sí mismos. Son cada uno un cerebrito, un atleta, una niña de papá, un criminal y un caso perdido. Y firman como El club de los cinco.

—¿Quieres que montemos un club?

—¡El Forest Club! —propuso Enzo, orgulloso.

—Si fuera tú, no intentaría hacer chistes.

—¿Por qué? ¿Acaso tú eres gracioso?

—¿Quién creéis que sois? —preguntó Fanny refiriéndose a la redacción de la película.

—¿Quieres que hagamos una redacción como si estuviéramos castigados?

—¿Correspondéis al estereotipo que os han dado?

—¿Qué es eso de *estereofito*? —preguntó Mélanie.

—Estereotipo —corrigió Fanny—. Es un cliché, si prefieres. La imagen que das de ti misma...

—Ya entiendo, sé lo que es un cliché.

—En el caso de Mélanie, me parece evidente —dijo Kenji riendo.

—Ah, ¿sí? ¿Y qué soy?

—Idiota.

—¡Tonto del culo!

—Bueno, pues ya tenemos dos estereotipos.

—Yo soy el atleta —dijo Enzo.

—Yo, el echado a perder —dijo Axel.

—Yo, la niña de papá —dijo Fanny.

—Yo soy el cerebrito —dijo Jordan.

—Lo siento, eso no vale —cortó Axel.

—¿Por qué?

—Busca algo más creíble, como "el líder" o "el pesado".

—Líder me vale, pero si sigues metiéndote conmigo me quedo con lo de "el pesado" y notarás el peso de mi puño en tu cara.

—¿Margot? —preguntó Fanny.

—Yo no sé...

—Primera de la clase, si no recuerdo mal.

—Eh... Sí.

—Vale, nos quedan Hugo y Nadia.

—¿Qué había en la película? ¿Delincuente?

—No tiene por qué ser uno de los personajes de *El Club de los Cinco*.

—A veces me llaman choni. Pero prefiero delincuente. Suena más elegante.

—Para Hugo, que no propone nada, sugiero lameculos —dijo Axel.

—Eres un verdadero cabrón.

—He tocado un punto sensible.

—Todos somos unos lameculos —dijo Fanny—. Es lo que os quería decir. Hemos aceptado muchas cosas para participar en este juego, nos hemos sometido a reglas dictadas por desconocidos a cambio de una recompensa. Pero no somos solo unos lameculos. También somos idiotas por dejarnos engañar. Tontos del culo por haber acosado a Alyssa. Líderes por haber empujado a los demás a hacer todos lo mismo, como quedarnos en grupo, no movernos de aquí, debatir y confiar en el resto. Somos niños y niñas de papá que se divierten pasando miedo, en lugar de trabajar durante el verano. Atletas que han resistido al miedo, al hambre y a la sed sin un quejido, con una mención especial para Mélanie que solo lleva un chubasquero encima. Somos todos unos casos echados a perder por aceptar pasar miedo en un bosque lleno de bichos. También tenemos que ser los primeros de la clase si nos hemos puesto a disertar en medio de la noche. Y, por último, somos unos delincuentes que han intentado eliminar al resto golpeando y robando a los demás. Somos el Forest Club, como ha dicho Enzo.

Un silencio interrumpido por los ruidos y crujidos del bosque dio todavía más peso al discurso de Fanny. Ni siquiera ella se podía creer haber hecho gala de tanta elocuencia y, sobre todo, del impacto que había tenido en su audiencia. Disfrutaba del brillo de las miradas atentas, a la luz de la pantalla de un móvil.

—¿Y qué adelantamos con ser el Forest Club? —preguntó Nadia.

—Nos defenderemos mejor. Plantaremos cara a los que nos han tendido esta trampa.

Fanny había logrado devolver el optimismo a los participantes desesperados. Su naturaleza muy sociable, su sonrisa y su buen humor habían ayudado. Axel se sentó a su lado y la felicitó.

—Eres tan buena que parece que trabajas para los organizadores.

—Qué tontería, ¿para qué?

—Para reunirnos y controlarnos mejor.

—¡Tú y tu recelo de los grupos!

—No piensan por sí mismos. Es el grupo el que piensa en su lugar. Tú misma has contribuido a ello.

—Menuda tontería.

—Hemos asistido al renacimiento del monstruo que acosaba en Internet hace tres años. Un monstruo que puede atacar a las ovejas alejadas del rebaño, capaz de corear eslóganes crueles, de violar y de matar si la circunstancia lo requiere...

—¿Hablas de nosotros? —saltó Jordan listo para defender a su tropa.

—Estás delirando, Axel —le reprochó Fanny—. También podemos hacer cosas buenas. Juntos somos más fuertes.

—Parece un eslogan político de mierda.

—Tiene razón —la apoyó Jordan.

—Hace poco vi un reportaje. Salían una madre y su hijo, atrapados en un edificio en llamas —contó Fanny—. Un grupo de jóvenes del barrio y más gente se unieron bajo el edificio tendiendo una sábana. La madre lanzó a su hijo desde el balcón y después saltó. Se salvaron. Este es un hecho real que demuestra el valor de un grupo.

—Valentín acaba de celebrar los dieciocho años —narró Axel a su vez—. Tiene una ligera deficiencia mental. En el colegio, se burlan de él por su aspecto. Cree que por fin ha encontrado amigos y sale con una banda de cinco jóvenes, entre los que hay una chica, con edades entre los dieciséis y los veintiún años. Una noche, Valentín sale en bicicleta para visitar a su madrina. Se detiene a saludar a sus amigos. Beben, fuman, improvisan juegos con Valentín. Poco a poco, la noche se tuerce. Golpean, torturan y violan a Valentín durante seis horas. Después lo atan y lo tiran al río Meuse. El cuerpo sin vida de Valentín fue encontrado tres semanas más tarde. Otro hecho real que demuestra lo nocivo de un grupo.

—¿A dónde quieres llegar con esa historia tan sórdida? —preguntó Nadia—. ¿Te parece que no tenemos ya bastante miedo?

Axel la miró con una media sonrisa antes de responder:

—Tú tienes pinta de no haber oído hablar del experimento de Asch*. Un sujeto cobaya y cuatro actores cómplices se sientan alrededor de una mesa. Les enseñan a todos una imagen con unas líneas y les preguntan cuál de las tres concuerda con la línea de referencia que les han mostrado al principio. El grupo tiene que responder en voz alta. El sujeto cobaya ve claramente cuál es la respuesta correcta, pero se deja influir por el grupo, que da, intencionadamente, una respuesta errada. Al repetir el experimento se demostró que la mayoría de los sujetos se conforma con la respuesta equivocada. Es lo que se llama efecto de grupo.

—¿Quieres que cada uno vaya por su lado? —preguntó Enzo.

—Lo que hicimos hace tres años tiene que ver con el efecto de grupo —continuó Axel—. Nos cebamos con una chica cuya apariencia y gustos eran una mierda. Y ya sabemos que la apariencia y los gustos son cruciales en las redes sociales. Nos calentamos entre nosotros. Como una banda de idiotas. La violencia que demostramos solo es la extensión virtual de lo que pasa en un linchamiento en la calle o durante una fiesta que

* El experimento de Asch se llevó a cabo en los años cincuenta por el psicólogo Solomon Asch, que demostró el peso del conformismo en las decisiones de un individuo dentro de un grupo. [N. del A.]

se sale de madre. Siempre son los mismos reflejos primarios, sexistas, misóginos, homófobos o antisemitas. Es incluso más satisfactorio en Internet porque no hay límites. Puedes golpear sin parar porque no ves el daño que provocas.

—Ya vale, Axel, ¡sabemos que la cagamos con lo de Alyssa! —Hugo se dejó llevar—. ¿Crees que nos divierte recordarlo?

—¿"Nos"? ¿Hablas tú o el grupo?

—Yo. Y no tengo ganas de hablar de eso, ¿vale?

—¿Y qué me importa de lo que tengas ganas tú?

—Parece que te has estudiado bien el tema, en cualquier caso —apuntó Margot.

—Es porque, al cabo de un tiempo, me di cuenta de que Arthur Rambo era un verdadero gilipollas. Cerré mi perfil de Facebook y fui al psicólogo. Él es quien me habló del experimento de Solomon Asch. Desde entonces, no me fío de los grupos. Incluso en Internet.

—Gracias por animarnos —dijo Mélanie.

—Me da igual animarte. Ignoramos lo que pasa al otro lado del hilo, del lado de Alyssa. Ignoramos lo que le pasó y en qué se ha convertido. Aunque algo es seguro: la torturamos. Según mi psicólogo, en estos casos, se deja de dormir, la ansiedad se instala en el estómago, la persona se cierra al mundo, pierde la confianza en sí misma, se traga un montón de ansiolíticos...

—¿Y qué? —cortó Enzo.

—¿Y qué? Si estamos aquí es para pagar por lo que hicimos a Alyssa, así que va a ser duro. Y pagaremos todos.

39.

Después del aviso, Axel se había sentado lejos del grupo para marcar su desapego. Jordan había intentado reparar los daños psicológicos que había engendrado su discurso recordando los principios generales sobre los beneficios de arrimar el hombro y unirse ante el peligro. Sin embargo, confirmó la gravedad del peligro subrayada por Axel. Tenían, más que nunca, que estar atentos y esperar cualquier cosa. Después del discurso de Jordan, Fanny se unió a Axel.

—¿El "caso perdido" está meditando?

—El que medita vive en la oscuridad.

—Ya estamos en la oscuridad. Medites o no.

—Los que no meditan viven en la ceguera.

—En los dos casos, no se ve nada.

—Podemos elegir la oscuridad.

—Eres realmente raro.

—Solo respondo a lo que ha dicho Hugo.

—¿Hugo?

—No el tonto ese. Hablo de Victor Hugo.

—¡Cuánta cultura! ¿Sabías que eres un chico desconcertante?

—¿Desconcertante o culto?

—A nuestra edad, ser culto es desconcertante.

—No es una cuestión de edad. En veinte años, todos esos tontos de ahí no sabrán mucho más. Salvo tonterías, claro.

—Les has asustado con tus historias.

—Si al menos les he ayudado a anticipar lo que nos puede pasar...

—¿Qué nos va a pasar, según tú?

—Si Alyssa está detrás de todo esto, debemos esperar lo peor.

Fanny intentó relajarse apoyándose contra un árbol. El contacto rugoso de la corteza y las patitas de un insecto que zigzagueaba por su mejilla la asustaron y dejó escapar un pequeño grito. Se giró hacia Axel, que reía.

—Menos mal que estás aquí para hacernos reír –comentó.

Se encogió de hombros e intentó levantarse. Él la retuvo.

—Puedes usarme como almohada. Estarás más tranquila.

—¿En serio?

—Sí.

—Gracias, qué amable. Estoy agotada.

Se tumbó y puso la cabeza sobre el muslo de Axel. Su mirada se perdió en la bóveda negra que se agitaba bajo una ligera brisa, añadiendo otra capa de crujidos y gritos nocturnos. Sintió que algo se desplazaba otra vez por su rostro. Apartó al insecto de un manotazo, pero volvió de inmediato, así que Fanny se incorporó asustada y vio la expresión divertida de Axel. Le golpeó el rostro con la brizna de hierba con la que él le había estado haciendo cosquillas.

—¡Eres tonto! Pensaba que era una bestia.

—¿Qué, un jabalí?

—Ja ja.

Le sonrió. Se escuchaba hablar a los demás, justo al lado.

—Esto casi parece una colonia de verano.

—Contigo me imagino más bien en Paloma Beach que en este bosque de mierda.

—¿Paloma Beach?

—¿No la conoces? Está en Saint-Jean-Cap-Ferrat. Es la playa más "instagrameada" de toda la Riviera.

—No.

—Fui una vez con mis padres, hace mucho.

—Seguro que estabas monísimo con tu bañador.

—Lo confirmo, tengo fotos.

Lo miró fijamente con la esperanza de que el silencio entre ellos provocase una palabra o un gesto por su parte. ¿Cómo podía ser tan dulce un chico tan misántropo?

Major Lazer tenía razón, la oscuridad muestra nuestras emociones reales. Con la melodía de *Blow that smoke* en la cabeza y mariposas en el estómago, esperó que Axel se inclinase para acercarse a él.

Sus bocas se buscaron antes de tocarse.

Se besaron.

Enzo dejó escapar un silbido como un eco al beso. Nadia soltó un comentario que no llegó hasta ellos, pero que hizo partirse de risa a Kenji. Fanny prolongó el beso hasta quedarse sin aliento, con el corazón a punto de explotar, el estómago revuelto y la cabeza hecha un lío. Tenía ganas de abrir la parka y tumbarse sobre Axel. Él también estaba febril. Deslizó una mano hacia su pecho. Le agarró del brazo. Aquí no. Ahora no. Se giró para que la tomara entre sus brazos. Se puso cómoda. Tarareó una canción de Damien Saez.

Elle est tout ce que leur fric pourra jamais s'payer,
Germaine!
C'est la fureur de vivre, c'est la fureur d'aimer,
Comme une envie de mourir juste pour exister...

Sabía que Axel la escuchaba. Su corazón le latía contra la espalda. Estaba bien.

Para su sorpresa, se acostumbraba a la naturaleza, percibía una posible conexión, como si las raíces profundas que determinaban su ADN se juntaran con las de los árboles centenarios. Se olvidó incluso de grabar aquel instante para apreciarlo mejor. Duró poco. Antes de cerrar los ojos, se interesó por lo que hacían los demás.

Jordan hablaba con Enzo y Hugo. Kenji bromeaba con Margot, Mélanie y Nadia. Un ruido atrajo su atención frente a ellos.

Levantó la vista hacia la oscuridad.

Un hombre la observaba.

40.

El grito de Fanny asustó al grupo. Al principio, Axel creyó que otro insecto había invadido el espacio personal de Fanny. Pero esta apuntaba con un dedo tembloroso hacia la noche, balbuceando frases sin sentido. Terminaron por ser bastante claras para Enzo, que corrió hacia el lugar al que apuntaba. El coloso reapareció con los brazos colgando sin haber visto al merodeador.

—¡Se le ha ido la pinza! —exclamó Nadia.

—Para nada —replicó Fanny, enfadada.

—¿Cómo era el hombre que has visto? —preguntó Jordan.

—Cómo quieres que lo sepa con esta oscuridad. Solo me ha dado tiempo a ver que era un hombre.

—¿En plan qué? ¿Cazador? ¿Dominguero? ¿Asesino en serie?

—Creo que tenía bigote. Y una sudadera con capucha.

—Estás temblando —le dijo Axel.

—No consigo calmarme.

—Dame la mano.

Le apretó el pulgar.

—¿Qué haces?

—Quieta.

Al cabo de un minuto, le agarró el índice.

—Cada uno de nuestros dedos corresponde a una emoción. El pulgar, a la ansiedad; el índice, al miedo;

el corazón, al enfado; el anular, a la tristeza; y el meñique, a la confianza en uno mismo.

Presionó cada uno de los dedos de Fanny. Se sentía mejor. Axel apretó finalmente el centro de la palma de su mano durante dos minutos con el pulgar.

—Esto debería calmarte del todo.

—Gracias.

—Método japonés.

—Qué suerte tengo.

—¿Por qué?

—He conocido al único chico del mundo que conoce terapias niponas y es capaz de citar a Lennon, Victor Hugo y Lovecraft.

—Veo que ya estás mejor.

Deslizó la mano bajo la parka de Fanny y la colocó sobre su corazón.

—Todavía late muy deprisa.

Fanny sabía que no era miedo. Se había enamorado.

41.

Hugo se quejó ruidosamente de que un ciempiés intentaba colarse dentro de su oreja. Enzo se echó a reír. La agitación sobresaltó a Fanny, que estaba adormilada por el estrés y el cansancio. Abrió los ojos y se encontró con la sonrisa de Axel. Su muslo le servía de apoyo.

—No te asustes —le susurró—. Solo es Hugo.

El grupo se había juntado alrededor de un teléfono encendido, que proyectaba una luz espectral sobre sus caras asustadas. A su alrededor, una oscuridad total en la que todo estaba oculto y daba miedo, en la que solo había gritos y susurros. Cualquier cosa podía surgir de esa oscuridad: un jabalí, un bigotudo, una mujer sin rostro, una vieja andando al revés... Pero lo que más temían era que la espada de la venganza se abatiera sobre ellos. El fantasma de Alyssa planeaba sobre sus cabezas, sin que supieran realmente cuál era el precio a pagar. Enzo no podía quedarse quieto y les había propuesto moverse. A falta de brújula y de puntos de orientación, los otros le habían convencido de que era mejor quedarse.

Unos gritos dominaron de repente al resto de ruidos, se acercaban, desgarradores, repetitivos, incesantes.

¡Graaaaaaa!... ¡Graaaaaaa!... ¡Graaaaaaa!...
¡Graaaaaaa!... ¡Graaaaaaa!... ¡Graaaaaaa!...
¡Graaaaaaa!... ¡Graaaaaaa!...

–Mierda, ¡da miedo! –exclamó Mélanie.

–¡Parece que están decapitando a un bebé! –dijo Hugo.

–¿Has oído alguna vez cómo se decapita a un bebé? –preguntó Nadia.

–No.

–¡Pues cierra la boca!

–Tú también, que cada vez que la abres es para insultar a alguien.

–Creo que son zorros –dijo Fanny.

–Sabe lo que dice, ha visto esa película de dibujos del zorro y el sabueso –se burló Kenji.

¡Graaaaaaa!... ¡Graaaaaaa!... ¡Graaaaaaa!...
¡Graaaaaaa!... ¡Graaaaaaa!...

–Llevo una hora aguantándome el pis –dijo Margot.

No se atrevía a alejarse del halo de los teléfonos móviles, que todos rodeaban como si la luz les protegiese del peligro.

–¿Quieres que te acompañemos? –preguntó Enzo.

Margot apretaba las piernas.

–Si puedes no mearte sobre nosotros... –dijo Hugo.

Se levantó, encorvada y con la mano entre las piernas.

–Vale, voy justo detrás de este árbol.

Enzo la escoltó tres metros más allá, hasta el roble que había elegido. Dio la vuelta al tronco y barrió el suelo con la linterna del móvil para asegurarse de que el lugar era seguro. Apagó el teléfono, insistió en que Enzo se diera la vuelta y se bajó el pantalón.

—¿Ya está? —preguntó Enzo al cabo de unos instantes.

Se dio la vuelta y buscó a Margot detrás del árbol.

—¿Margot?

Encendió su linterna y se adentró unos metros en el bosque.

Buscó con la mirada a su alrededor.

Dos ojos brillaban en la oscuridad.

Pertenecían a una criatura que lanzaba gruñidos sordos.

Enzo se sobresaltó al notar una presencia a su espalda.

Jordan venía en busca de noticias.

Fanny y Axel lo siguieron.

Buscaron y llamaron antes de rendirse a la evidencia: Margot se había volatilizado.

Por primera vez, Fanny vio el miedo reflejado en el rostro de Enzo.

42

El grupo, que ya solo contaba con siete miembros, se apretó alrededor de la linterna.

—Cada uno debe vigilar a su compañero —ordenó Jordan.

—No vamos a quedarnos así durante seis horas —dijo Mélanie.

—Si tienes otra idea, te escuchamos.

—¿Creéis que Margot ha sido secuestrada? —preguntó Kenji.

—Igual que Line —respondió Axel.

—Pero ¿qué pretenden?

—Estamos pagando, ya os lo he dicho.

—¿Y de cuánto va a ser la factura?

—Todo depende de las secuelas que tuviera Alyssa. Como no sabemos qué ha sido de ella, no sabemos cuánto nos va a costar.

¡Graaaaaaa!... ¡Graaaaaaa!... ¡Graaaaaaa!...
¡Graaaaaaa!... ¡Graaaaaaa!...

—Pues esperemos no haberla traumatizado demasiado —dijo Hugo.

—Si no la hubiéramos *traumatizado demasiado* —dijo Nadia insistiendo en la expresión— no se habría tomado la molestia de montar toda esta operación. El señor Sabelotodo tiene razón, vamos a pagar muy caro.

La batería del teléfono se agotó. Lo sustituyeron por otro. Fanny propuso el suyo. Se apartó un insecto de la frente y encendió el móvil. En ese mismo momento, algo se movió entre sus pies, provocando el pánico general. Se levantaron y bailaron entre la luz digital que barría el suelo para desenmascarar al intruso.

—Creo que era una serpiente —dijo Fanny.

—¿Dónde está? —Mélanie daba saltitos como loca sobre la punta de los pies.

—¿Estás segura? —preguntó Nadia.

—Se deslizaba.

—¡Ahí está! —gritó Hugo paralizado.

Mélanie chilló, desencadenando una cacofonía de ruidos y gritos a su alrededor. Estaba fuera de sí. Enzo la sacudió sin resultado, le dio un cachete que la enfadó aún más. Sin saber qué más hacer, la estrechó entre sus brazos hasta calmar sus chillidos.

El silencio se instaló al fin, inquietante.

Se reagruparon inspeccionando minuciosamente el terreno con las linternas. Nerviosa, Fanny aplastó un escarabajo con el zapato y se pegó a Axel. Este miraba hacia arriba.

—¿Qué has visto? —le preguntó.

—Algo que brillaba. Ha pasado justo encima de nosotros.

—Algo brillante. Que ha pasado encima de nosotros.

—¿Qué?

—Debía ser un pájaro.

—¿Un pájaro brillante?

—Hay gorriones con plumas que brillan.

—¿También eres especialista en ornitología?

—Lo siento, no sé gran cosa de pájaros.

—¿Dónde está Nadia? —se inquietó de pronto Jordan.

Locura general. Se levantaron de nuevo llamándola.

—¡Oye, calmaos! —exclamó Nadia.

—¿Dónde estabas? —la regañó Jordan.

—Estaba justo aquí.

—¿Qué hacías?

—Nada, respirar. ¿Está permitido?

Jordan pregonó que no se dispersaran, si no, iban a desaparecer uno después de otro. Fanny veía que intentaba hacer algo bueno imponiendo una línea de conducta a un grupo cuyos miembros reaccionaban de forma distinta al miedo. Ese sentimiento tan poderoso, Fanny podía atestiguarlo, aumentaba la agresividad de Nadia y la transformaba en una guerrillera. Empujaba a Enzo a ser violento. Paralizaba a Hugo y lo condenaba a la subordinación. Cavaba aún más el foso entre Axel y el grupo. Transformaba la alegría de Mélanie en un victimismo chillón y descerebrado, como salida de una peli de terror. Aplastaba a Kenji, que perdía su personalidad. Y ponía a prueba a Jordan en su vocación de jefe.

Personalmente, el miedo le hacía perder el sentido del humor, pero hacía que se sintiera más enamorada.

Jordan sometió a votación su voluntad de quedarse ahí hasta la aurora. Antes, les recordó los peligros de desplazarse. Para él, aventurarse en la oscuridad, en ese bosque, significaba meterse directamente en la trampa que les habían tendido.

El resultado no fue sorprendente, seis votos a favor de esperar y dos, los de Axel y Nadia, a favor de levantar el campamento inmediatamente.

—¿Por qué quieres irte de aquí? —preguntó Fanny a Axel.

—Somos como un rebaño rodeado de lobos. Un objetivo ideal, visible, fácil de capturar. Si nos vamos cada uno por nuestro lado, tendremos más posibilidades de escapar. Además, quiero dejar de estar con estos tontos.

—¿Y qué te impide marcharte ya?

—El jefecito no me quita el ojo de encima.

—Si de verdad quieres marcharte, puedo distraerlo.

—¿Harías eso?

—Sí —dijo Fanny, arrepintiéndose.

—No te preocupes, me quedo.

—¿Por qué?

—Porque es lo que tú quieres.

Fanny recibió esa declaración directa al corazón. Saltó a los brazos de Axel. En la noche más negra que había conocido, en medio de un bosque hostil, víctima inminente de una venganza que se anunciaba terrible, Fanny estaba en una nube. El beso la desconectó del resto del mundo. Perdió la vista y el oído y se dejó llevar por otras sensaciones, la lengua de Axel en su boca, su olor y su piel, dulce y cálida. Siguió así sin ser consciente de que a su alrededor pasaba algo inquietante.

Al terminar su beso, los dos enamorados se dieron cuenta de que los otros seis estaban de pie, petrificados. Estaban de espaldas e impedían que Fanny y Axel pudieran distinguir el objeto de su estupor.

43.

Fanny y Axel se unieron a los demás, transformados en estatuas de cera.

—¿Qué pasa? —preguntó Fanny abriéndose paso entre dos hombros.

Iluminaron una bolsa de basura frente a ellos.

—¿Qué es? —insistió.

—Una bolsa de basura —respondió Hugo.

—Vale, cambio la pregunta: ¿por qué miráis una bolsa de basura?

—Se mueve —precisó Mélanie.

Efectivamente, algo se retorcía dentro.

—Enzo la ha encontrado aquí al lado —informó Jordan.

—Cazaba una rata cuando me la encontré.

—¿Una rata? —repitió Fanny.

—Resulta que, desde hace horas, estamos acampados al lado de un basurero —explicó Jordan.

—Creía que habías inspeccionado los alrededores —le atacó Hugo.

—No lo entiendo. Estoy seguro de haber mirado por ahí.

—Miraste, ¡pero en la oscuridad! —se lamentó Nadia.

Axel quiso comprobarlo por sí mismo, valiéndose de la luz de su teléfono móvil. Fanny lo siguió hasta un amasijo de basuras y objetos diversos. Axel proyectó un rayo de luz sobre un carrito de bebé oxidado, ropa usada, un peluche sin ojos, botellas de vino vacías, revistas pornográficas... El montón desprendía un olor fétido y estaba cubierto de moscas. La peste venía de ahí.

—¿Qué hace aquí todo esto? —se extrañó Axel.

—Estaba segura —dijo Fanny—. Hay gente viviendo en este bosque.

Volvieron sobre sus pasos.

La bolsa seguía moviéndose.

—¿Os vais a quedar ahí con la boca abierta? —les preguntó Fanny.

Enzo apuntó circunspecto con la linterna y el cuchillo hacia la bolsa. Parecía un cirujano a punto de abrir el vientre de uno de sus pacientes. Pinchó el plástico y giró el filo para agrandar el agujero. La bolsa se agitó y Enzo retrocedió aplastando el pie de Mélanie, que gritó. Kenji soltó una risa nerviosa.

—¿Pero qué hay dentro?

—¡Venga, ábrelo! —ordenó Nadia.

Enzo se inclinó de nuevo con menos precaución. Sacudió la bolsa, que empezó a vomitar ratas que se escaparon entre sus piernas, provocando gritos y un movimiento de pánico. Mélanie saltó a los brazos de Kenji. Fanny se refugió detrás de Axel, que le dio una patada a un roedor. Hugo se agarró de las ramas, olvidando que las ratas eran parientes de las ardillas y que podían trepar a los árboles.

Después de algunos minutos de locura, Enzo anunció que todo estaba en orden.

Pisoteó la bolsa.

Los otros lo rodearon, intrigados.

—¿Qué haces?

—Compruebo que no haya más bestias.

—¿Qué más hay dentro? —preguntó Fanny.

—¿Por qué? ¿Te interesa?

—Nos dirá algo sobre su propietario. Se aprende más de la gente inspeccionando su basura que preguntando.

—¿De qué hablas? —preguntó Jordan.

—Fanny cree que hay personas viviendo en este bosque —explicó Axel.

—¿En una casita de chocolate? —se burló Jordan.

—¿Has leído *Hansel y Gretel*?

—¿Te sorprende?

—Pues... la verdad es que sí.

—¡*Puaaaj*! —exclamó Enzo.

Había abierto la bolsa y ordenaba la basura con el cuchillo.

—¿Qué es toda esta mierda?

Había descubierto un trozo de carne podrida entre algunos papeles grasientos y peladuras de verdura. Estaba cubierto de gusanos.

—Parece...

Un anillo brillaba entre las larvas.

—¡Joder, es una mano!

Después de apartarse violentamente con cara de asco, Enzo intentó darle la vuelta con la punta del cuchillo.

—¿Es de verdad? —Hugo estaba a punto de enloquecer.

—En cualquier caso, los gusanos que se la están comiendo lo son.

—¿Crees que es de...? —preguntó Fanny tan horrorizada que no pudo terminar la frase.

—¿Has visto eso? —señaló Jordan a Enzo.

Apuntaba a otra cosa en medio de los desechos alimentarios mientras se tapaba la nariz. Iluminaron una zapatilla de la que sobresalía... ¡un trozo de tobillo!

Fanny sintió una arcada y desvió la mirada. En su campo de visión, todo era confusión. Hugo y Kenji estaban doblados, vomitando. Jordan retrocedía a trompicones. Fanny podía ver que estaba pálido incluso en la oscuridad. A su espalda, Mélanie lloraba y decía cosas sin sentido. La única que había tenido una reacción absurda era Nadia. Se reía. Fanny se extrañó. ¿Se burlaba de Mélanie o era una risa nerviosa?

Una mano se posó de repente sobre su hombro. Chilló y se apartó de lo que se había agarrado a ella, temblando de la cabeza a los pies.

—¡Eh! Solo soy yo.

Axel.

—¡Me has dado un susto de muerte!

—Todo se está descontrolando. Tenemos que largarnos de aquí ahora. ¡A la mierda la votación!

44.

F anny caminaba tras los pasos de Axel. Tenía en la cabeza las imágenes de una mano y un pie roídos por los gusanos y las ratas. ¡Fijadas para siempre en su memoria! El tiempo de exposición no importaba en estos casos. Una fracción de segundo era suficiente. Fanny todavía se acordaba de las imágenes furtivas del demonio de ojos rojos y piel blanca que Willian Friedkin había añadido durante un octavo de segundo en la película de *El exorcista* para reforzar el sentimiento de angustia y el malestar. Como si el demonio Pazuzu hubiera poseído la obra del director y el inconsciente de los espectadores. Fanny se arrepintió de haber recordado esas imágenes tan terribles, que ahora se juntaban con las de la carne sangrienta de la bolsa de basura. Se esforzó por vaciar su mente y concentrarse en el paseo nocturno.

Se había plegado a la decisión de Axel de abandonar el campamento y no tuvo ni que vender la idea a los demás.

Los ocho concursantes de *El juego del bosque* habían tomado una dirección aleatoria, distinta de la que habían tomado cuando fueron en busca de Margot. Lo más importante era huir. Desplazarse les daba la impresión de ser unos objetivos más difíciles.

El descubrimiento traumático suscitaba muchas preguntas. La mano y el pie no eran ni de Clara, ni de Line, ni de Margot. Al menos eso era lo que todos esperaban. Según recordaban, ni el anillo ni la zapatilla pertenecían a ninguna de las tres chicas. ¿A quién entonces? ¿A otros concursantes? ¿Había más de once candidatos? No sabían cuántos internautas habían acosado a Alyssa.

Avanzaban con pasos rápidos, en fila detrás de Axel y Jordan, que abrían el camino entre los árboles. Fanny tenía los hombros de Axel en su campo de visión y la luz de las linternas de Kenji y Hugo pisándole los talones. Mélanie y Nadia iban juntas delante de Enzo, que cerraba la marcha. Este último apuntaba de vez en cuando hacia atrás con la linterna para asegurarse de que nadie les seguía.

Sus pasos crepitaban ruidosamente hacia un destino desconocido.

—¡Parad! —gritó Nadia.

Acababa de darse cuenta de que Enzo ya no estaba detrás de ella.

—¿A dónde ha ido? —preguntó Jordan.

—No lo sé.

Llamaron y solo obtuvieron movimiento entre la maleza por toda respuesta. El coloso los alcanzó corriendo. Parecía asustado. Ya era la segunda vez que Fanny lo veía así, y eso la asustó. Enzo les dio explicaciones vagas. Había vuelto a cruzarse con la mirada de la bestia que rondaba a su alrededor cuando desapareció Margot.

—¿Qué bestia? —preguntó Jordan.

—No lo sé, solo he visto dos ojos brillando en la oscuridad. Tenía el tamaño de un perro.

—O de un lobo —se temió Hugo.

—¿Crees que hay lobos aquí? —se inquietó Mélanie.

Jordan levantó el brazo de repente.

—¿Qué pasa?

—¡*Shh*!

Se quedaron en silencio y aguzaron el oído.

—Alguien está llamando —susurró Jordan.

Unos lejanos "¡Eo!" llegaron hasta ellos.

—Es una trampa —advirtió Fanny.

—¡*Shh*! —repitió Jordan.

Era la voz de un hombre.

Gritaba sus nombres.

—¡Es la ayuda que pedimos! —se emocionó Hugo.

—Lo mejor será que nos escondamos —aconsejó Jordan—. Vienen directos hacia nosotros. Los pillaremos por sorpresa.

Se agacharon y esperaron. Con la nariz entre los helechos, Fanny podía percibir el avance de sus perseguidores. Cuando escuchó su propio nombre, se sobresaltó. Estuvo a punto de levantarse y gritar "¡Estamos aquí!". Miró a Axel, a su lado, que no se movía un ápice, igual que los demás. De pronto, un hombre apareció frente a ella cegándola con una linterna.

—¿Greg? —exclamó Axel.

Estaba solo. El organizador de *El juego del bosque* barrió con su linterna una línea de miradas sorprendidas.

—¡Gracias a Dios, estáis todos aquí! —exclamó Greg.

Jordan se incorporó.

—Solo somos ocho —respondió.

—¡Tenemos que parar todo! —declaró Greg—. Nos han engañado.

Enzo se dejó llevar y agarró a Greg del cuello de la camiseta, empezó a sacudirlo, haciendo que soltara el *walkie-talkie* que llevaba en la mano.

—¿Te crees que somos tontos? ¡Tú eres el que nos ha engañado!

—¡Déjale hablar! —ordenó Axel.

—El juego no ha salido como estaba previsto —anunció Greg mientras se masajeaba el cuello que acababa de apretarle Enzo—. Sin embargo, al principio, todo había ido bien. La mayoría de los kits de supervivencia habían sido escondidos en lugares estratégicos y encontrados rápidamente...

—¡Escondidos dentro de nidos de serpiente! —exclamó Fanny.

—De culebras, tan inofensivas como impresionantes.

—¿Y los jabalíes? —exclamó Axel—. Casi nos matan.

—El riesgo era mínimo.

—Vimos huellas gigantes cerca del árbol caído —dijo Hugo—. ¿Qué era eso?

—Las hicimos nosotros, inspirándonos en las de los dinosaurios.

—¿Esperabais hacernos creer que esto es *Jurassic Park*?

—Solo queríamos asustaros.

—¿Dónde están las otras concursantes? —se inquietó Fanny.

—¿Qué otras?

—Clara, Line y Margot.

—¿No están con vosotros?

—¿Estás ciego o no sabes contar, bufón? —se enfadó Nadia.

—No sé dónde están. ¿Qué ha pasado?

—Eso deberías decírnoslo tú —intervino Enzo amenazadoramente.

—Line tiene un esguince —informó Fanny—. ¡Y la han secuestrado!

—¿Qué?

—¿Cuántos candidatos somos en total? —interrogó Axel.

—Once.

—¿Por qué nos hicisteis creer que éramos diez?

—Para desestabilizaros.

—¿Cómo nos elegisteis? —siguió Hugo.

—Dejadle que se explique —dijo Jordan—. Nos habíamos quedado en las culebras.

Greg les contó que el juego se había torcido después de que la primera bengala fuera disparada. El equipo encargado de recoger y salvar al candidato que había lanzado la señal había intervenido inmediatamente. No habían encontrado a nadie. Unas enormes huellas de zapato les habían hecho sospechar que había alguien ajeno a la organización. Con la caída de la noche, Greg se había inquietado al no ver más bengalas.

—Normal —interrumpió Jordan—. Las pistolas no funcionan.

—¿Qué?

—O nos disteis material de mierda, o alguien las saboteó.

—¿Sabotear?... ¡No habrían ido tan lejos!

—¿Quiénes?

—Las personas que viven en la casa que hay un poco más allá, en el bosque. Mientras preparábamos todo quise explicarles que estábamos organizando un juego, pero nunca conseguí hablar con ellos. Sospecho que están intentado impedir el desarrollo de *El juego del bosque*.

—¿Es una familia? —preguntó Fanny.

—Probablemente. Vi un columpio atado a un árbol frente a la casa y también escuché llantos de bebé.

Fanny ya sabía de dónde venían la muñeca mutilada, el carrito oxidado que había entre la basura y el horrible dibujo que no decía nada bueno de ese hogar.

—¿También trocean a gente? —preguntó, provocadora.

—¿Por qué preguntas eso?

—Encontramos una mano y un pie cortados —informó Nadia.

—¿De qué estáis hablando? —se alarmó Greg.

—Antes termina tú de hablar —ordenó Enzo.

Al sospechar que esas personas querían sabotear su juego e incluso atacar a los jóvenes, Greg había decidido pararlo todo. Había salido en busca de los concursantes con el equipo de intervención. Daban vueltas por los alrededores desde hacía horas.

—¿Qué es este bosque? —se dejó llevar Axel—. ¿Dónde estamos?

—En los Alpes del Sur. Lo elegimos porque no tiene senderos y es fácil perderse.

—Lo confirmo —dijo Axel.

—Gracias por las brújulas rotas —dijo Jordan.

—Creíamos que todo estaba bajo control.

—¡Sin duda!

—¿Hay lobos en los Alpes? —preguntó Enzo.

—¿Por qué? ¿Habéis visto a alguno? —se extrañó Greg.

—Da igual, solo queremos salir de aquí —se impacientaba Kenji.

—Puedo guiaros. Para orientaros solo tenéis que seguir los cuervos de los árboles.

—¿Los cuervos?

—Los hemos clavado sobre las ramas, están disecados.

Fanny comprendió por qué le habían parecido tan quietos.

—¿Qué hacemos con las otras tres chicas? —preguntó Axel.

—Ya veremos —dijo Hugo—. Salimos del bosque y llamamos a la "Poli".

—Para entonces podría ser demasiado tarde...

Axel volvía a sorprender a Fanny. El misántropo se preocupaba por los demás. Mientras que Hugo, que pretendía amar a todo el mundo, solo se preocupaba por sí mismo.

—Tal vez el equipo de rescate las ha encontrado —esperó Greg.

Recogió el walkie-talkie e informó a sus colaboradores de que estaba con ocho de los once concursantes. Del otro lado, estaban sorprendidos.

No había noticias de Clara, Line o Margot.

Tenían que seguir buscando.

—Es posible que hayan sido secuestradas por esas personas de las que hablabas y que viven por aquí —supuso Axel.

—Es cierto.

—Descubrimos una tumba —le dijo Fanny a Greg.

—No era reciente —precisó Jordan.

—Sí, pero eso ya nos da una pista sobre los modales de esa gente.

—¿En qué sentido?

—Entierran a sus muertos en el bosque.

—No deberíamos ocuparnos de eso —insistió Hugo—. Es cosa de la Policía.

—Este tío sería capaz de dejar que alguien se ahogue so pretexto de que es cosa de los socorristas —dijo Axel.

—¡Deja de hacerte el chulito delante de Fanny!

—¿Ahora das órdenes?

—Esperad —dijo Fanny—. Nos olvidamos del dato más importante: ¡Alyssa!

—¿Quién es esa? —preguntó Greg.

Fanny le reveló la relación entre los concursantes y su implicación en el ciberacoso contra Alyssa. Había que buscar a los responsables, que no podían ser los habitantes del bosque porque no podrían haber saboteado las pistolas. Era una historia de venganza para la que hacían falta cómplices dentro de Trouble Footage Productions.

Greg estaba en shock.

—¡Dios mío, Juliette! —exclamó—. Se encargó del *casting* de la A a la Z. ¿Creéis que es cómplice de la tal Alyssa?

—¡Está claro, imbécil! —gritó Nadia.

—Siempre rechazaba mis sugerencias —confesó Greg—. Ahora entiendo por qué. Ella hizo la lista de concursantes.

—¿Quién ha hecho esto? —se enfadó Nadia—. ¿Alyssa? ¿Los paletos del bosque? ¿La jefa de *casting*?

—Puede que todos sean cómplices —propuso Fanny.

—¿Juliette cómplice de unos paletos?

—Llévanos hasta esa casa —propuso Enzo—. Así saldremos de dudas.

—No deberíamos...

—¡Hugo, cierra el pico! —le cortó Nadia.

—Esperad, tiene razón —dijo Greg—. Esa gente puede ser peligrosa.

—¿Está lejos? —preguntó Axel.

—No, está un poco más al norte, pero no es el mismo camino que para salir del bosque.

—Tengo miedo —se quejó Mélanie.

—Yo también —dijo Hugo.

—Quiero salir de aquí —declaró Kenji.

—¿Qué hacemos? —dudó Enzo.

—Escuchad —dijo Greg—, para salir de aquí hay una media hora de marcha. Os guiaré y una vez que estemos fuera me subiré al coche y conduciré unos diez kilómetros. Allí tendré cobertura y podremos llamar a la Policía.

El trato pareció convencer a todos.

Greg sacó una brújula y encendió la linterna. Caminó con decisión en una dirección distinta de la que había tomado el grupo.

Le siguieron, más seguros del final de su aventura. Con los ojos fijos en el cielo, Greg estuvo a punto de tropezar varias veces.

—No me fío de este tío —murmuró Nadia.

—¿Crees que nos causará más problemas? —le preguntó Mélanie.

—No me fío de nada en este bosque y la desconfianza aumenta con el paso de las horas.

Fanny se dio la vuelta ante la cháchara de las dos chicas.

—¡Eh! ¿Os vais a callar?

—Pero cuando tú hablas las demás nos callamos, ¿no? —contestó Nadia.

Fanny se encogió de hombros y apretó el paso para acercarse a los chicos, la distancia que los separaba había aumentado. No merecía la pena discutir, prefería ser discreta. Peor para esas dos si llamaban demasiado la atención.

Greg caminaba en cabeza con un paso tan rápido que Fanny incluso se preguntó si pretendía distanciarse del resto.

De pronto, se detuvo.

Agitó la linterna, expectante.

Una detonación rompió el silencio.

Greg se desplomó bajo la mirada de Fanny.

TERCERA PARTE

LOS

RESUCITADOS

45.

Fanny se tiró al suelo en un acto reflejo y esperó un segundo disparo que no tuvo lugar. Al cabo de algunos segundos de silencio, levantó la cabeza. Axel y Jordan, que también estaban boca abajo, le hicieron una señal. Greg yacía en el suelo, unos metros más allá. Se arrastraron hacia él. Le habían herido en el hombro y se apretaba la herida con la mano, cubierta de sangre.

—¿Qué ha sido eso? —preguntó Jordan.

—El disparo venía del frente —respondió Greg—. No lo entiendo, ¿quiénes sois, joder?

—Ya te lo hemos dicho —respondió Fanny—. Esa chica, Alyssa, se quiere vengar.

Miró a los demás, que se acercaban gateando.

—Recordadme que no vuelva a publicar nada en Internet si salimos vivos de esta —dijo.

Greg intentó avisar al resto del equipo, pero su *walkie-talkie* solo emitía interferencias. Sin embargo, el aparato no parecía haber sido dañado.

—No tenemos otra opción —dijo Greg crispado de dolor—. Al fin y al cabo, son ellos quienes nos impiden avanzar.

—¿Qué propones? —le preguntó Jordan.

—Tenemos que atrincherarnos en la casa de los paletos y llamar a Emergencias.

—¿Estás seguro?

—Seguid recto, si queréis. Pero sin mí.

—Tiene razón —aprobó Fanny—. Si llegamos a la casa, podremos encontrar un teléfono.

—Solo si nos abren la puerta —precisó Greg.

—La tiraremos abajo —dijo Enzo.

—Está claro —argumento Axel—. Alyssa o sus cómplices nos están cortando el paso.

—¿Por qué han disparado a Greg? —preguntó Fanny.

—Porque nos iba a sacar de aquí —dijo Hugo.

—¡Es una locura! —lloró Mélanie—. ¡Todo esto por unos comentarios en Facebook, que ya ni siquiera se utiliza!

—El odio y la exclusión provocan reacciones extremas —explicó Nadia—. Mi hermano tiene un amigo que se hizo yihadista porque todo el mundo lo trataba como a una mierda.

—Os dejo debatir, yo me voy a la casa —dijo Greg, que perdía sangre.

—Te seguimos —declaró Jordan.

—Tengo tu brújula —le informó Axel—. Es hacia el norte, ¿no?

—Sí.

Axel miró la aguja. Tenían que cambiar de dirección noventa grados.

—No es buena idea —advirtió Hugo.

—Lo sabemos —dijo Nadia—, pero es mejor que caminar hacia el enemigo.

Fanny filmó a Greg, que se levantaba con pesadez. Así tendría algo que mostrar a la Policía. Axel y Jordan lideraban el grupo, junto a Greg, que apretaba los dientes. Con la nariz pegada a la brújula, avanzaban los tres, inclinados para ser un objetivo menos visible. Usaban la linterna a ratos, sobre todo porque mostraba signos de agotarse. Detrás, los otros caminaban en silencio. Nadia también filmaba. Eso irritaba a Hugo, que no paraba de decirle que sus imágenes nunca saldrían en una película.

—No te engañes, amigo —dijo Nadia—. Si sobrevivimos, venderé mis vídeos a la prensa.

—¿Piensas en negocios cuando estamos a punto de morir?

—¿Os vais a callar? —les soltó Jordan.

Se adentraban en la noche como en lo más profundo de un abismo, con una pequeña aguja imantada por guía y una luz titilante. La humedad se infiltraba bajo la ropa, el cansancio pesaba sobre sus pasos, los crujidos bajo sus pies les daban la impresión de hacer tanto ruido como unos fuegos artificiales en pleno bosque. Unos gritos se respondieron entre ellos a su alrededor. Estaban rodeados.

—¡Lobos! —gritó Enzo presa del pánico.

Mélanie se burló de él. Jordan y Greg aceleraron el paso. Los demás les siguieron, salvo Enzo, petrificado. Axel se dio cuenta y volvió hacia atrás. Fanny, que no se separaba de Axel, pidió a Jordan que les esperase.

—Eh, tío, ¿qué haces? —le soltó a Enzo.

El coloso confesó que tenía miedo de los perros desde que un pastor alemán le había mordido cuando tenía seis años. Como prueba, les enseñó una profunda cicatriz en el brazo.

—Así que los lobos no me hacen mucha gracia —gimió Enzo—. Además, tengo la sensación de que son varios.

–Sí, suelen ir en manada –apuntó Axel–. Pero te aviso de que siempre atacan a las presas que se han quedado solas.

El argumento caló hondo. Enzo se volvió a pegar al grupo. Apretaron el ritmo, en detrimento de la discreción.

El aire se hizo más espeso, el viento traía olor a sopa y basura. Dedujeron que no debían de estar muy lejos. Greg reconoció el lugar. Les enseñó un cartel carcomido por la vegetación, las termitas y las faltas de ortografía. Se podían leer las palabras:

P OPIEDÁ PRIBADA
A CESO PROIBIDO
NO PASAR!

Jordan percibió una luz entre los árboles, un poco más lejos, al frente.

–Es ahí –confirmó Greg.

–¿Estáis seguros de querer entrar ahí? –preguntó Nadia.

–Hasta ahora, nadie nos ha disparado –la tranquilizó Greg.

–Solo somos un grupo de jóvenes que quiere salir de aquí lo antes posible –argumentó Fanny–. Nuestro objetivo corresponde con los deseos de esos paletos.

–Vamos a evitar llamarlos así, para no ofender –dijo Greg.

–Qué mal rollo –dijo Hugo.

–Apesta –dijo Nadia.

–Bueno, ya basta –se enfadó Jordan.

–No, digo que apesta de verdad.

—Tiene razón —confirmó Fanny—. Huele como a huevos podridos.

Una veintena de metros los separaban de la vieja cabaña construida con piedras y cubierta de yedra, que parecía haber crecido entre los árboles. No había ningún vehículo cerca. La luz emanaba de una ventana de cristales sucios.

—Hay alguien —murmuró Fanny.

—¿Cómo lo sabes? —preguntó Enzo.

—Si no, no habría luz.

—Lógico —aprobó Axel.

—¿Creéis que tendrán un teléfono? —se preocupó Hugo.

—Lo sabremos muy pronto —contestó Jordan.

Avanzaron en grupo, formando una diana que era imposible fallar. Fanny vio el columpio que había mencionado Greg. Chirriaba ligeramente empujado por la brisa que se abría paso entre los árboles.

Caminaron a descubierto hasta el porche, compuesto de tres escaleras y un suelo de madera que crujía con cada paso que daban.

Escucharon los gemidos de un bebé.

—Los llantos venían de aquí —constató Fanny.

Greg llamó a la puerta.

Esperaron unos segundos.

Greg llamó de nuevo, más nervioso.

Enzo se acercó a la ventana iluminada. Estaba tan sucia que tuvo que pegar la nariz al cristal. A través del vidrio mugriento, distinguió una mesa sobre la que reposaba una lámpara de gas. Era la única fuente de luz. En una esquina de la habitación, una mujer mayor de cabello blanco estaba sentada en una silla.

Extrañamente, estaba de espaldas, de cara a la pared, y parecía estar acunando a un bebé. Enzo limpió el cristal con la manga para ver mejor. Acercó la cara. Una sombra pasó justo delante. Se sobresaltó y cayó hacia atrás, llevándose con él parte de la balaustrada del porche.

—Joder, ¿eres tonto o qué? —gritó Jordan.

—Hay gente dentro —exclamó Enzo mientras se levantaba torpemente entre las maderas rotas.

Animado por Enzo, Greg llamó con más seguridad.

—Por favor —dijo a través de la puerta— ¡ayudadnos!

—¡Tenemos un herido! —añadió Jordan.

—Ese no es el mejor *marketing* —comentó Fanny.

Greg y Jordan la invitaron a hacerlo mejor.

—¡Queremos salir de este bosque cuanto antes! —gritó.

Ninguna respuesta. Greg estaba cada vez más lívido. Se alejó.

—¿A dónde vas? —le interpeló Jordan.

—Voy a dar la vuelta a la casa para ver si hay alguien. Siguió el muro y giró en la esquina.

—¿Algún voluntario para ir con él? —preguntó Jordan.

—Iré yo —dijo Axel.

Al llegar a la esquina de la casa, lo buscó.

—¿Dónde se ha metido ese tonto?

Axel llamó a Greg.

—¿Algún problema? —le soltó Jordan.

—¡Ha desaparecido!

—¿Qué dices? —gruñó Hugo mientras se acercaba.

—Tiene que estar en la parte de atrás de la casa. ¿No quieres ir a mirar?

—Ni de coña.

Greg apareció de repente frente a ellos, corriendo y gritando antes de perderse en la noche, tan rápido como había aparecido.

—¡Menudo susto me ha dado! —exclamó Hugo.

—¿Qué ha dicho? —preguntó Axel.

—No lo he entendido bien —confesó Hugo.

—¿Qué es todo este lío? —gritó Jordan apoyado sobre la barandilla del porche.

—Greg se ha largado —informó Axel—. Creo que se le ha ido la olla.

—¿Qué hacemos? —preguntó Fanny plantada frente a la puerta.

—No tenemos elección —declaró Enzo—. Ahora que estamos aquí, tenemos que ir hasta el final.

Se apartó para coger carrerilla para lanzarse contra la puerta.

—¡Espera! —dijo Fanny.

Giró el pomo. Para sorpresa de todos, la puerta se abrió. Un olor fétido escapó por el quicio y les hizo fruncir el ceño.

—¿A qué huele? —preguntó Jordan.

—Huevo podrido y mierda —contestó Fanny.

Enzo se impuso poniendo un pie en el interior.

—¿Hay alguien? —llamó.

Ya sabía la respuesta, puesto que había visto a la vieja con el bebé y a la silueta que había pasado delante de la ventana.

—Solo queremos usar el teléfono —soltó Jordan por encima del hombro de Enzo.

Los dos chicos se encontraban en un pequeño vestíbulo sombrío que llevaba a una habitación a la derecha, de donde venía la luz, y a otra a la izquierda, completamente oscura. Empujada por la curiosidad, más fuerte que el miedo, Fanny entró.

—Huele a cadáver —declaró.

Axel se unió a ellos, Jordan le ordenó que dijera a los otros que vigilasen los alrededores. Axel le respondió que fuese él, lo que provocó una pequeña discusión en el pasillo a la que Jordan puso fin saliendo a dar sus órdenes en persona.

Enzo entró en la habitación de la derecha seguido de cerca por Fanny. La luz venía de una lámpara de gas colocada sobre una mesa de madera cubierta de migas y suciedad, en la que también había un cenicero desbordado de colillas y un mechero. Por suerte, no iluminaba toda la habitación. Porque lo poco que podía ver Fanny le daba náuseas.

—¿Dónde está la vieja? —se extrañó Enzo.

—¿Qué vieja?

—Había una abuela, sentada en la esquina, ahí. Acunaba a un bebé.

Enzo señalaba hacia una vieja silla girada hacia la pared en el ángulo de la cocina, como para sentar a alguien a quien se ha castigado.

—¿Por qué está frente a la pared? —se inquietó Fanny.

—No lo sé.

Fanny miró a su alrededor. Había unas vísceras, que alimentaban a un montón gusanos y que estaban rodeadas de bichos zumbantes, esparcidas por todo el fregadero, cuyo grifo goteaba. Las suelas se les pegaban al suelo, del que emanaba una peste indecible. Una marmita de sopa reinaba sobre un hornillo de gas antilluvia y apestaba a quemado. Fanny se tapó la nariz y ahuyentó a las moscas con la otra mano. Unas herramientas de jardín oxidadas reposaban sobre el hogar de la chimenea. Un viejo sofá desgastado olía peor que un urinario público.

–Creo que no encontraremos más teléfonos que artículos de limpieza en esta casa –declaró Fanny con la nariz tapada.

–Ni siquiera hay electricidad –notó Axel.

A punto de vomitar, salieron de la estancia. Jordan estaba parado en el umbral de la puerta de la otra habitación, con la linterna en la mano, sin moverse.

–¿Qué has visto? –le preguntó Enzo.

No respondió. Estaba como hipnotizado.

46.

Jordan iluminaba decenas de fotografías clavadas a una pared. Mostraban a los once concursantes en situaciones vergonzosas o poco halagadoras. La mayoría habían sido sacadas de las redes sociales.

Fanny reconoció inmediatamente la foto en bañador que había subido a Instagram. En otra imagen se reía con la boca llena, en un cumpleaños. Una tercera la mostraba disfrazada de Joker. Era de hacía más de un año, del carnaval, en Niza.

Sus camaradas también aparecían.

Había una foto de Axel haciendo una peineta con una sonrisa pícara. En otra, posaba delante de la casa de Victor Hugo, en la plaza de Vosges, en París, haciendo el gesto de la victoria con los dedos. También ejecutaba un saludo militar delante de un grafiti de Bansky, que representaba a una chica cubriendo una esvástica de motivos rosas.

En cuanto a Hugo, aparecía orgulloso frente a sus notas de la Selectividad, blandiendo un trofeo de un torneo de tenis y masturbándose frente al ordenador, lo que hizo que Enzo se partiera de risa y Jordan se preguntase por el origen de aquella foto.

Enzo aparecía con pantalones de boxeo, sudando, con la cara destrozada y el puño levantado en señal de victoria al acabar un combate.

Nadia mostraba orgullosa un tatuaje que representaba una metralleta en la parte baja de su espalda.

Jordan estaba disfrazado de orco durante una partida de *Dragones y Mazmorras*. En otra foto iba vestido de elfo.

Line posaba con doce años, con su vestido de comunión, y a los dieciséis frente a una iglesia con motivo de una boda.

Kenji estaba sentado en un MacDonald's con los pulgares levantados ante dos Big Mac. En otra foto estaba completamente borracho, tirado en un sofá.

Fanny también reconoció a Clara, que se hacía la guapa delante del objetivo, rodeada de sus complacientes amigas. También se la podía ver haciendo de Lady Macbeth en el grupo de teatro del instituto.

Una decena de fotos mostraba a Mélanie desfilando en un podio, saludando en una carroza de carnaval, con la insignia de reina de las fiestas de su pueblo, o poniendo morritos con vestidos *sexys*, poses sugerentes y *duckfaces*.

Margot hacía muecas y sacaba la lengua en todas las fotos, o se ponía filtros de perrito del tipo Snapchat, seguramente para camuflar sus rasgos poco agraciados.

Algunas fotos incomodaban a Fanny.

La de Hugo para empezar.

Porque esas fotos nunca habían sido colgadas en Internet.

Y porque no deberían existir.

Se acercó a una de ellas, aprovechando la luz tenue de la linterna de Jordan, que no se había movido del umbral de la habitación. Se sorprendió al verse a sí misma durmiendo en su habitación, con su pijama de Minnie Mouse.

—¿Cómo han podido entrar en mi casa en plena noche?

Nadie respondió, pero a su espalda Enzo se indignó. Su enorme mano pasó por encima de ella para arrancar una foto del gran *collage*.

—¿Qué es esta mierda?

—Las han sacado de "Insta" y Facebook —explicó Jordan.

—Esta es imposible —aseguró.

Fanny le echó un vistazo. Enzo y dos de sus amigos imitaban a Alvin y las ardillas en las duchas del gimnasio.

—¿Quién ha sacado esta foto? Joder.

La linterna los cegó. Jordan había avanzado e iluminaba una fotografía en la que se le veía esnifar algo, vestido con unos calzoncillos de leopardo y un sombrero de *cowboy*. La arrancó de la pared.

—¿De dónde sale esto?

—Qué mal rollo —dijo Enzo.

Buscó si había más fotos suyas, pero Jordan se giró y paseó el rayo luminoso de su linterna por las paredes tapizadas de grafitis, oscuridad y obscenidades que remitían a las amenazas que había recibido Alyssa.

"No me gustas"

"Puta guarra"

"Esta noche, haremos que te gusten los chicos"

"Te vamos a rapar la cabeza"

"Vas a morir"

"Homo plana"

"Me estoy excitando"

Etc.

—¿Qué es todo esto? —gritó Hugo detrás de ellos.

Su irrupción fue tan inesperada que Fanny, Jordan y Enzo se sobresaltaron a la vez.

—Hay algo que no te va a gustar —rio Enzo.

Los demás aparecieron con aire de confusión. Hugo arrancó sus fotos y las despedazó.

—Tenemos que largarnos de aquí —aconsejó.

—Es una pesadilla —dijo Jordan.

—Os recuerdo que Greg ha salido disparado —insistió Hugo.

—¿De dónde salen todas estas fotos? —se preguntó Nadia.

Un gemido hizo las veces de respuesta.

—¿Qué ha sido eso?

—Viene de abajo —dedujo Enzo.

—¿Qué hay abajo? —preguntó Mélanie.

—Tiene que haber un sótano —dijo Jordan.

Disolvió a la tropa que se había formado en la entrada de la habitación, se plantó en medio del pasillo y pidió silencio. Pasaron algunos segundos. De nuevo pudieron escuchar el gemido.

—Es una trampa —afirmó Hugo—. Vámonos de aquí.

—En serio, deja de ser tan gallina —le soltó Axel.

—¿Qué más te hace falta para darte cuenta de que esto no es normal?

—¿Os podéis callar de una vez? —se enfadó Jordan.

Fanny señaló un trozo de moqueta sucio que sobresalía por las esquinas y sobre la que habían colocado un mueble.

—Mira debajo de esa mierda —le aconsejó a Jordan.

Se inclinó obviando el olor. Axel y Enzo le ayudaron a despegar el revestimiento con los dedos. Para su sorpresa, se levantó tan fácilmente como una alfombra.

Debajo de la moqueta, había una trampilla.

Bajo la trampilla, los gemidos.

47.

Miraron fijamente al suelo durante algunos segundos, como si fuera la escena de un crimen. Enzo agarró el anillo de hierro que estaba atornillado al panel de madera y tiró. Levantó la trampilla, revelando un fuerte olor a orina y un pozo negro en el que se sumergía una escalera.

–Yo no bajo por ahí –dijo Hugo.

–Ya lo imaginábamos –siseó Nadia.

Jordan iluminó una decena de escalones desgastados. No se distinguía el fondo, pero los gemidos sin duda venían de ahí.

–¿Voluntarios? –propuso Jordan.

Se alejaron, por reflejo, sin atreverse a expresar en voz alta su aprensión. Kenji empujó a Mélanie, que gritó, sobresaltando a Nadia.

–Dame tu linterna –dijo Axel–. Yo iré.

–Y yo que te tomaba por un miedica –dijo Jordan.

–Y yo que te tomaba por un líder –replicó Axel.

Puso el pie sobre el primer escalón.

–¡Espera! –gritó Fanny.

–¿Qué?

–Ten cuidado.

–Gracias, pero ya he bajado escalones antes.

Se sumergió en el suelo. Los demás esperaban. Enzo regresó a la cocina y trajo una pala que había visto sobre la chimenea.

—¿Qué haces con eso? —preguntó Nadia.

—Si nos tenemos que enfrentar a algo, prefiero estar equipado.

—No tendríamos que haber dejado que Axel bajara solo —se lamentó Fanny.

Distinguió la luz que bailaba al pie de las escaleras. Axel examinaba el sótano. De pronto, solo se veía oscuridad.

—¡Axel! —llamó Fanny.

Ninguna respuesta les llegó hasta la superficie. Arrodillada al borde del agujero, se inclinó hacia delante y metió la cabeza. Una sombra apareció de golpe y a toda velocidad. Fanny se apartó gritando. Enzo levantó la pala sobre la apertura.

Axel sacó la cabeza por la trampilla, lívido.

—¿Qué has visto? —le interrogó Jordan.

—No gran cosa. La linterna se apagó y me he dejado llevar un poco por el pánico.

Todos estaban pendientes de sus palabras.

—Hay alguien abajo —añadió.

—¿Quién?

—No lo he visto bien, creo que era una chica. Está amordazada y atada.

—¿Por qué no la has desatado?

—Hay algo más ahí dentro. Me ha rozado. Lo siento, he flipado.

—¿Qué te ha rozado? —preguntó Enzo.

—Te digo que no lo sé. De repente estaba todo a oscuras.

—Hay que volver —declaró Jordan—. Podría ser Margot, o Line.

—Vale, pero ¿con qué nos iluminamos? —preguntó Axel.

Los teléfonos estaban prácticamente sin batería. Fanny tuvo una idea. Se esfumó y regresó con la lámpara de gas.

—¿Algún candidato para liberar a la prisionera? —soltó.

—Yo —se propuso Enzo.

Agarró la lámpara de gas y se adentró en el agujero.

—¡Tt-todo el el mm-mmundo a-a-abajo! —tartamudeó un hombre detrás de ellos.

Todas las miradas se giraron hacia él.

Un individuo vestido con ropa manchada de sangre bloqueaba el acceso al pasillo y los amenazaba con un fusil de caza. Pero no era el arma lo que más aterrorizaba a Fanny, ni la sangre de su ropa, ni el olor a purines que desprendía el tipo. Era su rostro. Dos ojos pequeños y porcinos definían una cara abultada en la que la nariz y la boca parecían haberse fusionado.

Reconoció al ser deforme que se había acercado a ella en el bosque y le había robado el móvil furtivamente.

48.

El disparo hizo que estallaran sus tímpanos y el tabique del final del pasillo. Petrificados por la aterradora aparición del propietario y su tartamudeo, habían sido incapaces de reaccionar. De ahí el disparo de advertencia.

—¡B-b-bajad! —repitió el hombre.

—Si entramos ahí estamos muertos —murmuró Axel.

—T-t-tttú, v-ven aquíí —tartamudeó el hombre.

Axel se acercó y recibió un golpe con la culata de la escopeta. Cayó al suelo.

—¡Axel! —gritó Fanny dejándose llevar.

—¡Ohhhh! —gruñó el hombre.

Fanny se paró en seco y obedeció como los demás.

Con los pies en la escalera y la cabeza todavía al nivel del suelo, vio que el tartamudo levantaba el cuerpo de Axel, medio desmayado, y lo arrastraba hacia ella. Fanny bajó corriendo los últimos escalones, justo antes de que el monstruo tirase al chico por la trampilla. Intentó amortiguar la caída de su amigo recibiéndolo con los brazos y rodó con él por el suelo.

—¿Estás bien? —le preguntó.

Por encima de ellos, el panel de madera que abría la trampilla volvió a caer pesadamente. El rostro de Axel desapareció en la oscuridad.

—No —respondió.

Se levantó torpemente con la ayuda de Fanny y se

aseguró de que no se había roto nada. Blandiendo la lámpara de gas como lo haría la estatua de la libertad, Enzo había asistido a la bajada inesperada de sus camaradas.

—¡Joder, tíos! ¿Quién os ha disparado?

—No lo sé, pero el tipo tenía cara de mierda —respondió Jordan.

—¿En qué sentido?

—Era muy feo —explicó Nadia.

Fanny encontró la parte del vídeo en la que aparecía y se lo enseñó a los demás.

—Es el mismo tipo —afirmó.

—¿Alguien puede soltarme? —preguntó una voz.

Era Margot. Estaba sentada contra la pared, con las manos atadas a la espalda. Enzo le había quitado la mordaza antes de ser sorprendido por el disparo.

Margot les contó que la habían secuestrado tan rápido que no había tenido tiempo de alertar a Enzo, que supuestamente debía vigilarla mientras hacía sus necesidades al pie de un árbol. Había acabado en ese sótano. Desde entonces, nadie más había venido. Excepto las ratas.

—Hay muchas —declaró.

—¿¡Qué!? —gritó Fanny.

Se hizo pequeña, con los pies juntos, los codos replegados, los puños apretados, el cuerpo atravesado por una violenta descarga de adrenalina. A su lado, Mélanie tuvo la misma reacción.

—No podré aguantarlo —se quejó.

—Tendréis que acostumbraros, igual que yo. Al principio vinieron a olisquearme y morderme. Me meé encima, literalmente. Fue horrible. Me moví tanto que las asusté. Ahora deben de estar en algún rincón.

Fanny encendió su teléfono para iluminarse los pies y se refugió junto a Axel, temblando y dando saltitos.

—¿Qué nos van a hacer? —gimió Mélanie.

—He preguntado si alguien puede desatarme —insistió Margot.

Jordan desanudó la cuerda mientras Enzo exploraba el sótano con la lámpara. Estaba lleno de cajas podridas y de aparatos domésticos oxidados en los que se habían refugiado los roedores. La humedad y el olor a pis eran irritantes.

—¡Está ahí! —gritó Nadia.

—¿Quién? —se inquietó Fanny.

—¡La vieja, allí!

Nadia miraba fijamente a la oscuridad. Fanny fijó la mirada en la misma dirección y distinguió el cabello blanco.

La bruja los espiaba.

El corazón de Fanny explotó e irradió miles de picores por todo su cuerpo. Durante un buen puñado de segundos, se olvidó de respirar y creyó que iba a desmayarse. Una risa incongruente la sobresaltó. Era Enzo.

—¡Eh, chicas! ¡Solo es una fregona!

Estaba apoyada contra el muro, con el palo del revés y la mopa hacia arriba.

Fanny suspiró. Nadia dejó escapar un insulto.

Por encima de ellos, escucharon unos pasos. Había varios secuestradores. El bebé lloraba otra vez.

—¿Quién es esta gente? —dijo Hugo.

—¿Has visto las fotos? —preguntó Nadia a Margot.

—¿Cuáles?

Le describió la habitación en la que habían expuesto las fotografías sacadas de Internet y escrito mensajes de odio sobre las paredes, los mismos que ellos le habían dedicado a Alyssa. No cabían dudas sobre el móvil del crimen, era una venganza. Lo incierto era la relación de aquellos paletos deformes del bosque con Alyssa y Juliette, que había amañado el *casting*.

—Lo incierto es sobre todo nuestro final —precisó Fanny.

—¡Hay botellas de aguardiente! —exclamó Enzo.

—Información capital —subrayó Fanny.

—¿Cómo me habéis encontrado? —preguntó Margot.

—Por casualidad —respondió Jordan.

Le explicó cómo habían naufragado en ese sótano.

—¿Greg se fue corriendo sin decir nada?

—Dijo algo, pero no lo entendimos —le explicó Hugo.

—No solo quieren aterrorizarnos, sino acabar con nosotros —declaró Nadia.

—¡Mierda, mierda, mierda! —gritó Enzo.

En la otra esquina del sótano, el chico se alteraba mientras sacudía la lámpara, falta de gas. En cualquier momento iban a quedarse completamente a oscuras.

—¿A alguien le queda batería? —se inquietó Jordan.

Todos comprobaron sus móviles salvo Margot, que lo había perdido durante el secuestro. Después de haber abusado de sus teléfonos para ahuyentar las tinieblas del bosque, solo pudieron lamentar niveles de batería muy bajos.

Fanny se dio cuenta de que Kenji retrocedía discretamente para fundirse en la oscuridad.

—¿Y tú, Kenji? —lo interpeló.

—Yo, ¿qué?

—¿Cuánta batería tienes?

—¿Por qué me lo preguntas a mí?

—Estás ahí en una esquina y ya no dices nada. Sin embargo, eras al único al que se escuchaba al principio. Cuando todo iba bien.

—¿Qué quieres que te diga?

—Solo cuánta batería te queda.

—Treinta y cinco por ciento.

—Pues ya está, tenemos el móvil de Kenji.

Fanny escuchó arañazos y chillidos agudos. Siguió hablando para cubrir los gritos, insoportables para sus oídos con fobia a los roedores.

—Hay que salir de aquí —dijo.

Enzo ya estaba intentando levantar la trampilla.

—Ni siquiera consigo moverla un milímetro —se lamentó—. Han debido de colocar el mueble encima otra vez.

Después de varios intentos, abandonó y volvió a bajar. Ahuyentó a una rata que se cruzó en su camino, ofendido porque la trampilla se le hubiese resistido.

—Tenemos que encontrar una manera de salir —insistió Fanny.

—¿Qué propones? —preguntó Jordan.

—Una lluvia de ideas.

—¡Otra lluvia de ideas! —se quejó Nadia.

—No es obligatorio participar, sobre todo si tienes algo mejor que hacer.

—Fanny tiene razón —aprobó Jordan—. Lancemos todas las ideas que se nos pasen por la cabeza.

—Solo hay una salida —comentó Hugo.

—Hemos dicho ideas —le corrigió Axel.

—Cavar un túnel —propuso Mélanie mientras rascaba el salitre que gangrenaba las paredes.

—¿Y si espero en la escalera? —sugirió Enzo—. En cuanto abran, les parto la cara.

—Lo mejor sería negociar con el tartamudo —aconsejó Margot—. Proponerle un trato.

—No parece muy abierto al compromiso —notó Fanny.

—Todo es negociable. Mi padre consigue vender coches a gente que no puede ni pagarse un depósito de gasolina.

—No veo qué tiene que ver.

—Pues tenemos que venderles la idea de que tienen que soltarnos...

¡Graaaaaaa!... ¡Graaaaaaa!... ¡Graaaaaaa!... ¡Graaaaaaa!... ¡Graaaaaaa!...

—¿Qué es eso? —se asustó Mélanie.

—Ya hemos escuchado esos gritos en el bosque —les recordó Axel—. Hugo creía que era un bebé decapitado.

—Hay un bebé en esta barraca —precisó Enzo.

Alguien dentro de la casa gritó aún más fuerte.

—¡¡NOOOOOOOOOOOOOO!!

—¡Es una casa de locos! —exclamó Hugo.

—¿Esa no era la voz de Greg? —preguntó Nadia.

Se sobresaltaron al escuchar el rugido de una motosierra. Fanny se tapó las orejas y se ovilló junto a Axel.

Duró un minuto largo, puntuado por gritos aterradores.

Cuando volvió el silencio, nadie se atrevió a romperlo. Ningún comentario podía hacer frente a lo inconcebible.

Fanny empezó a llorar.

—Ya no puedo más —le confesó a Axel.

—No digas eso, eres la más fuerte de todos nosotros —le contestó.

—Qué tontería.

—Sin ti, no nos habríamos reído y yo tendría la cara destruida por ese monstruo.

—Sí, he intentado aguantar, sobrellevar toda esta mierda, incluso reírme de la situación y de jugar a este juego, si se le puede llamar juego...

Se esforzaba por hablar. Mientras lo hacía, se recordaba a sí misma que estaba viva.

—...Incluso me he convencido de que merezco ser castigada por haberle jodido la vida a Alyssa. Pero esto un precio demasiado alto. No puedo más.

—Todavía te quedan reservas —le aseguró Axel.

—No, he llegado a mi límite.

—¿Cómo lo sabes, si todavía no estás en una situación en la que ser fuerte es la única opción?

Levantó la vista buscando la mirada de Axel en la penumbra.

—Yo creo que esa situación es inminente —añadió.

Después, Axel se dirigió al resto:

—O somos fuertes, o estamos muertos.

—Menudo *punchline* de mierda —dijo Nadia.

—En serio, apesta —se quejó Mélanie.

—Es Kenji, que se ha tirado un pedo —gritó Enzo.

—No he sido yo —se defendió el acusado.

—¡Eres asqueroso, tío! —juzgó Nadia.

—Vete con las ratas —soltó Enzo asqueado.

—Esa no es una opción, si no, las ratas vendrán aquí —objetó Margot.

—Dejadlo tranquilo —dijo Fanny—. Algunos lloran y otros se tiran pedos.

Axel se aguantó la risa. Fanny todavía conseguía hacerle reír. Aún le quedaban reservas, sin duda.

—¡Hay alguien! —gritó de pronto Mélanie.

—¿Qué? ¿Dónde? —hizo Enzo.

—¡Nos mira!

—Ya vale, Nadia ha hecho lo mismo con la fregona.

—No es broma... ¡ahí!

Señalaba el lado del sótano que estaba bañado por la oscuridad.

Alguien avanzaba lentamente hacia ellos.

Un fantasma.

49.

Kenji salió de su mutismo y fue el primero que iden-tificó al fantasma.

—¿Clara?

—¿Margot? —replicó esta al ver a su amiga sentada junto a Kenji.

Clara avanzó con aspecto confuso y aire espectral.

—¿De dónde has salido? —preguntó Enzo, ofendido porque hubiese escapado a su inspección.

—Estaba en el armario.

Señaló un armario metálico colocado detrás de unos palés.

—¿Y vosotros quiénes sois? —les interrogó Clara.

—Los otros concursantes de *El juego del bosque* —le contestó Margot.

Clara los miró fijamente.

—Te lo explicaremos todo —anunció Jordan—. Pero antes dinos qué te ha pasado. ¿Tú disparaste la pistola de bengalas?

Clara les contó que, después de separarse de Kenji en el bosque, había probado suerte sola. No duró mucho. El lugar rebosaba de cosas terroríficas cuyo nombre y hasta existencia ignoraba. Todo era repugnante, incluido el olor pútrido que la perseguía. Se había parado en un árbol y se había subido a una rama, después había mantenido el equilibrio y rezado por que nada de lo que se arrastraba y croaba en el bosque la alcanzara. Solo extraños gritos de animales llegaban hasta ella.

Había aguantado hasta la aparición de una mujer vieja con el pelo blanco y andar vacilante. La vieja había dado vueltas alrededor del árbol antes de alzarse y arañar el tronco como un animal salvaje. Aterrorizada ante la posibilidad de que la bruja lograra trepar hasta su rama, Clara había disparado su pistola de bengalas. El disparo había hecho huir a la vieja.

Al cabo de un tiempo, dos hombres aparecieron para llevarse a Clara, como estaba previsto. Había bajado, aliviada. Pero nada más poner un pie en tierra, le cubrieron la cabeza con un saco. Le ataron las manos a la espalda y, sin más explicación, la habían dejado en ese sótano en el que había languidecido entre las ratas. Clara había estado a punto de volverse loca, pero por fin había logrado cortar sus ataduras frotándolas contra la bisagra metálica de la puerta del armario en el que se había refugiado de las arañas y las ratas.

–¿Sabéis qué quiere esta gente? –les preguntó.

Fanny se lo soltó todo de golpe y sin parar, como para exorcizar sus miedos: las pistolas defectuosas, el esguince de Line y su desaparición, el número de concursantes, que había cambiado a mitad del juego, la decisión de hacer un grupo, el ciberacoso de Alyssa, que los unía a todos, la bolsa de basura con los miembros cortados, la intervención de Greg para parar el juego, la huida siguiendo los cuervos disecados, el disparo a Greg, el intento de buscar ayuda en aquella casa, la presencia de una vieja y de un bebé, el *collage* gigante, los mensajes que confirmaban la hipótesis de venganza.

—¡Estoy súper en *shock*! —exclamó Clara.

—Quieren hacernos pagar por lo que hicimos a esa chica, hace tres años —concluyó Fanny.

—¿Y el organizador? ¿Dónde está?

—Se largó espantado —informó Hugo.

—Hay algo que no entiendo —dijo Clara—. ¿Por qué mi pistola funcionó y las vuestras no?

Un silencio breve interrumpido por la carrera de una rata ahuyentada por Enzo dio a Axel el tiempo necesario para pensar una respuesta:

—Si tuviste acceso a la única pistola que funcionaba es porque querían atraparte y secuestrarte la primera —estimó.

—¿Por qué?

—Para que tuvieses más miedo que nosotros.

—Vale, pero ¿por qué yo?

—Porque eres la más culpable.

—¡Eso no es cierto!

—Te recuerdo que eres el origen del acoso. Le diste la vuelta a un comentario amable de Alyssa para poner a todos en su contra, animaste a tus conocidos a enviar mensajes crueles...

—No os obligué a hacerlo —le cortó.

—Por eso nosotros también estamos aquí.

—Entonces la sentencia es en función de lo grave de nuestros comentarios, ¿no?

—Lo que significa que soy el que más va a sufrir —subrayó Axel.

—No me acuerdo de ti —dijo Clara.

—La amenacé de muerte si aparecía en el instituto.

—¿Qué? ¿Arthur Rambo eras tú?

—Sí.

—Pues sí que asustaste a esa pringada. Cuando volvió, no se separaba de las paredes.

Escucharon pasos por encima de ellos, otra vez.

—¿Qué hacen? —Margot enloquecía.

—Son unos tarados —juzgó Clara.

—No creo que esa sea su principal característica —corrigió Axel.

—¿Y según tú, cuál es?

—Es su nivel de preparación. Por todo lo que hemos visto, son genios de la informática. Las fotos tan locas que tenían expuestas ahí arriba demuestran que es gente que sabe lo que hace. Solo para captar a Hugo haciéndose una paja delante del ordenador han tenido que piratear su *webcam* y eso no es trabajo de aficionados. No, estos tipos son serios, peligrosos, inteligentes. Tomarlos por unos tarados es subestimarlos.

—Perdona, pero me cuesta imaginármelos siendo *hackers* con esa pinta de paletos que no tienen ni electricidad ni teléfono —argumentó Jordan.

—¿Y esta casa? —intervino Mélanie—. ¿No es una barraca para enfermos mentales? O sea, quiero decir, ¡están criando a un bebé en medio de un montón de mierda!

—¿Y los miembros cortados? —añadió Margot—. ¿Y el disparo a Greg? ¿Y la jodida motosierra? No sé si te has quedado tonto del golpe de antes, Axel, ¡pero abre los ojos! ¿A partir de qué límite estableces tú la enfermedad mental?

—Sí, bueno, reconozco...

—No sé cuántos son ellos, pero nosotros somos diez —declaró Enzo—. ¡Podemos defendernos!

—¿Contra una escopeta?

—Nuestras familias acabarán por preocuparse —dijo Fanny—. Solo tenemos que aguantar hasta que avisen a la Policía.

Un gritó atravesó la conversación. Kenji encendió su móvil. A la luz de la linterna, vieron que Mélanie se agitaba como una loca para desprenderse de una rata que trepaba por su pierna. Fanny sintió que algo se agarraba a sus pantalones vaqueros. Gesticuló ella también, antes de saltar a los brazos de Axel, que vaciló por el peso. Hugo y Margot se retiraron hacia la escalera. Enzo se tiró sobre Mélanie y ahuyentó al roedor temerario con la mano. Mélanie se pegó a él.

—Parece que se están acostumbrando a nuestra presencia —notó Enzo—. Cada vez tienen menos miedo de nosotros.

Jordan aconsejó a todo el mundo que se refugiasen en las alturas. En los escalones. Axel llevó a Fanny hasta allí. Temblaba. La tranquilizó:

—Creías que había una rata encima de ti, pero solo era una impresión debida a tu fobia.

Como no parecía muy convencida, el chico lo intentó de nuevo con algo de humor:

—¿Te dan miedo los roedores, pero duermes con un pijama de ratita?

Fanny lo premió con una sonrisa fugaz.

Enzo se abrió paso en la escalera para alcanzar la trampilla, y se puso a golpearla.

—¡Abrid! —bramó.

Los otros se unieron a él gritando. Escucharon por fin que alguien movía el mueble. La trampilla se levantó dejando pasar un rayo de luz. Enzo apretó los músculos, listo para saltar como un gato.

50.

Lo primero que distinguió Enzo fue el cañón de una escopeta. No duró más que un segundo. Al segundo siguiente perdió la vista, le quemaba la cara, tenía la garganta inflamada, le faltó el aire. Retrocedió, se saltó un escalón, tropezó sobre sus camaradas y cayó como un peso muerto.

Fanny se ahogaba y cerró los ojos, violentamente irritados.

A su alrededor, los demás gritaban, tosían, escupían.

El gas lacrimógeno que acababan de lanzar en su dirección se extendía por todo el sótano.

—¡Al al al al s-s-suelo, cc-cc-cuerpo a t-t-t-tierra! —gritó el monstruo por la apertura.

Se alejaron de la zona tóxica y se tumbaron en el suelo, retorciéndose como gusanos entre las ratas asustadas.

El tartamudo tiró una botella de agua de plástico que rodó por el suelo.

—La-la-lav-v-vaos la-la c-c-ara co-con el-l-l ag-g-gua. N-n-neces-s-sitaréis-s lo-los o-ojos d-d-después.

La trampilla se volvió a cerrar con un golpe sordo, seguido del ruido de algo que se arrastraba.

51.

Los concursantes se arrancaban la botella unos a otros entre quejidos, insultos y gemidos, como una banda de asmáticos peleándose por un inhalador. Con los ojos rojos y los bronquios carbonizados, Fanny dejaba escapar lágrimas de fuego.

—¿Estás mejor? —le preguntó Axel.

—No.

—Intenta no llorar ni frotarte los ojos. Eso aumenta la reacción alérgica y el dolor.

La obligó a inclinar la cabeza hacia atrás y vació el contenido de la botella sobre su rostro.

—¡Eh! ¡La has tirado toda! —le reprochó Hugo.

—Si no pones agua suficiente, es peor.

—¡Menudo gilipollas, el tío! ¿Y por qué ella tiene ese favor?

—Entre tú y ella, no he dudado un segundo.

—Pobre imbécil.

—Parece que ya estás mejor, de todas formas.

—No, me pican los ojos.

—¿Vas a cerrar la boca? —le soltó Nadia.

Hugo se aisló en un rincón gruñendo y golpeó a dos ratas desorientadas con el pie. Mélanie se quejaba de haberse quedado ciega, Kenji vomitaba y Margot estornudaba.

—Este sótano es un infierno —constató Jordan—. Vamos a intentar calmarnos para no enfadar a ese cabrón tartamudo.

—¿Qué vamos a hacer cuando vuelva? —preguntó Enzo, con los párpados inflados como dos mandarinas.

—Escucharle.

—¿Solo eso?

—Dependerá de lo que diga.

—Ha dicho que necesitaríamos nuestros ojos —les recordó Margot—. ¿Qué significa eso?

—Nada bueno —respondió Fanny.

—Uno de nosotros tendría que llegar hasta la cocina —sugirió Axel.

Kenji interrumpió regurgitando ruidosamente lo que le quedaba en el estómago. El aire, saturado de gas pimienta, olor a vómito, orina y podredumbre, era cada vez más irrespirable. La claustrofobia ganaba la batalla contra Fanny, que sentía que no podría soportar mucho más encerrada en ese nido de ratas, oscuro y nauseabundo.

—¿Qué mierda vas a hacer en la cocina? —preguntó Jordan a Axel.

—He visto una bombona de gas que alimenta el hornillo. Si cortamos el tubo de alimentación, el gas se expandirá por la habitación y con la primera chispa, ¡bum!

—¡Has visto demasiadas películas! —exclamó Margot.

—Se ha venido arriba —comentó Jordan.

—No tenemos la más mínima posibilidad de hacer lo que dices —objetó Hugo—. El tío va armado. De hecho, ni siquiera sabemos cuántos son. Antes de llegar a la cocina, te habrás tragado un paquete entero de balas.

—He visto un mechero, encima de la mesa. Podría servir.

—Para ahora mismo —declaró Jordan—. No puedes hacerte el héroe delante de un tarado armado con una escopeta.

—Si vamos a morir, prefiero que sea a mi manera.

—A mí me gusta tu idea —dijo Enzo a Axel, para sorpresa de Fanny.

Era su primer desacuerdo con Jordan, que se ofendió y decidió lavarse las manos, como un Poncio Pilato post-púber. Nadia se acercó a Axel y le puso una mano sobre el hombro.

—Te había tomado por un payaso, pero voy a cambiar mi juicio. Eres bastante cojonudo. Si necesitas ayuda en tu *vendetta*, aquí estoy.

—Gracias Nadia, me lo tomo como un cumplido. Recordaré tu oferta.

Hicieron falta algo más de veinte minutos para que todos recuperasen una respiración y una visión normales, para que el aire se hiciera un poco más respirable y que las ratas calmasen su agitación.

Esperaron pacientemente, sentados en el suelo. Después escucharon algo que se arrastraba. Estaban moviendo el mueble otra vez.

52.

La luz penetró dentro del sótano e inundó la escalera. Se podían distinguir claramente los cristales tóxicos que flotaban a través del rayo luminoso.

Un par de botas militares se posó pesadamente en el primer escalón.

Unos pantalones de trabajo.

El tartamudo.

Descendió despacio, seguido por otras dos personas, también armadas.

La primera era una mujer de unos cuarenta años, con una espesa mata de pelo y unas gafas de culo de vaso. Llevaba unos pantalones vaqueros y un jersey viejo. El segundo era un hombre de unos veinte años. Tenía la mirada furibunda y un bigote que le daba un aspecto ceñudo. Iba vestido con un pantalón de pana marrón y una camisa de cuadros. Fanny creyó reconocer al tipo que había visto en el bosque después de besar a Axel.

Los tres apuntaron a los prisioneros con sus fusiles.

—¿Quién es esta gente? —murmuró Nadia.

—¡Con-con-contra la p-p-pared! —ordenó el tartaja.

Con su voz velada y tono cavernoso, a Fanny le recordaba a un Dark Vader tartamudo.

—¡Con-con-contra la la la...!

Los prisioneros obedecieron antes de que terminara la frase. Excepto Nadia.

—¿Quién coño sois?

La mujer avanzó hacia ella. La bofetada fue tan violenta que Nadia se tambaleó por el impacto.

—¡Calla la boca! —escupió.

Fue todo lo que dijo. Enzo quiso reaccionar, pero el bigotudo con camisa de cuadros lo apuntaba directamente con el cañón del fusil.

—¿Qué vais a hacer? —gimió Mélanie.

La mujer la miró llena de odio.

—¿Qué le ha pasado a Line? —intentó averiguar Clara.

—Ac-a-ac aaaacabada-a.

—¿Qué?

—Acabada —tradujo Axel.

—¿Estamos aquí por Alyssa? —preguntó Hugo.

El tartamudo empezó a gemir y balancear su cuerpo de derecha a izquierda. Armó la escopeta y apuntó a todo el grupo, imitado inmediatamente por la mujer y el joven. Estaban listos para ejecutarlos.

—¡No, piedad! —suplicó Hugo.

A pesar de que el miedo la había invadido, Fanny estaba perpleja. ¿Quiénes eran estas personas con respecto a Alyssa? ¿Sus padres? ¿Su hermano? Intentó escoger bien sus palabras para no provocar a sus captores.

—¿Vais a matar a once personas culpables de haber escrito insultos en Facebook?

El tartamudo, que parecía el patriarca, asintió con la cabeza.

—No vamos a morir, ¿verdad? —quiso asegurarse Hugo.

—S-s-s-s-sí. ¡De d-del su-susto!

Bajó la escopeta y sacó un sobre arrugado del bolsillo de su cazadora. Lo dejó con delicadeza en el suelo del sótano.

Después, los tres individuos se reagruparon hacia la escalera y desaparecieron por la trampilla del techo.

53.

Una vez cerrada la trampilla, los jóvenes esperaron unos segundos antes de moverse y hablar.

Kenji encendió la linterna de su teléfono.

Todas las miradas convergían sobre el sobre del suelo.

—¿Qué es esa mierda? —soltó Nadia.

Axel, que estaba más cerca, lo recogió.

—No hay nada escrito encima.

—Pues ábrelo —se impacientó Clara.

Sacó una carta manuscrita y la desdobló.

—¿Qué pone? —preguntó Jordan.

—Necesito luz.

Kenji le dio la linterna. Axel empezó a leer.

Si estáis leyendo estas líneas, ya habréis conocido a mi familia.

—¿Su familia? —exclamó Nadia.

Jordan le ordenó callar. Axel continuó.

Alguien debería habérselas ingeniado para llevaros hasta ellos.

—¡Greg! —exclamó Fanny.

—¿Crees que nos ha tendido una trampa? —se extrañó Hugo.

—¡A callar, los dos! —ordenó Jordan.

Axel retomó la lectura.

Os imagino atentos y un poco inquietos.

Escribo desde la ultratumba. Perdonad mi ausencia. Estoy segura de que no me lo tendréis en cuenta, después de todo ya estáis acostumbrados a comunicaros sin tener a vuestro interlocutor enfrente.

Me dirijo, por tanto, a vosotros como lo hicisteis hace tres años. Yo, Alyssa, quince años, acosada, aterrorizada, suicidada.

—¡No me lo creo! —gruñó Clara.

—¡Cállate! —le soltó Enzo.

Nadie más interrumpió a Axel.

Al principio, pensé que era culpa mía. Empezó con un mensaje amistoso que dirigí una noche a Clara, una chica de mi clase que me gustaba en secreto. Clara cambió mi amistad por odio. Me humilló, arrastrando también a sus amigas Line, Margot, Mélanie y Fanny para que me insultaran en las redes sociales. Kenji se unió al concierto para gustar a Clara. Y después amigos de amigos e incluso desconocidos se pusieron manos a la obra, atraídos por lo viral, empujados por sus instintos más bajos, animados por la impunidad del mundo virtual. No hacían falta motivos para unirse a una lapidación verbal. Rápida. Devastadora.

En pocos días, me convertí en un desperdicio a ojos de todos.

Si alguien trasladase al mundo real lo que me hicisteis en Internet, me habríais mordido, golpeado, violado, rapado, roto los dientes, marcado con hierro ardiente, asesinado. ¿Por qué? ¿Porque me gustan cosas que a vosotros no? ¿Porque me gustan las chicas y no los chicos? ¿Porque mi madre es judía? ¿Porque no os gusta mi peinado? Nunca lo supe realmente.

Os desahogasteis y expresasteis todas vuestras fantasías en un mundo que solo juzga la apariencia física, que tolera la misoginia, la homofobia, el antisemitismo y que se burla de lo diferente.

Los acosadores no ven las consecuencias de lo que hacen, del mismo modo que no ven a su víctima. Los psicólogos que he estado consultando lo llaman "efecto cockpit". Os voy a explicar qué consecuencias tuvieron sobre mí vuestros insultos y amenazas.

Convencida de haber hecho algo mal sin saber realmente qué, perdí la confianza en mí misma. La orientadora del instituto estaba convencida de que solo eran problemas de jóvenes y de que todo volvería a la normalidad. El centro decidió que era mejor no intervenir. En cuanto a los superiores, consideraron que los hechos no justificaban solicitar un cambio de centro. Mi familia no tenía recursos para enfrentarse a vuestro violento acoso y a la indiferencia del sistema. Deduje que el problema venía de mí. Me hundí en una depresión, igual que habéis sido conducidos a perderos en la oscuridad de este bosque. Cometí dos intentos de suicidio. Pasé un tiempo en un hospital psiquiátrico. El internamiento y el tratamiento que recibí allí no me ayudaron en nada.

Desde entonces, ya no duermo. Si salgo de mi casa, tengo crisis de pánico. Me acuesto y me levanto muerta de miedo.

A la tercera irá la vencida, es lo que se dice, y planeo mi tercer intentó de morir. Escribo esta carta antes de hacerlo. Se la enviaré a mi familia, que siempre ha querido que mis agresores impunes pagaran por sus actos. Al morir hoy, les doy luz verde y una razón más para vengarse, para devolveros el miedo que me habéis hecho pasar. Tal vez habéis visto la serie Revenge. *Uno de los personajes dice: "Quien busca venganza debe cavar dos tumbas".*

La mía ya está lista.

Habéis conocido a mi familia. Como habéis podido comprobar, son aún más raros que yo. ¡Y eso es mucho! Ignoro cómo lo habrán hecho, pero han conseguido reuniros.

Y ahora se van a ocupar de vosotros.

Ha llegado la hora de que muráis de miedo.

Por desgracia, no seré testigo de lo que está a punto de pasaros.

Nos veremos en el infierno.

Axel concluyó con la voz rota:

—La firma dice "Alyssa, quince años, acosada, aterrorizada, suicidada".

54.

Unos pasos les advirtieron de la apertura inminente de la trampilla.

El tartamudo con ropa militar bajó y avanzó hacia el grupo, que retrocedió instintivamente contra el muro del fondo. Apuntó a Jordan con la escopeta.

—¡T-t-t-t-tú!

—¿Yo qué? —enloqueció Jordan.

—¡S-s-s-sal!

—¿Qué? ¿Por qué yo?

El tartamudo amenazó con dispararle. Jordan miró a los demás, que no se atrevían a moverse.

—Vete, tío —le aconsejó Enzo—. Si no, te va a disparar.

Jordan se dirigió a la salida, seguido por el hombre. La trampilla cayó tras ellos.

—¿Qué van a hacerle? —preguntó Hugo.

—¿De verdad crees que alguno de nosotros lo sabe, imbécil? —respondió Nadia.

Fanny sentía náuseas. Se apartó en un acto reflejo antes de darse cuenta de que Mélanie atacaba el muro.

—¿Qué haces? ¿Cavas un túnel?

—Dejo un mensaje. Por si algún día la "Poli" baja a este sitio.

—¿Qué escribes?

—Nuestros nombres. Comprenderán que estuvimos aquí, prisioneros de una banda de degenerados.

Unos gritos se propagaron por toda la casa, hasta el sótano.

—¡Es Jordan! —gritó Enzo.

El motor térmico de una motosierra cubrió a los demás ruidos.

—¡No puede ser! —gimió Hugo—. Han dicho que no nos matarían.

—No ha dicho gran cosa, en realidad —rectificó Enzo.

El silencio volvió después de un interminable minuto.

—¿Quién está dispuesto a hacer un último intento? —murmuró Axel.

—¿Qué? —exclamó Hugo.

—La bombona de gas, el mechero...

—Estás flipando. Con tres escopetas apuntando a nuestras caras, ¿qué quieres que hagamos?

—Solo lo digo por si acaso. Hay una posibilidad entre mil de que funcione. La posibilidad más baja de toda la historia. Así que tengámosla en cuenta.

—Me apunto —declaró Enzo.

—Yo también —dijo Nadia.

Fanny estaba de acuerdo con Hugo, era una mala idea. Era mejor esperar a saber cómo evolucionaba la situación. Buscó a los demás entre la oscuridad para saber qué pensaban. Visiblemente, la propuesta de Axel no les importaba.

Mélanie lloriqueaba mientras arañaba las paredes como una loca.

Margot también se fundía en lágrimas, mientras Clara reñía a las dos chicas por acrecentar su ansiedad.

Kenji, postrado, no existía.

Hugo daba vueltas gruñendo contra ese juego en el que ni siquiera había querido participar, contra los otros concursantes que lo habían arrastrado hasta esa casa en contra de su criterio y contra esa zorra de Alyssa que le jodía la vida.

Fanny cerró los ojos, con el estómago dolorido. No podía más. Axel se sentó a su lado.

—Intenta contar un chiste —la animó.

—No puedo.

—Estoy seguro de que tienes alguno que nos pueda hacer reír un poco.

—No.

—No voy a parar hasta que lo hagas.

—¡Déjame en paz!

—¿En paz? ¿Dónde ves paz aquí? Nos estamos volviendo todos locos. Míralos: Mélanie, Margot, Kenji, Hugo, podrían ir directos al asilo. ¡Venga, un esfuerzo!

—Sí, cuenta un chiste —insistió Enzo—, cualquiera, lo necesito.

—¿Crees en la suerte?

—Hay que creer.

—Sobre todo hay que saber hacerse con ella. Como ese entrenador de boxeo que le dijo a su boxeador antes de subir al cuadrilátero: "Toma esta herradura de caballo, da buena suerte". El boxeador, poco convencido, le respondió: "¿Tú crees en estas cosas?" Y el entrenador contestó: "Claro que sí. Sobre todo, si la metes dentro de tu guante".

—Excelente —aprobó Axel—. No es súper gracioso, pero excelente.

—¿Tienes una herradura para mí? —preguntó Enzo.

—Podemos intentar fabricar una.

La trampilla se abrió de nuevo.

Lo primero que vio Fanny fueron las botas del

tartamudo bajando los escalones, y después su escopeta apuntando a los allí presentes. Intentó convencerse a sí misma de que todavía era un juego, aunque hacía tiempo que ya no tenía ganas de jugar. El miedo nunca había sido tan intenso. El tartamudo se detuvo. La escopeta la apuntaba a ella.

Esta vez, era su turno.

55.

Al pie de la escalera, Fanny sintió vértigo y después un pinchazo en la espalda. El tartamudo la empujaba con el cañón de la escopeta.

La mujer esperaba en lo alto de la trampilla, tras sus enormes gafas que brillaban en la penumbra.

Fanny intentaba subir, pero las piernas le pesaban demasiado. Sintió que el suelo desaparecía a sus pies, que la escalera se balanceaba y el rectángulo de luz parecía cada vez más lejos. Se agarró a la pared, escuchó su nombre a lo lejos, casi inaudible. El corazón le galopaba dentro del pecho, tenía el cuerpo paralizado y ya no respondía ni a las órdenes del psicópata vestido de militar ni a las de su propio cerebro. En un último esfuerzo por poner el pie sobre el primer escalón, Fanny gastó todas sus fuerzas y se desmayó. Axel corrió a ayudarla. Fue apartado inmediatamente con un golpe de culata.

La mano del tartamudo tiró del pelo de Fanny, que se levantó presa del dolor. Alcanzó el segundo escalón, perdió el equilibrio, se estabilizó poniendo la mano sobre la pared fría y rugosa. Sentía la boca seca, las manos húmedas, el estómago completamente anudado, los músculos de algodón, los pulmones pesados como un yunque. Se inclinó hacia delante para impulsarse y trepó por la escalera como si fuese el Everest. Algunas partículas de gas pimienta que seguían en suspensión le picaban en la nariz y le arrancaron unas lágrimas.

La mujer se impacientaba. La agarró del cuello de la parka y tiró. Fanny se encontró frente a ella, con la escopeta del tartamudo en la nuca. La arrastraron sin contemplaciones hasta la sala de las fotografías. La iluminación corría a cargo de una lámpara de *camping*. En el centro había una silla colocada sobre una gran lona de plástico, frente a una cámara de vídeo que descansaba sobre un trípode. El olor a gasolina se le subió a la cabeza. Vio una motosierra apoyada contra el muro del *collage* y se giró hacia sus captores.

—¿Qué es lo que...?

—¡C-c-calla!

El tartamudo empujó la silla.

—D-d-danos tu-tu-tu te-te-teléf-f-ono.

Fanny se lo tendió a su pesar. La mujer lo añadió violentamente al *collage*.

—Ay ay ay... —dijo el tartamudo examinando el aparato.

—¿Qué? —dijo Fanny.

—Ay ay pay-ay-asa, ¿eh?

—Eh... sí.

Puso a cargar el móvil.

—T-t-tu co-co-contraseña.

—Cthulhu.

—¿Q-q-qué?

—C... t... h... u... l... h... u...

Examinó rápidamente con sus pequeños ojos porcinos los vídeos que había grabado en el bosque. Emitió una risa extraña que se parecía al ruido de un globo desinflándose. Mientras tanto, la mujer ataba las muñecas y los tobillos de Fanny, que se defendía. Recibió una bofetada, se defendió aún más y sintió el cañón del fusil contra su frente.

—D-d-disp-pa-paro a la de t-t-tres. Uno... D-d-dos...

Fanny dejó de resistirse. Unos segundos más tarde, estaba atada al asiento.

—¿Eres Fa-fa-fanny Che-che-chev-v-valier?

—Sí.

—T-t-te ac-c-c-uso de de haber acosado a a a A-alys-s-s-sa La-lacan hace t-t-tres años, y tre-tres v-v-veces.

Avanzó hacia al muro que estaba frente a Fanny y señaló con el dedo tres mensajes entre decenas de otros. Fanny tuvo que confirmar que había sido la autora de cada uno de ellos durante el acoso de Alyssa.

"Homo plana".

"Hasta en tu foto de perfil tienes cara de mierda".

"Sal de Facebook, vete a joder a otra parte".

—Solo eran bromas —se defendió Fanny—. Me burlaba de mucha gente en las redes sociales. De hecho, yo no era la única. Para eso están, ¿no? ¡Además, solo estaba en tercero de la ESO, joder!

El tartamudo se acercó. Fanny no tenía más argumentos.

—¿Qué me vais a hacer? —se dejó llevar por el pánico—. ¿Por qué me habéis atado?

—¿T-t-te arr-r-rr-epient-t-tes?

—Pues claro que sí. Era muy tonta en esa época. Después me arrepentí y borré mi cuenta.

El tartamudo se inclinó hacia delante. Olía mal. Abrió la boca dejando escapar su aliento de alcantarilla y soltó un grito que electrizó a Fanny.

—¿Qué me vais a hacer? —preguntó de nuevo con voz temblorosa.

El bigotudo entró en la habitación y recogió la motosierra.

Tiró de la cuerda del motor.

Una vez. Dos veces. Tres veces.

Al cuarto intento, el ruido del motor saturó el cuarto.

Fanny suplicó.

El tipo se acercó a ella mirándola de reojo.

Fanny cerró los ojos, abrumada por el olor a gasolina.

La máquina gritó en sus oídos.

Fanny estaba al borde del síncope. Las escenas de *Scarface* y *La matanza de Texas* desfilaban por su cabeza, en el lugar de la película de su vida.

La máquina estaba tan solo a unos centímetros.

Fanny tuvo una visión del metal desgarrando su piel de gallina, temblorosa, rompiendo sus huesos, salpicando los muros de masa cerebral.

Se imaginaba el dolor.

Su vejiga se rindió primero, sus músculos después.

Todo daba vueltas a su alrededor.

El corazón le latía muy despacio.

Fanny perdió el conocimiento al notar el contacto ardiente de la afilada sierra.

56.

Cuando Fanny volvió a abrir los ojos, seguía sentada en la silla. La decoración había cambiado. Su torturador también. Jordan había sustituido al bigotudo enojado. Estaba frente a ella y sonreía extrañamente, iluminado por un rayo de luna que se abría paso por un mugriento tragaluz. Hablaba con ella, pero no le llegaban sus palabras.

Fanny necesitó un momento para saber si estaba viva o muerta, dónde estaba, qué había pasado.

El ruido de la motosierra y el olor a gasolina fueron lo primero que recordó.

Después el aliento incandescente de la sierra sobre su mejilla.

Y un sabor metálico en la boca.

Y luego nada.

—Fanny, ¿me oyes?

Esta vez sí.

Intentó mover los brazos y las piernas. Era imposible despegarse de esa maldita silla. Tenía el pantalón mojado. Algo se movía por su mejilla. Con muchas patas. ¡Una araña! Fanny sacudió la cabeza hasta marearse. Una vez había visto un vídeo en YouTube que explicaba que no había que tener miedo de las arañas... ¡mientras se pudieran ver!

—¡Eh, payasa! ¿Te calmas o qué?

La caballerosa interpelación de Jordan hizo que volviera a ser consciente de su presencia.

—¿Qué haces aquí? —exclamó—. ¿Estás con ellos?

—¿Qué? ¿No ves que también estoy atado?

Estaba en la misma posición que ella, con los brazos atados detrás del respaldo y las pantorrillas atadas a las patas de la silla. Fanny solo se había fijado en su cara, el resto estaba oculto por la oscuridad.

—¿Dónde estamos? ¿A qué están jugando? —le interrogó.

—Nos han encerrado en una especie de garaje.

—Intentan volvernos locos, ¿no?

Los ojos de Fanny se acostumbraban poco a poco a la oscuridad que cubría unos montones de leña y viejas herramientas de leñador. Jordan no había logrado identificar las cosas apestosas que colgaban del techo sobre ellos. Fanny no supo determinar si eran trozos de carne o animales muertos.

Jordan le contó que el tartamudo le había preguntado si se declaraba culpable de alguno de los mensajes horribles que estaban escritos sobre el muro. El bigotudo se había acercado con la motosierra para cortarle las piernas. Jordan había llorado, implorado, gritado. Cuando la sierra le tocó la pierna, se desmayó. Se despertó poco tiempo después en ese lugar, maniatado, pero sano y salvo. ¡Ni un rasguño! Su pantalón apenas estaba rasgado. Y sin embargo, había sentido el mordisco de la sierra. Fanny comprendió que había sufrido la misma puesta en escena macabra.

—El ruido de la motosierra, el gas y el calor del motor te predisponen —explicó—. Basta con que coloquen un trozo de madera en la parte del cuerpo que iban a cortar para que tengas la impresión de que te están despedazando de verdad. Crees sentir dolor.

—¿Cómo lo sabes?

—Lo vi en una peli. Un tipo está atado, sin camiseta. Su torturador chamusca un trozo de carne detrás de él mientras le toca la piel con un hielo. La víctima grita de dolor, convencida de que le han marcado con un hierro ardiente.

—Pues ha funcionado con los dos. Nos hemos desmayado y todo.

Fanny le contó su experiencia, pero fue interrumpida por el ruido de la motosierra. El siguiente concursante estaba siendo juzgado y condenado en nombre de Alyssa.

El silencio se hizo de nuevo, roto por unos pasos pesados, el ruido de un cerrojo y algo que se arrastraba. La puerta se abrió sin que entrase mucha luz. El tartamudo y el bigotudo empujaron a otro prisionero, atado a una silla, dentro del garaje. Por su corpulencia, Fanny dedujo que se trataba de Kenji. Había perdido la consciencia y un olor penetrante emanaba de él.

—¿A qué estáis jugando? —gritó Jordan a los torturadores.

El cerrojo de la puerta fue todo lo que obtuvo por respuesta.

Fanny se retorcía en la silla para soltarse. Solo consiguió arañarse la piel.

—¡Ey, Ken! ¿Estás con nosotros?

Kenji retomó la consciencia poco a poco, gracias a las llamadas de Fanny y Jordan. Les contó que el tartamudo le había obligado a reconocer su participación en el acoso de Alyssa. El tipo de la motosierra había intentado cortarle la entrepierna. Kenji había perdido el control de la vejiga y del esfínter. De ahí el olor.

Unos minutos después, trajeron a Mélanie en el mismo estado y postura.

—Seguro que encontraron una oferta de sillas —declaró Fanny.

—¿Todavía haces chistes? —se extrañó Jordan.

—Es un reflejo de supervivencia.

Mélanie contó la misma historia que los demás, con la diferencia de que a ella le habían intentado cortar los pechos. Jordan empezaba a entenderlo.

—¿Quiénes fueron los que peor se portaron con Alyssa? —preguntó.

—Yo diría que el trío de Clara, Line y Margot —contestó Fanny.

—Creo que ya se han ocupado de Line —subrayó Mélanie.

—Nadia también —dijo Jordan, que intentaba formular su razonamiento—. No me acuerdo de sus comentarios, pero seguro que eran violentos. Igual que los de Enzo.

—Y Axel —dijo Fanny—. Fue el más violento porque amenazó de muerte a Alyssa.

—Eso significa que vamos por orden en función de la gravedad de nuestro acoso —dedujo Jordan—. Del menos grave al más grave. Apuesto a que Hugo es el siguiente.

—¿De qué nos sirve saber eso? —preguntó Fanny.

—*A priori*, nosotros somos los menos culpables. Al contrario de lo que crees, no intentan volvernos locos. Tampoco matarnos, o ya lo habrían hecho. Alyssa lo dijo en su carta, nos están haciendo pagar por lo que hicimos. La humillación que sintió, la vergüenza, la ansiedad, la confusión, el malestar, las ganas de que todo acabe es lo que estamos viviendo.

—¿Y los que están en el sótano? ¿Crees que lo pasarán peor?

—¿Acaso es eso posible? —preguntó Mélanie.

—Solo el hecho de estar esperando ahí abajo, con los gritos y el ruido de la motosierra, es flipante —confirmó Kenji—. En serio, no me gustaría ser el último.

—Tal vez tenéis razón —dijo Fanny.

—Hace un rato que no se oye la motosierra —dijo Mélanie.

El silencio pesaba sobre la casa.

Para Fanny, eso no auguraba nada bueno.

De pronto, un disparo la sobresaltó.

57.

Viene alguien −advirtió Mélanie.

−Son varios.

Después del disparo, los minutos habían transcurrido en una espera agobiante.

−¡Fanny...! ¡Fanny...!

Fanny reconoció la voz de Axel que repetía su nombre. Lo llamó a su vez. Unos golpes hicieron temblar la puerta hasta que una de las bisagras cedió. La luz cegó a los cuatro prisioneros atados a las sillas. Enzo avanzó hacia ellos blandiendo un machete.

−¿Qué haces con eso? −se asustó Jordan.

−Venimos a salvaros −informó Axel armado con una linterna.

Clara, Margot, Nadia y Hugo pasaron tras ellos y les ayudaron a deshacer los nudos.

−¿Cómo lo habéis hecho? −preguntó Jordan.

−Axel, Nadia y yo intentamos el plan del gas −respondió Enzo.

−Preparamos unos cócteles molotov con el aguardiente −añadió Nadia−. Fue idea mía.

Mientras los desataban, Axel hizo un resumen de lo ocurrido.

Después de que Mélanie abandonase el sótano, se habían decidido. Clara les prestó su camiseta, que rasgaron y anudaron al cuello de dos botellas de alcohol. Abrieron una tercera y vertieron el contenido sobre el tejido que iba a servir de mecha. Ya solo les quedaba encenderlos. Para eso tenían que llegar hasta la mesa de la cocina, en la que Axel se acordaba de haber visto un mechero. Cuando llamaron a Enzo, este se presentó en lo alto de la escalera, empujado por la escopeta del tartamudo. Axel y Nadia le siguieron el paso discretamente, cada uno armado con un cóctel molotov.

—Mi hermano me enseñó a fabricarlos —subrayó Nadia.

—No teníamos nada que perder —se justificó Axel—. Era eso o la motosierra.

Al atravesar la trampilla, Enzo saltó sobre la mujer. El tartamudo disparó justo cuando Alex lo empujó por la escalera. El tiro salió en dirección al techo. Mientras que Enzo neutralizaba a la mujer y el tartamudo caía, Axel y Nadia fueron a la cocina para hacerse con el mechero. Nadia accionó la piedra tres veces sin resultado, y gritó "mierda" las tres veces. Axel le arrancó el mechero. Una llama salvadora surgió de su mano y prendió los dos trapos embebidos de alcohol.

En el pasillo, la mujer yacía en el suelo sin sus gafas. Enzo se peleaba contra el bigotudo, al que rápidamente se unió el tartamudo, que había subido las escaleras corriendo para enfrentarse a su intrépido camarada. Haciendo gala de valentía, Nadia y Axel lanzaron los cócteles molotov hacia ellos. El tartamudo y el bigotudo los esquivaron y los proyectiles siguieron su trayectoria hasta la habitación de enfrente. El muro de fotos se incendió de inmediato, obligando a los paletos a soltar a Enzo y ocuparse del incendio. En ese instante, Clara, Margot y Hugo habían salido por la trampilla con cara de pánico y habían huido directamente al exterior.

—¡Increíble, chicos! —los felicitó Jordan.

—¿Qué hacemos ahora? —se impacientó Clara.

Salieron del garaje como pollos sin cabeza.

—¿Adónde vamos? —preguntó Enzo.

Fanny se hizo con la linterna de Axel e iluminó el cártel que prohibía la entrada.

—¡Por allí! —gritó.

Apretaron el paso tras ella. En ese mismo momento, el tartamudo con ropa militar salió al porche, agitándose y gimiendo. Disparó varias veces en dirección a los fugitivos justo antes de que fueran tragados por el bosque y la noche. Las balas arañaron algunos troncos, sin llegar a alcanzarlos. Un grito gutural se elevó tras ellos y el miedo les dio alas.

Hugo, cuya motivación para salir de aquel bosque no tenía rival, reconoció el lugar en el que Greg había sido herido.

—¡Los cuervos! —exclamó Fanny.

—¿Qué? —interrogó Clara.

—Hay que seguir a los cuervos disecados.

—¿De qué hablas? —preguntó Margot.

—Ya te lo explicaremos —dijo Axel.

Fanny inspeccionó el follaje con la linterna. Diez pares de ojos escrutaban las ramas.

—¡Ahí! —gritó señalando un ave, fijada sobre una rama.

Corrieron de nuevo, manteniendo la vista en el cielo para distinguir aquel extraño camino. Otro disparo provocó un gritó de Mélanie y el pánico general.

Los tres psicópatas los perseguían. No estaban dispuestos a rendirse.

—Deben de estar aún más enfadados después de que hayamos quemado su casa —exclamó Hugo sin aliento.

Fanny localizó otro cuervo y apagó la linterna.

—¡Por aquí!

La siguieron a través del sotobosque, los helechos, los arbustos, la maleza y el musgo resbaladizo que frenaban su huida. El concierto de ruidos, crujidos y respiraciones que acompañaban su fuga fue acompasado por más disparos. Con la adrenalina al máximo y valiéndose de su vista acostumbrada a la oscuridad, Fanny tenía la sensación de volar. Echó un vistazo atrás. Axel sufría junto a ella. El grupo parecía seguirlos.

Unos cien metros más lejos, se topó con un sendero forestal. Creyó que era un milagro. Era el primero que veía en esa jungla. Un pájaro graznó sobre ella y se alejó volando tras otra serie de disparos.

El sendero tenía que llevarlos hacia alguna salida. Fanny se dio la vuelta por última vez para asegurarse de que no estaba sola, buscó a Axel, que se había quedado atrás, y contó a una persona extra en el grupo, lo que la asustó todavía más e hizo que echase a correr disparada por el camino de tierra. Los demás la seguían sin hacerse preguntas porque las balas alcanzaban las hojas a su alrededor.

La distancia entre ellos y sus perseguidores aumentaba gracias al camino llano y sin obstáculos. Mélanie tropezó, pero recuperó el equilibrio a tiempo. Kenji respiraba tan fuerte como un *bulldog*. Fanny miró de reojo y vio que Axel se sujetaba el abdomen.

—¿Te han dado? —le preguntó.

—Tengo flato.

—Aguanta un poco, ya llegamos.

Kenji se concentró en Margot, cuyo ritmo intentaba seguir. Empezaba a sacarle ventaja. Un nuevo disparo lo animó a acortar distancias. A lo largo de ese esfuerzo escuchó un grito. No tuvo ni la fuerza ni el ánimo de comprobar si provenía de Axel.

Los disparos se intensificaron.

El movimiento se aceleró.

Fanny veía luces a lo lejos y escuchaba crujidos sospechosos por todos lados. Frente a ella había un pasillo de tierra batida bordeado por un bosque oscuro. Esa imagen le trajo un recuerdo fugaz de una noche de Navidad. Caminaba sola en dirección al salón donde estaban los regalos, al final de un pasillo sombrío e interminable, animada por el miedo y la promesa de una recompensa.

Jordan la empujó mientras la adelantaba y eso borró cualquier otro pensamiento de su mente.

Enzo la adelantó a su vez.

El final estaba cerca. Fanny solo tenía eso en el punto de mira. Nada ni nadie más importaban.

Una vez más, aquello era un sálvese quien pueda.

58.

El primero en salir del bosque fue Enzo. Seguido de cerca por Jordan, Fanny y Nadia. Después por los demás, menos rápidos. Unos violentos proyectores los cegaron. Tuvieron que entrecerrar los ojos y usar las manos de visera.

Para su enorme sorpresa, fueron acogidos por una salva de aplausos.

Con los ojos a penas acostumbrados a la potente iluminación, descubrieron una segunda sorpresa. Greg, sonriente, con una gran mancha de sangre en la camiseta. Ante el objetivo atento de un operario de cámara que filmaba su llegada, el organizador fue a su encuentro y los saludó llamándolos "los resucitados". Tras él se afanaba el personal, que les resultaba familiar. Juliette hablaba por teléfono, un poco alejada. Reconocieron a la vieja de cabello blanco. Los saludó blandiendo un bebé falso y entró a cambiarse en una caravana. Un domador de serpientes recogía sus cosas y las metía en unas cajas.

Los tres verdugos salieron entonces del bosque casi con indiferencia. El tartamudo dio un golpe en el hombro de Enzo.

—Enhorabuena por lo que hiciste al salir del sótano —lo felicitó—. Fuiste muy valiente.

—¿No...No... No tartamudeas?

—Yo diría que el único tartamudo aquí eres tú.

Soltó una carcajada antes de unirse a la mujer de gafas y al bigotudo, que dejaron las escopetas junto a otros accesorios.

Greg parecía divertido por su sorpresa.

—¡Por aquí, campeones! —les dijo.

Algunas bebidas y bollería esperaban en un *stand* improvisado. Se tiraron sobre ellas como si no hubiesen bebido ni comido en días.

—Todo era mentira —resumió Jordan con la boca llena.

—Como en los juegos de rol —confirmó Greg—. La casa era una vieja cabaña que redecoramos un poco para dar ambiente. También invitamos a alguna rata.

—¿Y las serpientes?

—Son culebras. Como decía, son impresionantes, pero no había ningún peligro. Solo los jabalíes presentaban un pequeño riesgo porque no podíamos controlarlos. Por lo demás, hasta los cuervos eran falsos.

—Pero los miembros amputados.... los olores... —dijo Fanny.

—Hoy en día se encuentra de todo en Internet, incluso manos falsas hiperrealistas. Si las mezclas con carne podrida, consigues que tengan gusanos y todo. También habíamos colocado una segunda bolsa llena de tripas y dedos, pero no lo encontrasteis. Sobre los olores, teníamos a alguien encargado de ir lanzando bombas fétidas a vuestro alrededor. Además, preparamos una mezcla bien asquerosa a base de estiércol que fuimos colocando en lugares estratégicos...

—¡Lo habíais previsto todo! —resumió Fanny.

—Casi. Conseguimos haceros dar vueltas para desestabilizaros y que decidieseis formar un grupo, de eso no nos cabía duda. Lo más complicado fue llevaros hasta la casa. El esguince de Line os impedía desplazaros. Nos las ingeniamos para rescatarla y tuve que intervenir personalmente para dirigiros hasta el lugar indicado.

–Sangre falsa, claro –dijo Fanny señalando la mancha en el hombro de Greg.

–Tenemos a una maquilladora increíble. Sus caretas son increíbles, ¿verdad?

–¿Qué habría pasado si no nos hubiésemos enfrentado a nuestros captores? –preguntó Enzo.

–Habríamos encontrado otra manera de haceros huir. Habíamos escrito un guion con distintas posibilidades.

–¿Cómo hicisteis lo de las fotos? –preguntó Margot–. Algunas estaban en Internet, pero otras las hicisteis sin nuestro permiso.

–Tenemos a un genio de la informática en el equipo, Yann. Es ese que está allí, escondido detrás de su ordenador. Es capaz de colarse en vuestras habitaciones a través de la *webcam* y de filmaros. Lo sentimos, Hugo.

Greg le dedicó un guiño y una media sonrisa.

–¡Sí claro, os voy a denunciar!

–Como quieras. Pensábamos devolverte el vídeo, pero si prefieres la podemos poner a disposición de un juez y de la prensa.

Hugo se dio cuenta de que había hablado demasiado pronto y de que no tenía ninguna intención de que se supiera que se masturbaba delante del ordenador.

–¿A mí también me filmasteis con la *webcam* de mi ordenador? –preguntó Fanny.

—No, en tu caso, como en el de otros concursantes, contamos con el favor de tu madre.

—¿Mi madre?

—Tuvimos que mentir un poco, lo reconozco.

—¿Y yo, en las duchas del gimnasio? —intervino Enzo.

—Uno de tus amigos hizo la foto por nosotros.

—¿Dónde está Line? —se inquietó Fanny.

—La llevamos a un hospital.

—¿Quién ha ganado entonces? —quiso saber Jordan.

—La cámara ha registrado vuestro orden de llegada.

—¡No me digáis que el vencedor es que el que ha corrido más despacio! —se irritó Enzo.

—Es una manera de verlo. Otra posibilidad es decir que podríais haber ayudado a una persona herida, que eso os habría hecho llegar en último lugar y, por lo tanto, ganar.

—¿De qué herido habla? —se extrañó Jordan.

De pronto escucharon una detonación. El cámara había disparado al aire con una pistola de bengalas.

—¡Huele a victoria! —anunció Greg.

—¿Qué? —dijo Jordan.

—Hemos lanzado la señal para el último concursante que queda en el bosque —le recordó Greg.

—¿Qué concursante? —preguntó Enzo.

Fanny miró a su alrededor.

—¿Dónde está Axel?

Las recientes revelaciones y peripecias la habían hecho olvidar a su amigo.

—Estaba cerca de mí —respondió Kenji—. Creo que le han dado. Cuando nos han disparado.

—Imposible, nuestros chicos son profesionales.

Han tenido cuidado de apuntar siempre por encima de vuestras cabezas.

El cámara les hizo una señal. El último concursante estaba al caer.

Fanny escrutaba la linde del bosque, como todos los demás.

Axel apareció.

Cojeaba.

Corrió hacia él.

Axel le dijo que había tropezado y se había torcido el tobillo al caer.

Greg se acercó a anunciarle que era el ganador oficial de *El juego del bosque*. Una nueva salva de aplausos celebró su victoria. El estupor y el dolor impedían que Axel disfrutase del momento.

Fanny lo ayudó a caminar hasta la enfermería mientras le contaba todos los detalles de lo que acababa de averiguar. ¡Les habían engañado! Mientras repetía a Axel todo lo que Greg les había contado, Fanny se dio cuenta de que algo fallaba.

Greg había olvidado mencionar lo esencial. O les había mentido.

Y nadie se había dado cuenta.

59.

¡Venga, levantamos el campamento! –gritó Greg.

Eran las cinco y media de la mañana y el sol estaba a punto de salir.

Condujeron a los concursantes hasta el minibús, que les esperaba para salir de ahí. Fanny quiso quedarse con Axel. La enfermera la disuadió. Tenía que conducir al joven hasta el hospital para hacerle una radiografía del pie.

–Gracias por tus chistes –dijo Axel a Fanny–. Sobreviviré, no te preocupes.

–Eso espero. Tienes que disfrutar de los diez mil euros. Y también quiero saber cómo vas a usar todo lo que has grabado en la película. ¿Saldré yo?

–Serás mi heroína.

Se besaron con pasión.

–¡Vaya! –exclamó la enfermera–. Ya veo que el miedo acerca a la gente.

Greg fue a buscar a Fanny. Los demás ya estaban en el bus.

–Ni siquiera tengo tu número –señaló Fanny a Axel.

–Hablamos por Facebook.

–¿No dijiste que habías cerrado tu cuenta?

–Sí, la de Arthur Rambo. Pero abrí una con mi verdadero nombre: Axel. Soy fácil de encontrar. Sale mi foto y tengo muy pocos amigos.

Greg agarró el brazo de Fanny para invitarla a avanzar. Echó un último vistazo a Axel y se llevó su cara de ángel grabada en la mente.

—¿Podemos recuperar nuestros móviles? —preguntó Fanny.

La falta de pantallas empezaba a pesar.

—Os los devolveremos durante el trayecto.

—¿Por qué nos los habéis confiscado?

—Para cargarlos. Deberías darnos las gracias. También hemos aprovechado para copiar los vídeos de la noche.

—¿Vais a usarlos?

—Compartiremos los mejores en nuestras redes sociales.

—¿Los de Axel también?

—Saldrán en la película que montaremos a partir de esta aventura.

Fanny se paró delante del minibús.

—Quiero que me aclares algo.

—¿Qué cosa?

—He entendido que todo estaba preparado y escrito y que nos habéis manipulado. Pero no entiendo el *casting*. ¿Por qué nosotros?

—Porque erais los mejores.

—No es broma. ¿Por qué?

—Planteas muchas preguntas.

—¿Preguntas o problemas?

Greg se puso serio y miró su reloj de muñeca para señalar que había un horario que debían respetar. Llamó a Juliette y le pidió que subiera a la parte delantera del bus. Ella podría darles más información. La joven apagó el cigarrillo que estaba fumando y se instaló junto al conductor. Fanny se sentó justo detrás de ella. Por la ventana, observó el bosque mientras se alejaban. Alguien los observaba desde la linde.

—¿Quién es esa mujer? —le preguntó a Juliette.

—¿Dónde?

—Ahí, entre los árboles.

—No veo nada.

Fanny se giró y pegó la nariz contra la ventana. La extraña aparición ya no estaba ahí.

—La mujer de cara borrosa también era una actriz, ¿verdad?

—No sé de qué me hablas...

—¿Qué es este lugar? —intervino Jordan.

—Da igual el nombre —respondió Juliette.

—¿Cuánto tardaremos en llegar? —soltó Hugo.

—Ya lo verás. Mientras tanto, descansad.

—Pensaba que ibas a responder a todas nuestras preguntas.

—¿Quién ha dicho que a "todas"?

—¿Por qué fuimos elegidos? —interrogó Fanny.

—Porque erais los mejores candidatos.

—No te burles de mí. Todos tenemos relación con el caso de Alyssa,

—Por supuesto.

—¿Y...? —Fanny esperaba una respuesta más detallada.

—¿Cómo crees que hice el *casting*? ¿Con cuatro preguntas tontas durante una entrevista de diez minutos? Ya lo sabía todo sobre vosotros porque había consultado vuestras redes sociales. Lo que os gusta, lo que odiáis, lo que os asusta y lo que os motiva. ¡Todo! Al mirar los perfiles de varios candidatos descubrí este caso de ciberacoso contra la tal Alyssa. Investigué un poco y vi que once de vosotros estabais implicados.

—¿Por qué nos hicisteis creer que solo éramos diez?

—No estábamos seguros de que Hugo fuese a participar hasta el último momento. Logramos convencerlo prometiéndole que lo integraríamos en el montaje final de la película, aunque no ganase.

—¡Cabrón! —exclamó Enzo—. ¡Eso no nos lo habías dicho!

—Nunca debí haber aceptado —gruñó Hugo.

—¿Por qué utilizasteis este caso de acoso? —intervino Clara.

—Pensábamos que las tretas que habíamos preparado no iban a funcionar durante mucho tiempo porque todos sabíais que solo era un juego. Teníamos que desestabilizaros para que perdierais todas vuestras referencias. Al integrar el móvil de la venganza de Alyssa en nuestro escenario, era más fácil que creyerais que algo se había torcido en el juego...

—¿Torcido?

—Que había habido un imprevisto, un sabotaje. Llevamos la idea hasta el final, imaginando cómo sería la familia de Alyssa. Una familia tan rara como ella, que vive en una casa perdida en medio del bosque y con sed de venganza. Creo que funcionó bastante bien.

—¿Y Alyssa? —interpeló Margot—. ¿La habéis contactado?

—¿Para qué? Nosotros no la conocemos.

—Entonces no sabéis qué ha sido de ella —se extrañó Fanny.

—Sinceramente, no sabemos si siguió con su vida o si, como os hemos hecho creer, lo pasó tan mal y se quedó tan traumatizada por vuestro acoso que se acabó suicidando. Lo importante para nosotros era que os creyerais lo que decía la carta que nos inventamos y, sobre todo, el móvil de la venganza. Al parecer, dimos en el clavo.

No hubo más preguntas. Fanny se preguntaba qué habría hecho en el lugar de Alyssa. Por las caras de los demás, no era la única que se hacía esa pregunta. ¿Acaso esa vieja historia tan poco gloriosa había sido más grave de lo que todos habían pensado?

Tenía todo el trayecto para pensar en ello.

Fanny se imaginó lo que podía haber sido de Alyssa y cómo habría reaccionado ella si hubiese sido víctima de ciberacoso. Se representó a una Alyssa desencantada, que había pasado la página del asunto de Facebook, pero que disimulaba bajo una estética gótica la pérdida de confianza que le había provocado el episodio de acoso, que se traducía, además, por relaciones sociales caóticas. No se imaginaba a alguien dispuesto a preparar una venganza que la hubiese devuelto a su adolescencia de víctima con acné. Por su parte, si Fanny hubiese sido acosada, seguramente se lo hubiese tomado mal, pero no hasta el punto de organizar una *vendetta*, eso era pasarse. En cualquier caso, no habría pedido a su familia que secuestrara a sus acosadores. Y aún menos se habría suicidado.

El motor del minibús interrumpió sus divagaciones y la sumió en un profundo sueño.

Se despertó a las afueras de Niza. Los otros también dormían, aplastados por el cansancio y el estrés acumulados. Fanny recordó los buenos momentos que había compartido con Axel. También revivió los malos ratos que había pasado recordando los argumentos de películas en las que quedaba claro que la civilidad no era más que una payasada en medio de la naturaleza, como *La Jungla* o *Deliverance*.

El minibús la dejó frente a su casa. En el momento de despedirse de Juliette, le confesó con tono amargo que, en el lugar de Alyssa, ella no se habría vengado. El guion no era creíble después de todo. Fue un pequeño comentario mezquino sobre todo lo que había vivido.

El conductor, cuyo nombre ignoraba, le devolvió el móvil. Se despidió de la mitad del grupo que quedaba en el bus y empujó la verja de la propiedad familiar, que descansaba sobre las colinas de Niza.

Eran las ocho de la mañana. Las persianas estaban abiertas. Sus padres ya estaban levantados. Antes de entrar, Fanny se conectó a Facebook y buscó a Axel. Encontró su foto de perfil. Qué mono. Lo añadió a sus amigos y abrió el chat, en el que escribió dos palabras que nunca había enviado a nadie. Normalmente, prefería mandar emoticonos y si realmente le gustaba algo no escatimaba en corazoncitos. Pero esta vez envió un simple "te quiero" que significaba más que todos los *emojis* del mundo.

Cuarta parte
FANNY

60.

El verano era muy caluroso. A veces, Fanny sentía nostalgia del bosque. De su frescor vigorizante, de su dulce humedad...

No, la verdad era que solo rememoraba los momentos que había pasado con Axel.

El mes de septiembre se acercaba a zancadas y todavía pensaba en él. Le había enviado decenas de mensajes en Facebook y en Instagram, que permanecían sin respuesta. Los otros concursantes tampoco habían logrado contactar con él.

Fanny se comunicaba regularmente con ellos. Habían creado un grupo de WhatsApp. Comentaban el éxito de la página de Facebook de *El juego del bosque* y los vídeos de sus peripecias, en general poco favorecedores, que difundía el canal de YouTube de Trouble Footage Productions y que acumulaban centenares de miles de visualizaciones.

El perfil en Instagram de Axel superaba el millón de seguidores. Subía los vídeos que había grabado durante el juego y también fotos del rodaje de la película, concebida a partir de su breve y exigente aventura. Touble Footage Productions presumía, a golpe de *teasers*, de haber producido la primera película de *found footage* que mezclaba ficción y realidad.

La corta inmersión en el bosque y el miedo que sintieron juntos habían hecho que los concursantes resultaran más simpáticos a ojos de Fanny.

Algunos habían cambiado y adquirido un suplemento de humanidad. Clara ya no criticaba a la gente en las redes sociales y había descubierto los beneficios de la humildad. Line, Margot y Mélanie mostraban puntos de vista más matizados y tolerantes en sus distintos comentarios y publicaciones.

Nadia se había calmado. Ya no abría la boca en Facebook y se contentaba con algún comentario sibilino. Intentaba ser sociable, al contrario de Hugo, que se había encerrado en sí mismo. Este último se comunicaba poco, lo que tampoco estaba tan mal.

Kenji, que Fanny había considerado un tipo gracioso, se mostraba muy serio en sus mensajes.

Pero Enzo había sufrido la mayor metamorfosis. El bruto insensible, que había atacado a Axel, Fanny y Mélanie para descalificarlos del juego, se había convertido en el salvador de la banda. Sentía cierto orgullo, que compensaba la frustración de no haber ganado. Esa aventura le había insuflado algo de tranquilidad. Se había bajado del cuadrilátero, como diría Axel. También había dejado de lado el machismo y la homofobia.

El caso de Jordan era menos ilustre. Tenía tendencia a hacer grupos y regentarlos. De hecho, la iniciativa de crear el grupo de WhatsApp había sido suya. Pero solo era una persona colectiva por interés propio. No había dudado en abandonar a sus camaradas en la desbandada final. En su caso, el miedo había servido para demostrar que no tenía madera de jefe.

En cuanto a Fanny, esa vuelta a la naturaleza, a sus raíces ancestrales, al instinto primario, a todo lo que habría podido ser sin la influencia de la sociedad y la tecnología, la había impresionado. Había descubierto el poder de las verdaderas sensaciones y de las emociones puras, el escalofrío carnal y el sabor de un beso. El miedo había hecho que se enamorase. También la había perturbado.

A falta de poder contactar con Axel en el mundo virtual, Fanny lo había buscado en el mundo real. Se presentó con su amiga Chloé en los locales que habían servido para el *casting* de *El juego del bosque*. Estaban vacíos. Fanny había llamado a la sede de Trouble Footage Productions en París sin conseguir contactar con nadie que pudiera darle información sobre Axel. Se había desanimado poco a poco y había guardado la parka del chico en el armario como si fuera una reliquia.

Encontró un trabajo de verano. Era cajera en la taquilla de un cine. Aconsejaba a los clientes y a veces hasta conseguía orientarlos hacia una película mejor de la que habían escogido inicialmente.

Una noche, en el camino entre su casa y los cines, Fanny escuchaba a Lana Del Rey pensando en Axel.

Fuck it, I love you
Fuck it, I love you
Fuck it, I love you
I really do

El bus en el que viajaba estaba casi lleno, a pesar de la hora tardía. En agosto, los turistas llegaban en masa en busca del clima radiante de la Costa Azul.

Fanny había salido del trabajo un poco después del último pase de las diez y media, que solo había reunido a una decena de personas. La mayoría de los jóvenes de su edad preferían ver películas en *streaming* o en plataformas virtuales en lugar de una sala oscura. Los mayores se esforzaban por atraerlos al cine a golpe de efectos especiales, superhéroes y actores famosos. Pero Fanny prefería las películas viejas que proyectaban en la cinemateca o en la tele. Mientras seguía escuchando la melodía de *Fuck it, I love you*, tomó conciencia de la influencia de Miss Gabb, que le había transmitido sus gustos cinematográficos.

Llegó a casa y sus padres no estaban acostados. Veían una serie en Netflix. Su madre se levantó para servirle algo de comer.

—¿Qué veis?

—*La Casa de papel.*

Como todo el mundo.

Fanny se llevó la comida a su habitación, donde se sentía más a gusto. Se instaló sobre la cama con la bandeja de comida, el ordenador y el iPhone, bajo la mirada adormilada de Jean-Claude, ovillado sobre la almohada. Mientras comía, indiferente a lo que tragaba, se conectó a Skype para intercambiar unas palabras con Chloé, que hacía un intercambio de idiomas en Estados Unidos. Habló con Margot por WhatsApp. Tuiteó, siguió perfiles, deslizó publicaciones, puso "me gusta", subió contenido, compartió, *stalkeó*, comentó y distribuyó un puñado de emoticonos.

Envió un centésimo mensaje a Axel en Instagram y vio el último vídeo que había subido. Se reconoció en las imágenes, adormilada, con la cabeza sobre el muslo de Axel. La había grabado sin avisar. Una enorme araña recorría su mejilla antes de aventurarse en su cabello. Axel había titulado el vídeo "Spider-beauty".

Vio la grabación varias veces.

Se rascó la cabeza. En un acto reflejo.

Un gesto que no debería haber hecho.

61.

Sus dedos se toparon con una materia blanda y viscosa. Se asustó, gritó y saltó de la cama, llevándose a Jean-Claude por delante. Corrió al cuarto de baño para poder ver delante del espejo qué se escondía en su cabello. La vista no bastó para determinar el origen. Solo podía fiarse del tacto. Se llevó los dedos a la nariz. Apestaba.

Se desvistió presa de los nervios y se metió en la ducha. El agua empujó de entre su pelo a una especie de babosa, que desapareció por el desagüe. Fanny gritó.

Su madre, muerta de miedo, irrumpió en el baño.

—¿Ya no está? ¿Ya no hay nada? —gritaba Fanny enseñándole el cráneo.

Su madre la examinó atentamente y le preguntó si se había puesto así por un piojo.

Fanny no se atrevió a decirle la verdad.

—No sé qué me pasa. Me estoy volviendo loca.

—Tienes que descansar, cariño. Todavía no te has recuperado de ese maldito juego.

Su madre la acompañó hasta la habitación y le obligó a tomar un tranquilizante. Fanny tragó la pastilla y dejó el vaso de agua sobre la mesilla. Su madre le dio un beso y le dedicó una sonrisa afectuosa ante su mirada cansada. Se retiró cerrando la puerta y hundiendo la habitación en la oscuridad.

Fanny solo distinguía los números rojos de su despertador que indicaba las 00h01. Lo demás era oscuridad, en la que se escondía todo lo que le daba miedo. Abrió los ojos esperando acostumbrarse a la noche. Fanny conocía bien la teoría de los "espacios negativos" tan utilizada en el cine de terror. Consistía en rodear al sujeto de zonas sombrías o subexpuestas. Cuanta más importancia cobraban esas zonas negras en la escena, mayor era la tensión. El espectador esperaba que ocurriese algo.

Privada de vista, Fanny se concentró en los sonidos. Un crujido en la madera. Un coche a lo lejos. El graznido de un pájaro. Nada dentro de la habitación. Solo un silencio pesado.

El tranquilizante tardaba en hacer efecto.

El ruido de un roce la sobresaltó.

Estaba muy cerca. Al lado de la ventana. Había una silueta.

¡Alguien la observaba!

Encendió la lámpara de la mesilla. La silueta resultó ser la toalla que había colgado del pomo de la ventana.

Apagó la lámpara. Un rayo de luz se colaba por el quicio de la puerta de su habitación. Susurros y una risita traicionaban una extraña presencia en el pasillo.

Alguien entró con cuidado en el cuarto.

Era su madre.

−¿Mamá? ¿Qué haces?

−Sigue durmiendo, cariño −dijo.

−¿Qué?

Un hombre se deslizó detrás de ella.

−¿Papá?

No era su padre.

−¡Te he dicho que duermas! −ordenó su madre.

Fanny no entendía lo que pasaba.

Volvió a encender la luz.

Al lado de su madre, un extraño estaba haciéndole fotos. Fanny se dio cuenta de que algo se movía dentro de su cama. Pero ella estaba quieta. Levantó las sábanas y el miedo la dejó helada.

¡Era un nido de ratas!

Una de ellas se le subió por la pierna y se coló dentro del camisón. Fanny sintió un *electroshock*, su corazón latía muy rápido, su cuerpo se paralizó y su cráneo explotó. Graznó como una gaviota y se despertó.

62

Tumbada sobre la cama, con la cabeza sobre el plato y el iPhone en la mano, Fanny se incorporó y se recuperó poco a poco. Se esforzó por separar la realidad del sueño. ¿A partir de qué momento se había quedado dormida? Echó un vistazo a la ventana. No estaba la toalla. Hundió los dedos en su pelo. Seco. En su mesilla no había ningún vaso de agua. El despertador marcaba las 23h35.

Fue al cuarto de baño. No había ni rastro de agua en la ducha. Volvió al pasillo y escuchó el ruido de la televisión que venía del primer piso. Reconoció la melodía de *Bella ciao*, que la horripilaba. Sus padres seguían viendo la serie.

Fanny volvió a su habitación, encendió el móvil y entró al perfil Instagram de Axel. El vídeo "Spider-beauty" seguía ahí. Eso no lo había soñado. Se había dormido viéndolo e imaginado todo lo demás: la babosa en su pelo, el tranquilizante, su madre con el fotógrafo, las ratas en su cama. Miró debajo de la cama por si acaso, para estar segura.

No había otra cosa que un espeso tapiz de sombra y silencio.

Escuchó Nekfeu antes de quedarse dormida.

On verra bien c'que l'avenir nous réservera
On verra bien, vas-y, viens, on n'y pensé pas

En pleno estribillo, recibió una notificación de la apliación de mensajería.

¡Axel!

Fanny se pellizcó y se golpeó. No, no se había vuelto a dormir. No estaba soñando. Leyó el mensaje.

Axel la citaba al día siguiente en la playa, al amanecer. Nekfeu lo aprobaba con la música:

On s'parle derrière un ordi, mais en vrai, quand est-ce qu'on se voit?
Han, han
*On verra bien c'que l'avenir nous réservera**

Fanny escribió a Axel inmediatamente:

"¿Qué playa? ¿A qué hora exactamente?"

Ninguna respuesta. Tenía que adivinarlo.

---

* *"Nos hablamos desde detrás del ordenador, pero, en realidad, ¿cuándo nos veremos? / Han han / Ya veremos lo que nos reserva el destino."* [N de la T.]

63.

La alarma sonó a las 5h20. Fanny necesitaba alrededor de media hora para levantarse y acicalarse, más otros cuarenta minutos en Uber y otros diez minutos a pie para llegar hasta la pequeña playa de Paloma, en Saint-Jean-Cap-Ferrat.

Se acordó de que Axel le había confesado, mientras estaban en el bosque, que le habría gustado quedar con ella en esa playa.

"La playa más 'instagrameada' de la Riviera", como él decía.

¡Qué palo tener que llegar hasta allí antes de la salida del sol!

En Internet ponía que el amanecer era a las 6h55. Esa era la hora de la cita fijada por Axel.

Era una prueba. Si venía, significaba que le quería de verdad.

¿Por qué solo había quedado con ella ahora? ¿Tenía algo que decirle sobre *El juego del bosque*? ¿Sobre sus sentimientos?

Fanny se puso unos pantalones cortos y una camiseta sexy por encima de su bañador rojo. "Nunca se sabe, ¡igual nos bañamos!" monologaba frente al espejo.

Se cubrió con un jersey ligero, la mañana era fresca. Dejó una nota sobre la mesa de la cocina y salió de casa a las 5h55. Era puntual. Todo un logro para Fanny.

El conductor de Uber la esperaba delante de la verja.

Para animarse por el camino, puso música de Martin Solveig. *Do It Right*. Era lo más animado que había en su móvil en ese momento.

Just do it right
Do it right
Do it right
All night, all night

A esa hora, el trayecto solo les llevó treinta minutos, lo que permitió a Fanny llegar con un poco de antelación. Caminó hacia el este, con calma, entre las sombrillas, los pinos y las rocas que daban un toque salvaje a esa zona de la Riviera. Bajó la escalera que llevaba a la playa. El mar brillaba y el sol se estiraba poco a poco. En pocas horas, el cielo sería completamente azul.

No había nadie.

Un pájaro negro la miraba fijamente desde la rama de un pino, como a una intrusa.

Un cuervo.

¿Mal presagio?

Fanny se sentó sobre las rocas, al borde del agua. Lanzó una piedra y se puso a los Casseurs Flowters en los auriculares para olvidar el estrés.

Si c'était si facile, tout le monde le ferait
Qui tu serais pour réussir où tous les autres ont
échoué?

De pronto, alguien tiró de sus auriculares.

Fanny se sobresaltó.

Escuchó un "¡*Shh!*".

Su corazón empezó a latir con fuerza.

—No hace falta música —murmuró Axel—. El silencio nos vale para ilustrar la magia de este instante.

Fanny sonrió al horizonte. Había reconocido su voz joven y ronca. Quiso moverse, pero Axel mantuvo las manos sobre sus ojos. Inclinó el rostro hacia atrás para llegar hasta sus labios, que besó con los suyos.

El beso calentó el corazón de Fanny.

Una vez pasado el choque emocional, la razón se impuso. Se liberó de las manos de Axel, se levantó y se dio la vuelta.

—¿Por qué has tardado tanto en...?

Fanny no terminó la pregunta.

Axel no era quien estaba frente a ella.

64.

Fanny intentó hablar, pero sus palabras se transformaron en una mueca. Eso provocó una sonrisa a la desconocida que tenía enfrente. Se limpió la boca con el revés de la mano, asqueada, y miró fijamente a la chica a la que acababa de besar.

La desconocida se quitó las gafas de sol.

Se parecía a Axel, pero en chica. La misma cara de ángel. La misma sonrisa. La misma gracia. La diferencia era el peinado desestructurado, el maquillaje y la ropa *sexy* que llevaba: un minishort, un top de tirantes con encaje que dejaba ver un brillante *piercing* en el ombligo y unas Vans de color mango a juego con el top.

—¿Eres la hermana de Axel? —preguntó Fanny.

—No tengo hermanas.

—¿Qué?

—Soy yo. ¿No me reconoces, princesa de los sapos?

—¿Axel?

—Haz un esfuerzo, intenta acordarte.

—Pero eres... No eres...

—¿Tanto he cambiado? Vale, me he puesto un *piercing* en el ombligo, pero no es para tanto.

Se acercó. Fanny retrocedió.

—Nada ha cambiado.

—¿Eres una chica?

Fanny no se podía creer sus propias palabras.

—Como tú.

—¿A qué juegas?

—A un juego de memoria. Mírame bien y haz un esfuerzo. Imagina que tengo una mata de pelo rizado encima de la cabeza, ponme unas gafas sobre la nariz, añade algunos granos de acné y quítame tres años.

Fanny se mordió el labio. Ese era su problema: estaba tan centrada en sí misma, prestaba tan poca atención a los demás.... Le llevó algo de tiempo reconocer a esa chica con la que se había cruzado mil veces en el instituto. Pero admitir que había odiado a esa chica antes de haberse enamorado perdidamente de ella al tomarla por un chico le llevó algo más de esfuerzo.

—¡Homo plana! —la ayudó ella señalándose los pechos.

—Alyssa —murmuró Fanny.

Buscó apoyo en el suelo, que se balanceaba como en una tormenta.

—¡Bingo!

Alyssa estaba sentada a su lado, frente a un mar que brillaba como un campo de diamantes.

Fanny repasó una vez más todos los momentos íntimos que había pasado con Axel, o más bien con Alyssa, intentando encontrar una pista que podría haberla alertado y, sobre todo, dar sentido a todo esto.

—¿Me lo puedes explicar? —dijo Fanny, descompuesta.

—Estoy segura de que ya lo has entendido.

—Prefiero que me lo digas tú.

—Todo lo que viví después del ciberacoso está en la carta que os leí. La angustia, la depresión, la indiferencia frente a los estudios, la incomprensión de mis padres, los análisis de los psiquiatras, el internamiento, el intento de suicidio, el miedo a vivir... eran, en definitiva, mi rutina diaria. Aguanté gracias a mis dos hermanos. No paraban de repetir que encontrarían la manera de sacarme del pozo. Al fin, se les ocurrió *El juego del bosque*.

—¿Tus hermanos...?

—Los conoces.

—¿Greg?

—Sí. Y Eddy, que hacía de tartamudo. Dirigen una compañía de producción de películas de terror. Eso es cierto. Sus películas salen directamente en vídeo o en plataformas virtuales. Me extrañaría que hayas visto alguna. Por otro lado, tampoco son obras maestras. Eddy es el que tuvo la idea después de ver *Kill Bill*. Esa peli sí que tiene que sonarte.

—Tarantino. Es buenísima.

—Hay un tío en *Kill Bill* que dice que la venganza nunca sigue una línea recta. Es un bosque. Uno puede perderse fácilmente u olvidarse de por dónde ha entrado.

—Sonny Chiba.

—Sí, seguramente. A partir de eso, mis hermanos imaginaron un juego que más tarde convertirían en película. Solo lo hicieron por mí, para exorcizar mis miedos y daros un golpe en la cara. Movilizaron a sus empleados, reclutaron a sus amigos. Juliette es la novia de Greg. También contrataron a una actriz mayor para hacer de bruja. Greg hasta metió a su perro en el ajo. ¡Cómo se asustó Enzo!

—La mujer, en la casa, ¿era tu madre de verdad?

—Sí. Al principio no estaba segura de querer participar en lo que llamaba un disparate. Pero terminamos por convencerla. Mi padre, en cambio, no quiso saber nada. Creo que no quería correr el riesgo de tener una escopeta frente al grupo de cabrones que había acosado a su hija. Eddy hizo de patriarca loco, encorvándose un poco para parecer más viejo, como pudiste ver.

—¿Y el bigotudo? ¿Quién era?

—Un actor. En serio, curraron muchísimo en todo durante más de dos años, para encontrar el bosque, el local para el falso *casting*, el encantador de serpientes, alguien que pudiese darnos las ratas, en fin, de todo. De hecho, el bosque no era tan grande. Me las ingeniaba para hacer que dieseis vueltas. Mis padres prepararon ese sendero que seguimos durante un momento y que siempre volvía al mismo sitio.

—El tartamudo, quiero decir, tu hermano Eddy, se notaba que estaba enfadado. Tu madre también.

—Eso no era fingido.

—¡Joder pero si solo éramos unos críos! ¿Unas bromas tontas en Facebook se merecían todo este circo?

Alyssa le dedicó una sonrisa cansada.

—Todos hacemos cosas malas, pero luego nadie es responsable de ellas. ¿Es eso lo que dices?

—No sé, es mi manera de verlo...

—La de Eddy era sobre todo la de partiros la cara, sobre todo al gilipollas de Arthur Rambo, que me había amenazado con raparme el pelo y matarme. Greg lo convenció para vengarse de manera más sutil e inteligente.

—¿Por qué te hiciste pasar por ese tipo, Arthur Rambo?

—Porque no tenía la misma edad que vosotros. Era demasiado mayor para jugar a *El juego del bosque*. Además, si hacía de chico era más difícil que me reconocieseis.

—¡Joder, pero dejaste que te besara!

—Eso no estaba previsto.

—¡Joder!

—Te repites.

—¿Qué le hicisteis a ese Rambo?

—Mis hermanos se ocuparon de él personalmente. Yann, el mejor amigo de Greg, es un superdotado de la informática. Lo viste al salir del bosque. Consiguió piratear la *webcam* del ordenador de ese tío, igual que la de Hugo. El verdadero nombre de Arthur Rambo es Arthur Lamberti, tiene 26 años, está casado y tiene un hijo. Yann lo grabó mientras visitaba webs de porno. Lo asustamos para que confesara. Le pedimos que nos pagase un Bitcoin* a cambio de nuestro silencio. Consiguió el dinero y nos lo mandó, lo que nos permitió invertir en *El juego del bosque*.

—¿Un Bitcoin?

—Valía unos diez mil euros, en ese momento.

—¡Ostras!

—Piensa que tuve suerte de que mis hermanos se dedicaran a la producción audiovisual. Si hubiesen sido cazadores, tal vez no habrían sido tan amables.

—Así que el juego no existe.

—Nunca existió. Nunca se entrevistó a nadie más que a vosotros diez para el *casting*. Yann os encontró en las redes sociales y os bombardeó de mensajes con la promesa de ganar diez mil euros y rodar un largometraje. El cine siempre hace soñar, más que la pasta.

—¿La película también es mentira?

—¡Sería una pena! Mis hermanos intentan producirla

---

* El Bitcoin es una criptomoneda que permite realizar transacciones sin recurrir a una divisa legal. Su valor es variable. En 2019, un Bitcoin oscilaba entre los ocho mil y los diez mil euros. [N. Del A.]

para rentabilizar la operación. Es un proyecto original. No necesita mucho presupuesto porque ya tienen muchas imágenes. Algunas no son demasiado halagadoras, por cierto.

—¿Y estás mejor ahora que te has vengado?

—Me la suda un poco la venganza. Vale, estuvo bien aterrorizaros y humillaros, aunque no siempre me sentía cómoda entre todos vosotros, en medio del bosque. No, lo que realmente me sentó bien es el esfuerzo que hizo mi familia para devolverme la alegría de vivir. Este proyecto de juego y adaptación al cine, que hemos desarrollado durante dos años, me ha dado un objetivo. Ahora, quiero que la película se estrene de verdad y que mis hermanos se vean recompensados por lo que han hecho por mí.

—Una película, una cuenta Instagram de éxito... al final no solo han salido cosas malas de esta historia.

—El "Insta" me da igual. Sigo el rollo, pero todo es falso. Yo no soy popular, lo es el chico que ganó el juego. Por lo demás, tienes razón, es bastante positivo. Además... te conocí.

—¿Por qué has venido?

—Para responder a tus mensajes.

—Eran para Axel.

—Axel me los transmitió —bromeó Alyssa.

—No te conozco.

—Sí. La persona un poco perdida, antropofóbica y más culta que la media que conociste en el bosque está delante de ti.

—¡Tengo a una chica delante de mí!

—Siento no tener un par de huevos.

Alyssa se levantó.

—Ahora lo sabes todo. Haz lo que quieras. Digamos que este es mi regalo de despedida.

Se inclinó para besar a Fanny, que giró la cara y recibió el beso en la mejilla.

Alyssa se alejó.

Fanny bullía por dentro. Un montón de datos contradictorios le daban la vuelta a su cabeza, a su corazón, a sus sentimientos y a todo lo que le habían enseñado.

Se levantó y corrió detrás de Alyssa.

—¡Espera!

Alyssa se dio la vuelta.

—No te vayas —rogó Fanny.

—¿Por qué?

—¿Te volveré a ver?

—¿Para qué?

—Pienso en ti todo el tiempo. ¡Te echo de menos, joder!

—Te diré una cosa, Fanny, eres menos tonta que el resto. Eres diferente porque buscas profundidad y emociones fuertes en la ficción. Un consejo: búscalas en la vida real. Mira más allá de la imagen. ¡Suéltate, por Dios! Hay que atreverse a querer lo que no nos conviene. Yo también te quiero y veo todo lo bueno que hay detrás de esa chica frívola que me hizo daño hace tres años. ¿Te has enamorado de una jodida lesbiana que se ha hecho pasar por un tío? ¿Y qué? Yo me he enamorado de la cabrona que me acosó en Internet. ¡Hay que adaptarse, amiga! ¿Crees que el algoritmo de una aplicación de citas nos habría conectado? ¡Ni en sueños! ¡Estamos fuera del sistema, del todo!

—¿Y qué quieres que haga?

—¿Me quieres?

—Sí.

—Demuéstralo.

Fanny cerró los párpados, se acercó a ciegas, besó a Alyssa en los labios, se despegó y volvió a abrir los ojos.

—Puedes hacerlo mejor.

—No te pases.

Fanny se soltó y la besó con pasión, deseo y amor. La cabeza le daba vueltas.

—No es suficiente —dijo Alyssa al final del beso.

—¿Qué más quieres?

Alyssa metió la mano en su mochila. Sacó su teléfono móvil y lo tiró al mar.

—¿A qué juegas? —exclamó Fanny.

—Demuestra que me quieres de verdad.

Fanny miró su teléfono, del que no se había despegado desde que había salido de casa. Su vida entera estaba ahí dentro.

—Hasta luego, Fanny —dijo Alyssa dándole la espalda de nuevo.

Fanny la vio alejarse una decena de metros, mientras escuchaba el ruido de sus Vans sobre las piedras y de sus propios intestinos que rugían de hambre.

La llamó otra vez.

Alyssa se giró.

—¿Y ahora qué?

Fanny contempló su teléfono, que vibraba señalado la llegada de nuevas notificaciones. Se lo pasó a la mano derecha y lo tiró con todas sus fuerzas en dirección al mar Mediterráneo, que brillaba con miles de reflejos. Ese gesto violento propulsó al pequeño paralelepípedo hacia el cielo. Durante un segundo, le recordó al vuelo espacial del misterioso monolito de *2001, Odisea en el espacio.*

Por primera vez en toda su vida, Fanny se sentía infinitamente libre y enamorada. Amputada de su terminal digital, sintió una punzada de ansiedad.

A su alrededor, los árboles se agitaron con empatía.

La angustia se intensificó de pronto y la empujó a los brazos de Alyssa, que la esperaba al pie de la escalera. Fanny la estrechó perdidamente contra su pecho, invadida por la emoción, pero también convencida de que alguien la observaba entre los árboles.

Una silueta de rostro borroso y cabellos largos, que sujetaba una vieja muñeca en la mano.

Agradecimientos

La escritura de *El juego del bosque* fue un trabajo solitario que me obligó a pasar buena parte de mis días y de mis noches en un bosque extraño. Pero habría sido imposible sin la ayuda y el talento de numerosas personas. Quiero darles las gracias aquí.

A Murielle Couëslan, directora de Rageot, que me ofreció la oportunidad de provocar escalofríos una vez más.

A Guylain Desnoues, mi editor, que busca todo lo que no funciona y lo que se podría mejorar.

Al equipo de Rageot, que creyó en esta novela desde el principio.

A John Bouchet, el creador de mi nueva página web, mi mejor tarjeta de visita.

A mi hija Julianne, por sus consejos musicales y lingüísticos, gracias a los que no parezco un viejo carcamal que intenta parecer joven.

A mi esposa, que aguanta a un escritor en casa desde hace veinticinco años.

A los lectores, periodistas, *bloggers*, libreros, bibliotecarios por la acogida que dieron a mi novela anterior, *En la casa*, que animó la escritura de esta.

A mis amigos de Facebook, Instagram y Twitter, que con cada "me gusta" me dan otra razón para continuar.

Créditos

Créditos discográficos:

Sweet but Psycho, Ava Max, © Amanda Koci, TIX, Henry Walter, Madison Love, William Lobban- Bean – Atlantic (2018).

God Is a Woman, Ariana Grande, © Ariana Grande, Ilya Salmanzadeh, Max Martin, Savan Kotecha, Rickard Göransson – Republic Records, del álbum *Sweetener* (2018).

Blow That Smoke, Major Lazer, © Maxime Picard, Phillip Meckseper, Ebba Tove Elsa, Nilsson, Clement Picard, Jakob Jerlström, Ludvig Söderberg, Sibel Redžep, Thomas Wesley Pentz – Mad Decent (2018).

Wow, Post Malone, © Austin Post, Louis Bell, Adam Feeney, Billy Walsh – Republic (2018).

Ausländer, Rammstein, © Richard Z. Kruspe, Paul Landers, Till Lindemann, Christian Lorenz, Oliver Riedel, Christoph Schneider – Universal, del álbum *Rammstein* (2019).

Germaine, Damien Saez, © Damien Saez – Cinq 7 / Wagram Music, del álbum *Ni dieu ni maître* (2019).

Fuck it, I love you, Lana Del Rey, © Lana Del Rey, Jack Antonoff – Interscope, Polydor, del álbum *Norman Fucking Rockwell!* (2019).

On verra, Nekfeu, © Nekfeu – Seine Zoo, Polydor, Universal, del álbum *Feu* (2015).

Do It Right, Martin Solveig, © Martin Solveig, Takudzwa Maidza – Spinnin' Records, Big Beat (2016).

Si facile, Casseurs Flowters, © Orelsan, Gringe – 7th Magnitude, 3e Bureau, Wagram Music, del álbum *Comment c'est loin* (2015).